His hands trembled "It was the perfect crime." "Is there such a thing?" she asked. He sighed, a long, low wheeze of surrender. "We thought so."

MORT-

瑞秋·薩弗納克　名媛偵探系列 II

MAIN

莫特曼莊園

HALL

U0028606

馬丁·愛德華茲——作

MARTIN EDWARDS

SP SELECT

謹將此作獻給安・克利夫斯，感謝妳三十年來的友誼

瑪莎・楚門繪製的地圖

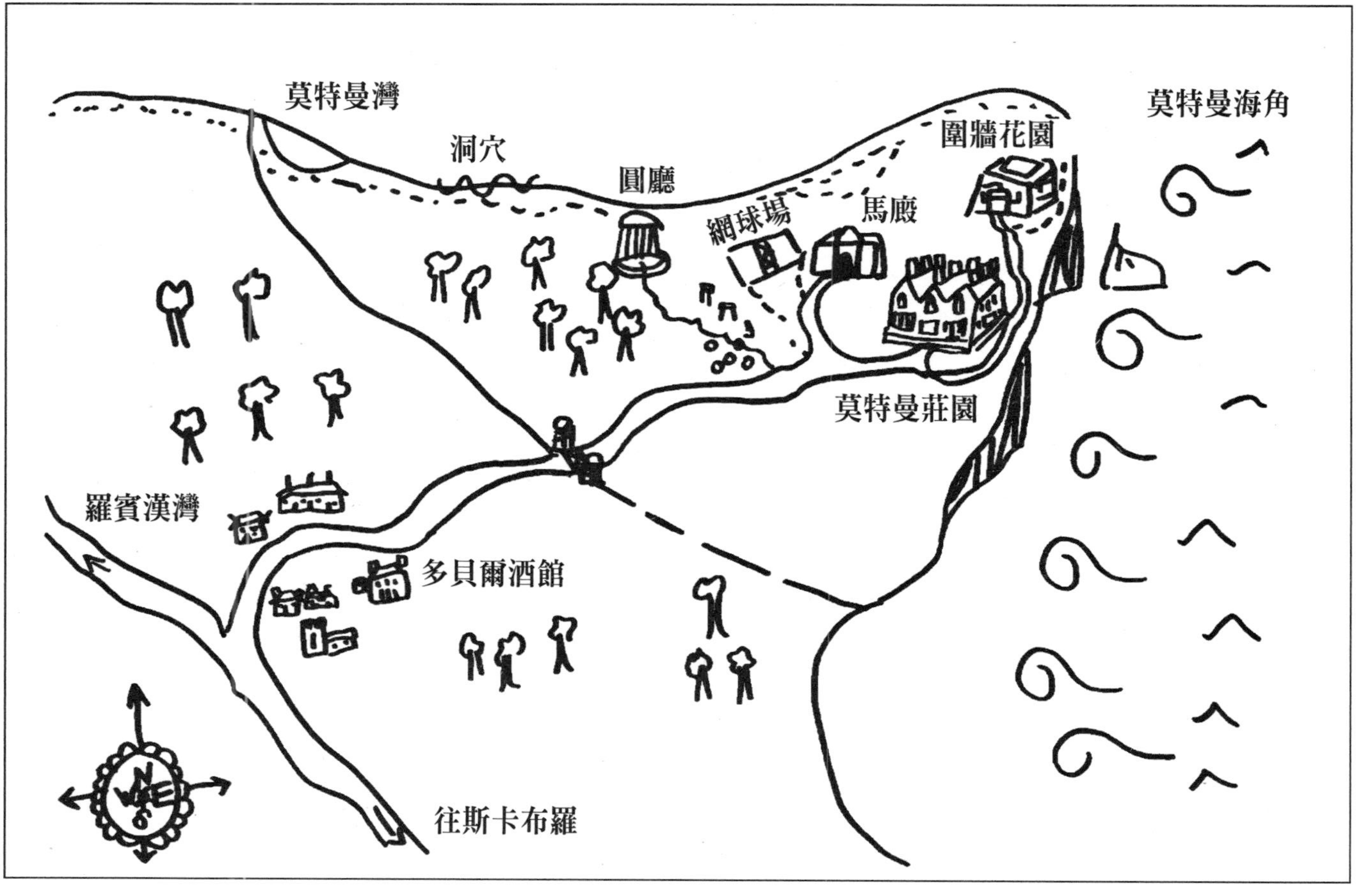

尾聲

這個男人快死了。他自己知道，瑞秋・薩弗納克也知道。

「妳發現了真相，是不是？」他的聲音沙啞。

「嗯。」

他的雙手顫抖。「那是一起完美的犯罪。」

「世上真有完美的犯罪？」她問。

他嘆口氣，發出漫長而低沉的喘息聲，表示投降。「我們當時這麼以為。」

「時間不多了。」她湊得更近，感覺到他酸臭的鼻息噴在臉頰上。「告訴我，莫特曼莊園發生了什麼。」

第一章

一個不該在人世出現的男性鬼魂從一輛出租馬車裡爬了下來。

他抽搐地左顧右盼，查看是否被人跟蹤。瑞秋・薩弗納克確信他沒發現自己。她站在威斯敏斯特橋路對面的陰影深處，用面紗遮臉，像幽靈一樣從頭到腳都裹著黑色衣物。等他到來的這半小時裡，沒有一個路人多看她一眼。婦女在「倫敦墓地公司」的私人車站外哀悼，這是稀鬆平常的景象。這裡是送葬列車的終點站。

男鬼壓低毛氈帽的帽簷，動作謹慎到誇張的程度。在他離開的那些年裡，他留了濃密的八字鬍和鬍鬚。他的左手抓著一個破舊的手提箱。他一瘸一拐地走向高聳的車站大樓時，瑞秋壓抑了一聲呻吟。

男鬼的跛行出賣了自己的身分。吉爾伯特・佩恩在易容偽裝方面終究是個外行人。

瑞秋躲在一輛雙層巴士和一輛老舊靈車之間，走向車站入口。一條弧形道路穿過一座花崗岩拱門，通往太平間。這座建築的正面是紅磚和溫暖的陶土，地下通道的白釉牆壁上裝飾著月桂樹和棕櫚樹。建築正面的後方隱藏著一支細長的假煙囪，往停屍間裡輸送空氣。在這裡，躺在棺材裡的屍體成了鐵路貨運。

她無視電梯，而是邁著穩健的大步走上鍛鐵樓梯。來到頂層，她發現自己站在頭等月臺的玻璃屋頂之下。通往停靈禮拜堂的門口敞開著，露出了橡木靈柩臺、米色的威爾頓地毯，以及裝有青銅板的綠色牆壁。她觀察這間私人停靈室。第一扇門上掛著一張卡片，上面用工整的字體寫著名字：**塞西莉亞．佩恩夫人，已故**。門半開著，瑞秋瞥見了幾張摩洛哥軟墊椅、淺色橡木鑲板和閃亮的鑲木地板。牆壁上裝飾著水彩景觀，彷彿這是倫敦里奇蒙區的富商別墅。一股拋光劑的味道讓空氣變得刺鼻。

不見男鬼的蹤影。

月臺被一道屏障隔開，其後方是三等艙旅客的流通區。他們有自己的車站入口，如此一來，那些為頭等葬禮付了錢的富人就不用和悲痛的窮人擠在一起。倫敦墓地公司向來以「對逝者家屬感受的體貼程度」而自豪。

留著落腮鬍的檢票員低調地咳了一聲；他迅速衝出辦公室的模樣，就像從盒子裡蹦出來的彈簧人偶。她把一張長方形的白色小卡片塞進他沾染尼古丁的手上。

「特快車正在等待，女士。」的確如此——它一身華麗的橄欖綠塗裝，噴著蒸汽，像一頭餓龍一樣不耐煩。「移靈車廂恐怕已經滿載了。」

在為這趟旅程做準備時，瑞秋得知頭等艙的乘客被允許看著裝有親人的棺材被送上這班送葬列車。她對企業家的聰明才智驚嘆不已，他們竟然有辦法把一段痛苦的時刻，變成給少數權貴的額外獎勵。

「遲到是我的錯。」她點個頭，表示對方可以回辦公室裡了。「謝謝你。」

在離她最近的頭等車廂門上有一張手寫的卡片，字體與等候室那張相符。透過窗戶可以看到一個人影，男鬼已經就座。現在他被困住了，彷彿把自己鎖在煉獄裡。

空氣中瀰漫著濃煙和燒煤的氣味。月臺上只有一名粗壯的搬運工，正帶領一位老太太進入火車尾部的三等車廂。他注意到瑞秋，於是不明智地小跑過來，氣喘吁吁得就像一輛開往報廢場的古老火車頭。

「妳剛好趕上了，女士，」他嘶喘道：「我們十一點四十分準時出發。妳是屬於哪個團體？」

「已故的佩恩夫人。」她把小費塞進他骯髒的爪子裡，金額大得讓他的心臟差點停止跳動。她舉起一手，阻止了他的感激之詞。「請問我們這團有多少人同行？」

他像鍋爐工一樣大汗淋漓。瑞秋覺得他這副狼狽樣應該不僅僅是因為不習慣跑步。「我……這個嘛，女士，這方面似乎有些混亂。」

「是嗎？」她等對方說下去，確信他手裡的兩枚索維林金幣勝過其他人為了確保他保持沉默而支付的任何賄賂。

「我們預計有六個人，女士，但只有三位先生出現。最早到的那對夫婦堅持說他們拒絕乘坐為……呃，為至親預留的車廂。這真的很不尋常。這就是為什麼我們公司要求乘客提前預訂。我們不希望搞混任何座位，以免破壞這麼莊嚴的場合。幸運的是，今天我們只有一場頭等葬禮。」

作為一個忠僕，他沒提到貿易衰退與上升的失業率意味著商業活動在華爾街崩盤後不再那麼活躍。

「你設法把那兩位先生安置在別處？」

他用一根瘤節狀的拇指伸向佩恩夫人家屬專用的隔間。「就在隔壁車廂。」

「你能不能告訴我任何關於他們的事情？」

搬運工擦擦額頭。「抱歉，女士，我們真的得……」

「請原諒我。我不能解釋為什麼這對我非常重要，」她邊說邊湊近一些，好讓他聞到她身上的香水味。「私人原因。你明白吧？」

他透過她的面紗凝視她。她的表情讓他感到害怕。

「這個嘛，我……我相信妳這麼問是出於充分的理由。再好的家族也會發生糾紛，不是嗎？其中一個小夥子是倫敦人，打扮得像牧師。他讓我驚訝。我覺得……」

「他看起來不太像普通的牧師？」瑞秋提議。

「有趣的是——」搬運工說道：「我這輩子從沒見過擔任聖職的紳士手上有紋身。我猜就是所謂的一種米養百種人吧，不過……」

「他的夥伴是什麼模樣？」

搬運工皺眉。「很大隻，塊頭很大，手大得就像煤鏟。」

「很嚇人？」

「我真的不能再多說什麼，女士。」他又看了瑞秋一眼，重重地吐口氣。「我就這麼說吧：他們試著讓自己看起來很時髦，但忘了擦鞋。葬禮這回事的有趣之處在於，人們在這時候不是平常的模樣。我搞不懂他們為什麼說不想打擾其他人，因為這個團體只有另一個人……」

「也許他們只是想表現得體貼。」

她的諷刺令他畏縮了一下。「現在，女士，我真的要拜託妳上車了，我們不能遲到……」

「當然。」她的笑容缺乏笑意。「非常感謝你幫忙。」

他拖著沉重的步伐走向刻有已故佩恩夫人名諱的車廂，打開門。瑞秋無視他伸手想扶她上車，而是直接跳了進去。

車廂裡瀰漫著皮革和菸草的味道。男鬼坐在遠側，手提箱放在身邊，凝視窗外，陷入沉思。他離四十歲生日還有一個月，但似乎比實際年齡老十歲。在西北非洲國際區的流放生活使他的臉頰晒成褐色，體格變胖，但她猜想他不是因為奢侈的生活而變老。真正的原因，是他天天擔心有人會往他背後捅一刀。

搬運工用力關上門，把男鬼從沉思中驚醒。瑞秋在座位邊緣坐下，點頭致意。

「早安。」她開口。

男鬼焦躁地哼了一聲。她輕鬆自在的友善態度讓他非常不安，因為他搞不懂她為什麼會在這個車廂裡。他開口的時候，嗓子顫抖。

「早……早安。」

「真的很高興見到你。」她說：「儘管是在如此悲傷的情況下。」

一聲汽笛響起，伴隨著一陣令人不安的顛簸，火車開始了前往墓園的旅程。男鬼顫抖。瑞秋想像他大腦裡的齒輪在運轉。她是誰？他該說什麼？他該說話嗎？

「我的名字。」他說：「是——」

「你無須自我介紹，」瑞秋說：「你其實不是鬼。你是吉爾伯特・佩恩，失蹤的出版商。歡迎從陰間回來。」

＊　＊　＊

火車沿鐵軌隆隆駛過時，男子在座位上前後搖晃，八字鬍和鬍鬚像是為了遮掩弱點的遮羞布。在她的犀利注視下，他的眼皮跳動。她猜到了他的絕望，但她跟隨他不是為了同情他。早在他失蹤之前，他就因魯莽而惡名遠播。人們很容易相信他就是因為魯莽而丟掉了性命。他嚥口水，她覺得他看起來好像快吐了。

「妳……妳認錯人了，女士。」他咕噥：「我叫伯特倫・瓊斯。」

瑞秋掀起面紗。看到她的青春、她的美貌和她冰冷的笑容時，他睜大了充血的眼睛。

「你是那個吉爾伯特‧佩恩的老酒友，過去四年一直住在摩洛哥丹吉爾市的伯特倫‧瓊斯？」

「沒錯！」他就像跌入峽谷的人一樣無助，緊緊抓住植物的殘根，希望能獲救。「確實……我們兩個之間……有隱約的相似之處。顴骨也許有點像。可憐的吉爾伯特曾不只一次拿這件事開玩笑……」

「在他假裝溺死、逃離倫敦、在夜色掩護下搭船前往歐洲大陸之前？」瑞秋問：「在他去丹吉爾尋找奧妙樂趣之前？」

男鬼倒在座位上，彷彿被她用一枚帽針插進了心臟。

「遠在他聽到他深愛的母親去世的悲慘消息之前？」她咄咄逼人。「那個崇拜他的女人，在不知道自己唯一的孩子其實還活著的情況下，心臟終於停止跳動？」

「這是謊言，殘酷的謊言！」他瞪著她。「看在上帝的份上，妳是誰？」

火車正在加速。瑞秋並不著急。一路上不會有人打擾他們。送葬特快車沿途不會停靠。

「我的名字並不重要。」

「妳……」他的聲音沙啞得幾乎聽不見。「妳找我究竟有什麼事？」

她噘起嘴唇。「我是想救你，讓你免於遭到謀殺。」

第二章

吉爾伯特‧佩恩不發一語，直到火車駛出貧民窟和郊區。六月的太陽已經消失在視線之外。在開闊的鄉村上空，向四面八方伸展的雲朵呈煤煙色。雨滴在車廂窗戶上留下了條紋。

瑞秋的視線始終在他身上。她有想過，他可能會猛然打開隔間遠側的門、跳出去。他如果這麼做，很可能會扭斷脖子。恐懼讓他變得絕望。

「妳……這話什麼意思？」他終於開口。

「我想聽聽你失蹤背後的故事。真相，完整的真相，百分之百的真相。告訴我，是誰幫助你逃離英國，而且為什麼。」

薩里郡的農莊和小塊土地從窗外掠過。瑞秋用鞋跟敲敲車廂地板。

「我搞不懂妳為什麼要過問可憐的吉爾伯特‧佩恩的私事。」他嘖口水，似乎連他自己都知道這種挑釁的態度只是拙劣演技。「看在上帝的份上，妳究竟是誰？」

「我是誰並不重要。你該在意的，是我知道你的真實身分，而且我準備好幫你擺脫你愚蠢行動的後果。」

「我說過了！」他聽起來就像大喊**我沒偷吃糖**的孩子，儘管骯髒的指紋證據就擺在眼前。「我是伯特倫・瓊斯，這幾年都住在丹吉爾。」

她搖頭。「時間寶貴，別再浪費。我們正在前往布魯克伍德公墓的半路上。如果你堅持繼續玩你的猜謎遊戲，就不會有第二次機會。」

「妳沒有給我任何應該對妳實話實說的理由。」他說：「妳說出口的只有毫無根據的誹謗。」

瑞秋誇張地嘆口氣。「作為吉爾伯特・佩恩的你，在出版業取得了成功。這個行業原本一直舉步維艱，直到你開始推出驚悚小說，關於英勇行為的故事。充滿男子氣概的英國人對付險惡的東方人和狡猾的歐洲大陸人。萊昂・朗斯代爾、查莫斯船長、西德尼・斯瑪特福克斯，名字雖然各不相同，但都有著同樣的勇氣和愛國精神。無論骯髒的對手多麼卑鄙，這些秉持正派作風的英雄總是獲得勝利。」

「妳想嘲笑就儘管笑，我才不在乎。」他的眼裡閃爍著憤怒的光芒。「吉爾伯特發現了一個不錯的娛樂機會。這些精采故事讓英國男人們津津樂道，而就是這些勇敢的英國男人擊敗了德皇。那些希望自己能早幾年出生、上戰場的熱血小夥子也喜歡這類故事。」

「跟吉爾伯特・佩恩不一樣，當然——」瑞秋說：「他自幼瘸腿，因此躲過了西線戰場的混亂。」

「我相信妳不是在暗示吉爾伯特是個懦夫吧？」他反駁：「妳這是胡說八道！他盡其所能地為國家服務，以他自己的方式。」

「他的方式很不正統，不是嗎？」瑞秋說：「為熱血小夥子提供娛樂？」

他撇了撇嘴。「妳的推論令人鄙視，女士。吉爾伯特是個好人。妳只要讀讀他出版的書，就知道他對反常行為多麼深惡痛絕。他廣結善緣，而他那些朋友都跟我一樣，對他的英年早逝感到悲痛欲絕。」

「他們從泰晤士河裡撈出來的屍體當時已經腐爛得面目全非，不是嗎？」

「在黑水深淵泡了二十四小時，妳覺得會是什麼模樣？」他提高嗓門，彷彿在朗誦一場排練已久的演講。「屍體上戴著吉爾伯特那塊刻有花押字的手錶。驗屍官認為，這可憐的傢伙是先被人用船鉤毆打，然後丟進水裡，更別提海洋生物對他造成的傷害。徹頭徹尾的悲劇。可憐的吉爾伯特那天出門慶祝他公司最新的一本書，他喝得比平時更多。他遭遇了一場不順利的搶劫。調查結果很明確，他是被一個或多個身分不明的人謀殺。」

「那些強盜卻忘了拿走貴重的手錶？」

「看到他斷氣時，他們驚慌失措。他們只想趕緊隱藏犯罪證據。」他的臉頰變紅，怒氣正在增強他的自信。「現在妳卻指責我冒充我朋友的身分。一派胡言！我完全不知道妳是誰、有何動機，但這是一個可恥的謊言。更別提今天是吉爾伯特的母親安息的日子。」

「我很討厭表現得冷血，」瑞秋說：「可是其他哀悼者在哪？」

他渾身僵硬。「什麼意思？」

「昨天，當我參加你們的聚會時，倫敦墓地公司正期待佩恩夫人的女助手萊蒂・蒙特福德和你年邁的姨媽一起前往布魯克伍德。令堂的去世發生得很突然，對你來說是沉重的打擊。你一直打算有一天再見到她，但適當時機未曾到來，風險太大。你唯一能做的，就是確保送她最後一程。你用伯特倫・瓊斯這個名字把錢匯給萊蒂・蒙特福德，這樣令堂就可以埋在布魯克伍德，和令尊葬在一起。」

「妳是怎麼知道的？」他呢喃。「妳為什麼要折磨我？」

「你認為蒙特福德小姐和你的克蕾拉姨媽發生了什麼事？」

「搬運工說她們發來了消息，說她們身體不舒服，某種嚴重感冒。」

「而那個搬運工沒提到有兩名男子取代她們。」

「什麼男子？」

「你是不是心事太多，而沒注意到他們就在隔壁車廂？你等到最後一刻才進車站，這麼做雖然謹慎，但他們也確定了你有登上這班車。」

他臉色蒼白。「我無法……我無法想像他們可能是誰。」

瑞秋靠向他。「動動腦子，佩恩先生。既然我知道你回到英國，其他人也會知道。有人想讓你永遠消失。告訴我為什麼。」

他怒目相視。「我為什麼該相信妳？一個平空出現的女人，誹謗我死去的朋友，還說我是騙子？」

「因為我是你唯一的希望。」

「鬼扯！」

她突然抓住他的兩隻手腕，鐵鉗般的手勁讓他退縮。「你的敵人就在這班車上，但我有一輛大馬力的汽車在墓地南站等著。你參加完令堂的葬禮後，來找我吧。這樣你就能活久一點，看到明天的太陽。」

她鬆開他的手腕，他在座位上傾身向前，雙手抱頭。

「妳有沒有想過……」他低聲說道：「撇開妳的胡言亂語不談，我可能已經不在乎我的生死？」

「不快樂的情緒讓你窒息。」她說：「聽著，我知道失去父母有多痛苦，但你不需要讓悲傷打倒你。你為了活下去而犧牲了那麼多。」

他沒回答，只是將身子挺直，轉頭凝視窗外的風景。她讓他默默思考幾分鐘，接著查看手腕上亮晶晶的滿天星鑽錶。

「時間正在一秒秒過去，佩恩先生。我們很快就會抵達公墓交匯站。」

「妳為什麼一直把我的話當成耳邊風？」他的咆哮聲聽起來有些可憐。「我再說一次，我不是吉爾伯特．佩恩。」

她抱起雙臂。「我不會參加告別式。令堂下葬的時候，請考慮一下我的建議，問問你自己，她會不會希望你這麼快就跟著她進墳墓。我會和我的司機一起等著。我的車停在基思陵墓附近。抓住這條救命繩索，佩恩先生。沒有其他救命稻草能讓你抓住了。」

他吸口氣，茫然地看向她身後，彷彿陷入恍惚。

「我已經給了妳我的答案。」他的嗓音空洞。「我叫伯特倫・瓊斯。」

* * *

從主線交匯處，送葬列車沿著私人墓地線倒車，穿過木質界門，經過月桂樹籬、景觀樹叢、晚開的杜鵑花，以及由高聳巨杉形成的紅木大道。火車抵達了布魯克伍德公墓，英格蘭最大的墓園，有人說是世上最大的。維多利亞時代那些啟蒙人士認為，這座莊園是首都裡墓地過度擁擠的乾淨替代品，面積大得能容納倫敦未來幾世紀的屍體。亡者之城。

第一站是北站，一座漆成白色的低矮木造建築，有綠色的排水管和排水溝，還有一個懸挑的屋頂。這裡原本用來舉行宗教異議人士的葬禮。瑞秋所在的車廂停在一個供哀悼者使用的茶點室旁邊，裡頭甚至有一家有執照的酒吧。與之一箭之遙就是非國教教堂。

幾個哀悼者下了車。倫敦墓地公司的工作人員迎接了他們，這些人員的任務是護送哀悼者去參加葬禮。他們排成一排，脫帽以示尊重。乘客們在細雨中擺弄著雨傘。一名服務員將棺材送上手提棺架。

吉爾伯特・佩恩閉著眼睛，但瑞秋認為他害怕得沒辦法打盹。也許他希望她來自一場惡夢，他再次睜眼時她已經消失了，就像他四年前在眨眼之間消失。

火車再次出發，接近南站時，瑞秋亮出了最後一張牌。

「想想我說的，佩恩先生。」她放下面紗。「選擇在你手上。你想活下去還是想死？」

＊　＊　＊

她跳到月臺上，瞥向隔壁車廂。在威斯敏斯特橋路賄賂了搬運工的那兩人，臉貼在窗戶上，沒理她。也許他們認為她犯了錯、坐錯了車廂。在她的印象中，肌肉越是發達的男人，就越不欣賞聰明的女人。

天氣與墓園的陰鬱氣氛很相配。哀悼者們等待墓園工作人員的指示時，她匆匆穿過英國聖公會教堂，前往目的地。基思陵墓是一座哥德式大理石建築，有著彩色玻璃窗，鑄鐵門上刻有該家族的姓氏。平交道口外面，停著她的勞斯萊斯幻影轎車。

楚門靠在引擎蓋上，身材魁梧，穿著乾淨整齊的司機制服，對雨滴毫不在意。他巨大的右手掌上，拿著一副小型雙筒望遠鏡。

「什麼消息？」

「我跟佩恩談過了。」她搖頭。「他還在堅稱他叫伯特倫・瓊斯。」

「有人跟蹤他嗎？」

「兩個僱傭打手。等會兒在教堂裡，牧師向他親愛的亡母宣讀悼詞的時候，他們會坐在他身後。他們這麼做並不是為了對他做出最後的善舉，而是因為靜候良機會更方便他們下手。我猜他們打算在回程的路上殺了他。」

楚門點頭。「當他放鬆警惕時，他的思緒就會飄忽不定。很好對付的獵物。」

「如果他在葬禮舉行前遇害，人們就會提出更多尷尬的疑問。」

「他知不知道他們是真的想殺了他？」

「我用簡潔有力的話語警告了他。問題是，他在謊言中生活得太久了。」

「妳最好先上車。我一個人淋溼就夠了。」

她坐進幻影的後座，等待。

＊　＊　＊

吉爾伯特・佩恩從英國聖公會教堂出來時，雨勢漸漸減弱。稍早前，其他人都退進茶點室吃火腿三明治、喝茶時，他跟隨母親的靈柩去了墓地，看著棺材下葬，然後拖著沉重的步伐艱難地回到教堂裡。他是否已經和上帝和好了？

他一瘸一拐地走向月臺，手裡還抓著行李箱。現在已經快兩點十五分了。送葬列車已準備好返回倫敦。楚門透過雙筒望遠鏡觀察他，就像鳥類學家追蹤一隻難以捉摸的鳥兒的飛行姿態，發現他甚至沒看幻影轎車一眼。

瑞秋來到他身邊，他遞出望遠鏡。

「佩恩這時應該死了才對。」他說：「如果他還是不明白事情的嚴重性，就沒有什麼應不應該，而是死定了。」

「這一切對他來說難以消化。」她呢喃：「他厭倦了躲躲藏藏，厭倦了假扮成別人。他已經不再在乎自己是死是活。」

「不在乎？儘管他努力活到現在？看看他拋下的一切，興隆的生意、在切爾西的豪宅，還有他親愛的老母親。」

「他被嚇得相信自己別無選擇。他已經在陽光下生活了四年，也許他覺得這輩子這樣就夠了。」

「他準備好這麼年輕就死？」

瑞秋聳肩。「我敢說，他還在希望他能靠他那張嘴皮子擺脫困境，商量談判。但他現在不是在跟文學經紀人討價還價。我們走吧，乘客們正在上火車。」

兩人漫步向前，看著吉爾伯特・佩恩走近月臺上的乘客群。跟蹤他的那兩名男子在茶點室外，等著看他下一步要做什麼。他來到先前與瑞秋共乘的車廂前，往裡頭看了一眼。有那麼一瞬間，他似乎猶豫了。

他期望再次在裡頭看到她？他正在重新考慮她的提議？在她和楚門的注視下，他挺起了肩膀。他做了決定，打開了門。他一進去，就把門緊緊地關上。

瑞秋吐出一口氣。這下他逃不掉了。他真以為自己能活下來？

假牧師及其同伴離開了觀察點。火車逐漸坐滿了人，一名搬運工正在催促其他人上車。倫敦墓地公司的員工向來以遵守時刻表自豪。月臺上只剩那兩名男子時，他們加快了步伐。趁搬運工轉身之際，那兩人跳進了吉爾伯特·佩恩的車廂。片刻後，一面旗幟揮舞。

火車頭開始移動時，楚門聳肩。

「有些人開玩笑地把這班車稱作『死肉列車』。還真是一針見血。」

第三章

瑞秋．薩弗納克與男鬼在火車上交談時，雅各．弗林特和他的新聞同事們坐在老貝利街法庭裡一張又硬又窄的長椅上。負責丹斯金案的檢察官所找來的最後一位證人正在提供證詞。這場審判把其他新聞都擠出了頭版，但米妮．布朗並不享受眾人的目光。她看起來比被告席上的囚犯還要害怕。

米妮雖然才二十二歲，但工作和身為人母的壓力已經讓她付出了代價，她彎腰駝背，白皙的美貌也為之褪色。她是中央刑事法院馬路對面的「ABC茶館」的一名女侍，兩年前在那裡遇見了被告，當時他進了店裡享用一杯茶和一塊烤麵餅。

只花了幾天時間，克萊夫．丹斯金就成了她的情人。不到十二個月，她就生下了他的孩子。但現在，米妮不敢直視他的眼睛。和法庭上的其他人一樣，她知道自己的悲慘故事構成了針對被告的間接證據鏈中的最後一環，這條鐵環堅固得足以將他拖上絞刑架。

御用大律師埃德加・傑克森爵士擺弄著臉上的夾鼻眼鏡——一種出於緊張而非需要的習慣——查閱了面前堆得跟瑞士馬特洪峰一樣高的文件。

「被告是否有把令嬡的扶養費匯給妳？」

「有。」米妮呢喃：「但並沒有定期寄來。」

「去年九月四日，妳是否在市政廳警察法庭贏得了子女撫養權？」

她低頭。「是的。」

「囚犯是否支付了法庭要求支付的款項？」

「有。」她說，然後抬起頭，注意到御用大律師的怒視。「至少……他在三月之前都有付。」

「今年三月？」檢察官追問：「在囚犯被指控犯下的那起謀殺案的一個月前？」

「是的。」她輕聲道。

針對克萊夫・丹斯金的控訴建立得很完整。埃德加爵士把兩根拇指插在背心口袋裡，直起身子，重心壓在腳後跟上。他像建築師魯琴斯一樣精心設計了一場官司，覺得有資格停下來欣賞這件作品的卓越美學。

「大聲點，布朗女士！」他咆哮。

「是的。」

她的嗓音在寂靜中繚繞，顯得響亮、清晰又哀傷。她的眼裡泛出淚水。埃德加爵士就是想在陪審團的腦海裡留下這幅悲慘又不情願的畫面。這並不是一個遇人不淑、向背叛自己的無賴展開報仇的女人。不，米妮·布朗是個受害者，依然對一個男人懷有一絲感情，她現在知道這個男人不僅是個殘忍的騙徒，還是個冷酷的殺人犯。

埃德加爵士為自己的勝利沾沾自喜時，代表丹斯金的律師們在座位上不自在地挪動身子。紅袍法官打個哈欠，思緒顯然飄向了今天的午餐。陪審員們神情嚴肅，雅各覺得他們似乎在審判過程中變老了，彷彿因為知道「有罪」判決意味著什麼而精神緊繃。

雅各環視周圍。坐在他旁邊的是《證人報》的首席犯罪記者，正在小本子上潦草地寫下：**釘在棺材上的最後一根釘子**。《每日郵報》的記者肚子咕嚕叫，《泰晤士報》的記者撥弄著袖口。其他記者，年齡大多是雅各的兩倍，旁觀過數十起重大刑事案件，一個死刑判決就意味著他們的報紙能多賣個五萬份以上。雅各還沒油條到因為熟悉法律程序的盛況和相關用具而感到無動於衷的地步。雖然他不會向任何人承認這一點，但每次想到在這場比賽中輸掉的人將會用自己的脖子付出代價，他其實都會感到一陣寒意。

在他們身後，一個魁梧的光頭男子正盯著米妮·布朗。他的全神貫注無關於好奇、無禮或好色。羅伊·梅多斯是一名法庭繪師，經常為雅各的報社《號角日報》提供法庭速寫。法律禁止任何人在法庭上畫畫或拍照，所以訣竅是記住法庭戲中的主要人物的樣貌：法官、陪審團、律師、證人，尤其是被告席上那個可憐蟲。梅多斯的技巧，是找出讓人物栩栩如生的特徵，例如大律師戴假髮的模樣。可憐的米妮一定讓他遇到了挑戰，因為她真的很不起眼。

梅多斯旁邊是《證人報》的法庭繪師，是一位臉色蒼白的英俊小夥子，有著稻草色的頭髮和鷹勾鼻，他時而啃鉛筆，時而咬指甲。他的目光從米妮・布朗身上移開，落在旁聽席前排的一位女士身上。雅各順著他的視線看去，引起繪師注意的並不是青春、美貌或優雅的打扮。她的灰白頭髮像凌亂的拖把，下巴尖銳。她向前伸長脖子，彷彿一點也不想錯過人們所說的每一個字。

雅各覺得她看起來像個巫婆。如果加上掃帚和尖帽，就成了一幅精美的漫畫作品。也許她引起繪師的興趣，是因為她是一位知名的公眾人物。雅各無法確定她是誰，但偉人和善人最喜歡的消遣莫過於觀看幾小時的法庭大戰。這次審判所吸引的觀眾，就跟熱愛奧德維奇鬧劇的那種觀眾一樣熱切。如果沒有記者證，雅各就得每天早上排長隊，就為了有機會看到埃德加爵士竭盡全力絞死克萊夫・丹斯金。

巫婆正在打量囚犯，尋找他品格敗壞的明顯線索，就像集郵家檢查一張稀有郵票是否有瑕疵。雅各覺得丹斯金是個非凡的標本，就像收藏家眼裡的黑便士郵票。這並不是因為他的外表有什麼特殊之處。他的棕髮梳得整齊，留著牙刷般的小鬍子，西裝革履，衣冠楚楚，足以誘惑菸草商女助理和茶館女侍，但他永遠不可能被誤認成雷蒙・諾瑞洛那種電影明星。

不，克萊夫・丹斯金的非凡之處在於他的舉止。整個審判過程中，他就像正在觀看槌球比賽的觀眾，而不是等著被定生死的受審者。幾星期後，他一定會被處決。然而，在埃德加爵士陳述案子時，丹斯金以一種近乎冷漠的平靜態度聆聽每一位證人的證詞。

動機、手段、機會……檢察官把整個骯髒的故事說得一清二楚。丹斯金是個絲襪推銷員，他的出差給了他無數機會來勾引寂寞的女人。他已婚，而且負債累累。一天晚上，他的汽車在英格蘭北部的一個偏遠地區被發現起火燃燒，車內有一名男子的焦屍。現場發現了丹斯金攜帶的手杖上獨特的銀色尖端。警方起初推斷丹斯金在一場可怕的事故中喪生，但當他的照片出現在報紙上時，一位憤怒的債權人發現他在特拉法加廣場爬進了一輛計程車。同一天，警方在克羅伊登機場逮捕了他——就在他即將登上飛往法國的班機的幾分鐘前。

時至今日，警方還是沒能確認屍體的身分。據推測，死者應該是一名路過的流浪漢，丹斯金以讓他搭便車為藉口讓他上了車，之後將他毆打至死，再給他穿上自己較差的一套西裝、大衣和毛氈帽。官方科學專家表示，車子著火並非自然肇因，而是有人刻意縱火燒車。

丹斯金的私生活一團糟。給分居的妻子和分散在全國各地的情婦生活費，加起來是非常恐怖的金額。他有一個令人信服的動機：殺死流浪漢並給屍體穿上自己的衣服來詐死。這起犯罪讓他有機會擺脫一大堆責任，在歐洲大陸開始新的人生，而他所謂的遺孀則受益於他半年前買的人壽保險。

他聲稱一個流浪漢偷了他的汽車和財物，但這似乎是個缺乏說服力的謊言。警方辛苦地追查一輛神祕的豪華轎車及其司機，他聲稱之前是搭了那輛便車從英格蘭西北部到倫敦。此案已被報紙和電臺廣播廣泛報導，但沒人出面承認自己就是那位司機。如果這個「好撒馬利亞人」真的存在，現在在哪裡？

「謝謝妳，布朗女士。」埃德加爵士盡可能試探了法官的耐心後說道：「請留在原位。我的博學友人也許會想對妳做些交叉詢問。」

御用大律師帕西瓦爾．朗恩慢慢起身時，米妮．布朗渾身發抖。辯方律師身形矮胖、睡眼惺忪，做任何事都不匆不忙。他笨重的動作與對手的活力形成鮮明對比。當然，沒有任何跡象表明他有能力對傑克森建立的陳述做出強力反擊。

「我對這位證人沒有任何問題要問，庭上。」

在雅各旁邊，海頓．威廉斯在小本子上寫下：**已正式拋棄希望**。

「瞭解。」凱尼法官說：「埃德加爵士？」

學識淵博的檢察官跳了起來，對陪審團露出了滿意的笑容。「檢察官的陳述到此結束，法官大人。」

法官宣布休會去吃午餐，記者們紛紛起身。兩名法警將囚犯押出被告席。克萊夫．丹斯金步伐輕快，彷彿迫不及待地想吃午餐。就算他有感覺到喉嚨上的絞索收緊，也沒有表現出來。他的冷靜態度令人驚嘆。他看起來簡直就像想吹出一支快樂的小曲。

＊　＊　＊

「沒有什麼比一場聳動的謀殺案更精采，孩子。」海頓・威廉斯在新聞發布室向雅各保證。他們打了電話給辦公室，通報了今早的最新進展，但沒理由占據頭版。如果克萊夫・丹斯金敢於出庭作證，今天下午他們就可以放煙火了。

海頓是弗利特街的元老級犯罪記者，他憤世嫉俗的人生觀就跟他在梅里奧尼斯郡的祖先們對長老會信仰一樣虔誠。他吹噓說他在被告席上見過所有偉大的殺人犯，包括邪惡的克里彭和埃塞爾・勒・妮芙、喬治・約瑟夫・史密斯，巴斯新娘殺手，還有阿姆斯壯和格林伍德那兩個絕命律師。如果哪個菜鳥記者落入陷阱，指出埃塞爾・勒・妮芙和哈洛德・格林伍德當年都被無罪釋放，海頓會以一種「老子懂得比你多」的方式輕敲自己的鼻子，然後放聲大笑，嘲笑菜鳥的天真。

「你確定埃德加爵士已經證明這是謀殺？」雅各面無表情，指向法庭裡擠成一團的律師們。「丹斯金的律師已經盡力在工程師的專家證據中找出漏洞。」

海頓嗤之以鼻。他的審判報告充滿了腥羶色。他的競爭報社的記者們猜測，如果他改當小說家，他的銷量將超過薩珀和薩克斯・羅默這兩位大師的總和。對海頓來說，重要的是氣氛——囚犯跪地哭泣求饒時的恐懼氣味，陪審團釋放一名被指控的婦女時所引發的震耳歡呼。「事實」這玩意兒，是可有可無的調味料，是為「真相比虛構小說更離奇」的案件所保留的擺盤配菜，或為了阻止有人指控誹謗的最後手段。

「他們那是絕望，我的孩子，純粹的絕望。」

海頓用一隻手梳理亂糟糟的白髮。他五十五歲，但看起來像七十歲。他臉上的皺紋深如戰壕，雙眼惺忪，而他的大肚腩意味著在記者席上沒人能從他身邊擠過去。他的衣服聞起來像樟腦丸和隔夜的啤酒。雅各很少見過他喝醉，但也很少見過他完全清醒。

「面對這種向檢察官一面倒的案件，哪個陪審團會猶豫？他們用不到半小時就會做出決定。克里彭當年在二十分鐘內就被定罪了，我有跟你說過那個故事嗎？而今天這件案子，已經塵埃落定了。根據我們聽到的罪證，被告就算是聖人也一定會被送上絞刑架搖擺。記住我這句話：在夏天結束之前，丹斯金將被埋在一個沒有標記的六呎深墳墓裡。」

雅各覺得作嘔。「這整個案件都只有間接證據。」

「那你還想要什麼？」海頓故作驚訝地挑動濃眉。「丹斯金被拍到站在那輛車旁邊，髒兮兮的手裡捏著一根點燃的火柴？我說真的，孩子，這裡唯一天真無辜的人只有你。」

不到六個月前，雅各因為報社的前輩英年早逝而獲得了晉升。海頓向所有人堅稱，他已將這個小夥子置於自己的羽翼之下，並傳授了所有本領。雅各喜歡他的荒誕故事和陪伴，但忍不住懷疑這個老人的嘲笑好像流露一絲嫉妒的痛苦。不是嫉妒他的工作，而是嫉妒他的青春。

「丹斯金是個令人討厭的無賴。」雅各說：「他利用自身魅力來剝削那些寂寞又天真的人。他是個騙子和劈腿狂，但這並不意味著他是個殺人犯。」

「以年輕新血來說，你有時候跟驢子一樣頑固。老埃德加已經表明了丹斯金有手段和機會。他甚至不遺餘力地說明了動機，儘管陪審團可以在沒有動機的情況下就將被告定罪。陪審團的那十二個好人還需要什麼？」

海頓的朗誦風格堪比競技場劇院的老司儀。也許他是被報社工作耽誤的大律師，只缺假髮和法袍加身。

「如果判決會決定一個人是生是死——」雅各說：「我們不是應該懷疑他可能無罪？」

「我從沒想過你這麼婦人之仁，孩子。接下來你是不是要告訴我你不相信死刑？」

「我和鮑德溫一樣不是那種左派。」雅各厲聲道：「我想說的是，在交叉訊問的時候，那位專家顯得含糊其辭。我們真的能確定流浪漢不是死於意外嗎？即使他是被謀殺的，我們怎麼知道丹斯金真的放火燒了自己的車，車裡躺著一具無名屍？如果丹斯金說的是實話？」

「如果丹斯金說的是實話，那麼豬就會飛了，孩子。」

「假設他的車被偷了，有個陌生人出於好心載他去倫敦。沒有人站出來支持他的不在場證明，這真的有什麼關係嗎？這反而說明了這個說詞的真實性。既然他的說詞聽來這麼不可能像是事實，那他為什麼要編造這麼拙劣的謊話？」

「答案是『胡說八道』——請原諒我的專業術語。如果你問我，我認為丹斯金當時驚慌失措，所以警察第一次盤問他的時候，他就隨口胡謅了這些說詞，之後也只能將錯就錯。他深怕如果改變說詞，他的可信度就會受到打擊。」

雅各無奈地聳肩。海頓拍拍他的肩，指向門口。

「算了吧，小夥子，如果你認為像丹斯金這樣的騙徒應該無罪開釋，那你顯然是感冒了，腦子不正常，想像力戰勝了理智。給你這副瘦弱的身子補充一些像樣的食物吧。去喜鵲吃排骨和薯條，用健力士啤酒沖下肚怎麼樣？」

貝利街對面的「喜鵲與樹樁」餐廳是海頓的第二個家。他很喜歡坐在餐廳裡的吧檯前，用他最喜歡的那些維多利亞時代的企業故事來取悅聽眾。十九世紀，房東把餐廳樓上的房間租給了富有的偷窺狂，好讓他們俯瞰「新門監獄」的公開處決。如果這還不夠滿足他們的胃口，他們還可以狼吞虎嚥地吞下餐廳裡豐盛的早餐，包括牛排、芥末腰花，以及任君喝到飽的麥芽酒或黑啤酒。一想到那些人的後代對《號角日報》和《證人報》上的審判報告垂涎欲滴，雅各就覺得噁心。

「不用了，謝謝。我想頭腦清醒地聆聽辯方陳述。」

「如果你喝得酩酊大醉，就會覺得辯方陳述聽起來頭頭是道。一旦丹斯金開始回答關於這個開車送他去倫敦的神祕人的問題，老埃德加就會收緊他脖子上的絞索。」

「你覺得丹斯金會給出證據？」

「說真的，他給不給都死定了。有些法官說過，讓被控訴的殺人犯為自己作證，這其實是一種殘酷的仁慈。他們的說詞通常會害自己被吊死。丹斯金擁有能言善道的天賦，能把女店員哄上床，但想在命案審判中向法官和陪審團講述一個鬼扯的故事，這是另一種本領。不過呢，如果朗恩決定不把丹斯金叫上證人臺，陪審團會認定丹斯金害怕被抓到證詞中的漏洞。所以不管怎樣，他都完蛋了。相信海頓叔叔。」

「我還有報告要寫。」雅各咕噥。

「我的已經打好字了。」

海頓拍拍肚皮表示祝賀。他們走出去，加入外面的人群。雅各忍不住提出懷疑。

「如果他被無罪釋放呢？」

「那麼報導的內容基本上還是一樣，只是分量減少一半，而且藏在內頁裡。」海頓的笑容露出黃色門牙之間的縫隙。「但你這個問題是學術性的問題，意思就是根本不會出現。相信我，孩子。克萊夫．丹斯金絕對有罪。願主憐憫他的靈魂。」

第四章

海頓．威廉斯跺著腳去尋找液態點心時，雅各吸了一口潮溼的空氣。老貝利街不再受到新門監獄時代的惡臭所困擾——以前的法官會帶著鮮花來驅逐監獄的熱病和囚犯的體臭——但這裡的通風仍然嚴重不足。他很高興逃離了令人窒息的氣氛。

他思緒飄遠，因此在一塊被雨水打溼的鵝卵石上沒站穩，與停在他面前的一位身材魁梧的女子相撞。她正在抬頭凝望大樓頂部穹頂上的青銅雕像。雅各認出她就是引起法庭繪師注意的巫婆。

「不好意思。」他說：「我走路沒看路。」

「我沒事，年輕人。」

她沒發出巫婆的咯咯笑聲，而是有一種熟悉的約克郡口音，令他感到安心。在法庭裡相隔一段距離時，他猜想她是個六十歲的老處女。但現在仔細一看，她可能年輕個十五歲或二十歲。他也錯判了她的婚姻狀況——她唯一佩戴的首飾是一枚黃金婚戒。她有著天鵝般的長頸和巨大的胸部，穿著一件花稍的紫紅色斗篷，底下是一件樸素的花呢套裝，比較適合肥胖的男性農民。

「請容我再次表示歉意。」

「胡說，是我擋了你的路。」她向穹頂上的雕像揮揮雨傘。朱斯提提亞右手持劍，左手舉著正義的天平。「根據古老的傳說，正義女神對人間的罪惡感到絕望，為了不被玷汙而隱居到了天上。我每次來到這裡，都會表達敬意。」

雅各凝視著雕像。「她沒戴蒙眼布。」

女人哼了一聲：「她從沒戴過，至少老貝利街這尊沒有。在古典時代，她的尊嚴和少女的姿態足以激發惡人的恐懼和善人的勇氣。『盲目正義』的觀念是後來出現的，是中世紀的一個錯誤轉折。法官需要清晰的視力，尤其在面對丹斯金這種複雜案件的時候。」

「妳不認為這件案子已經結案了？」

「一點也不。對丹斯金不利的證據似乎令人信服，但誰知道呢？埃德加爵士總是那麼自信，也許他得意得太早了。如果他精心建構的案子最終其實是建立在沙子上，我也不會感到驚訝。」

這個女人喜歡逆流而上，雅各心想。她可能有點古怪，但絕對聰明。他好奇她是不是反對死刑的社運人士；每當一名被定罪的殺人犯在早上八點鐘走向刑場時，這種人都會在監獄門外進行孤獨的守夜抗議。

「妳是懷疑論者，太太……？」

「我姓多貝爾。而且我比較喜歡把自己稱作現實主義者，弗林特先生。」

他愣了一下。「妳知道我是誰？」

「我的頭腦裡有一對眼珠子，年輕人。你和其他記者坐在一起，每天早上在開庭之前翻閱《號角日報》。」

他更感興趣了。「這件案子跟妳有什麼關聯嗎？妳該不會是丹斯金的親戚？」

「老天，才不是。」她停頓。「謝天謝地。」

「所以妳認為他可能會被判有罪？」

「不，不。你必須先放下職業習慣，不要把我沒說過的話塞進我嘴裡。我的意思很簡單：與一個面對死刑審判的人有著個人關聯，這是很可怕的。受苦的不僅僅是囚犯，也連同他周圍的人。他的親友會因為跟他有關聯而被汙名化，被處以社會性死刑。」她激動得嗓音顫抖。「丹斯金是個可憎的人，但這就意味著他是殺人犯？」

「這個嘛，的確不是，不過……」

「況且，我們到現在還沒聽到辯方的陳述。審判只進行到這個階段，怎麼可能有人現在就能判斷他是否犯了罪？還是《號角日報》更喜歡未審先判？」她的銳利目光提出指控。

「抱歉，妳確實說得對，證明有罪前應該推定無罪。」

「這是報社很少記住的原則。」她說：「我只能希望，你不會隨著歲月的流逝而忘了它。」

「妳對我們目前為止聽到的證據有何看法？」

她搖頭。「檢察官已經建立了一個強大的案件陳述，但人們永遠應該期待意想不到之事。」

「你認為丹斯金其實並不像他被描述得那麼黑暗？」

「誰知道呢？他身上黏了很多泥巴，而且還有更多泥巴要往他身上扔。儘管如此……」她朝穹頂上的青銅女士揮揮雨傘。「『正義』總是以奧妙的方式運作，弗林特先生。其永恆的魅力就在於此。」

她簡短地點個頭，沿路大步離去。

＊　＊　＊

「你的名字是格倫維爾・菲茲洛伊・惠特洛？」

「是的。」

雅各給御用大律師帕西瓦爾・朗恩起的綽號是「烏龜」。這位辯護律師行事謹慎，小心翼翼的態度幾乎顯得昏昏欲睡。相較之下，埃德加爵士是天生的野兔。即使烏龜在極少數的情況下提出反對意見，他缺乏自信的態度也意味著他對自己打斷對手的發言而感到後悔。他並不是為死刑案件擔任辯護律師而聞名——他平時專門為政府官員提供憲法法律方面的建議。雅各覺得他的開場白極其缺乏表演性。這場審判將決定丹斯金的生死，而烏龜那副「悲傷多於憤怒」的態度肯定是不夠的。

烏龜責備埃德加爵士，說對方無法證明焚毀汽車中的男子真的是被謀殺而不是恐怖事故的受害者，也無法證明他的委託人提出的不在場證明真的是謊言。他說，這些缺點解釋了為什麼他不會請他的委託人作證。檢察官必須證明他有罪，而不是由辯方律師來證明自己的委託人無罪。烏龜這招是個大膽的策略，但也表明他沒其他招了。

烏龜花了很長時間整理公事包裡的文件。他做任何事都是慢吞吞。他的龜速是想刺激得對手發脾氣？在大夥等待的時候，埃德加爵士咕噥抱怨。

「我必須道歉。」烏龜突然說：「我應該這麼問：你是格倫維爾・菲茲洛伊・惠特洛少校，曾獲『傑出服務勳章』？」

證人身材瘦削，鷹勾鼻，一頭黑色短髮，動作僵硬而突然，態度也是如此。他把右手插在剪裁精良的西裝外套內側。

「是的。」

「一九一七年秋天，你在戰火中表現英勇而被授予傑出服務勳章？」

「是的。」

「如果我有說錯，請原諒我，惠特洛少校，但你是不是在那次行動中受了重傷？」

證人從外套內側抽出右手時，灰眸未曾閃爍。只不過那不是手，而是鋼爪。坐在旁聽席上的人們低聲喘息，很快就陷入了尷尬的沉默。

「我在一次進擊時被炸傷。」他說：「我們那天推進了整整五十碼。」

「你現在的職業是什麼，惠特洛少校？」

「我在白廳大道工作。我的職責包括協調內政部和校級軍官之間的聯絡。」他的簡潔語氣就像在牛津大學的公共休息室裡。「我在敵後作戰時學會了一些語言，所以當局允許我為國效力。」

「我相信你所言。」烏龜說：「我無意窺探關於國家安全的任何領域，但我是不是可以說你最近正在處理非常緊急的事務？」

「這種說法是正確的。」

「謝謝你。」說明了自己為何首先傳喚這位證人之後，烏龜開始翻翻紙頁。「你能不能告訴法庭，你今年二月三日的晚上做了什麼？」

惠特洛少校挺直了肩膀，雅各想像他大步穿過閱兵場。沒有任何一個阿兵哥會敢惹這個人不高興。

「我從我母親家開車回家。她住在威斯摩蘭的柯比朗斯代爾。」

「你確定日期嗎？不可能弄錯？」

「完全不可能。」

「真的嗎？為什麼？」

惠特洛少校皺起眉頭，表明他不習慣自己的言論受到質疑。「我在這方面有充分理由。在那天的隔天，我因為緊急事務而要前往歐洲，在那裡無限期停留。我母親心臟不好，健康一直很差。我很想在搭機前見她一面。」

「你不知道當你的……」烏龜用一種低聲而同情的語氣問：「任務完成後，你是否還有機會再見到她？

惠特洛少校低下頭，但嗓音依然平穩。「是的。」

「請描述一下你開車回來時發生了什麼。」

「我載了一名男子一程。」

「什麼情況下？」

「在蘭開夏郡的北部，我發現他站在一條路的路邊。當時天色很暗，他揮舞帽子要我停車。他衣著得體，但沒穿外套；在那麼寒冷的冬夜，而且下著雨，這讓我覺得不尋常。而且他沒有任何行囊。他顯得很焦躁。我覺得有必要停下來、問他我是否能提供幫助。」

「他說了什麼？」

「他說他原本在開車，後來停下來讓一個搭便車的人上車。是個流浪漢。」

「流浪漢？」

「是的，當時天氣很冷，流浪漢聲稱自己已經走了一整天的路。那傢伙可憐他，說他可以上車。他表示可以載流浪漢去蘭卡斯特。」

「為什麼是蘭卡斯特？」

「他是一名推銷員，一整天大部分的時間都在路上。他說他當時累了。他計畫第二天早早起床，一大早開車回倫敦。」

「他說他讓流浪漢上車後發生了什麼？」

「他的車開始出問題。他跳下車，想打開引擎蓋檢查，而接下來他只知道有人打了他的頭。」

「有人？」

「他推測是流浪漢，但因為他失去了知覺，所以並沒有看到發生了什麼。他醒來時，車子不見了，他的外套也不見了。流浪漢不見蹤影，連同他的皮夾和放在汽車後車箱裡的一個旅行箱。」

「你對這個說詞有什麼看法？」

「我覺得聽起來很怪。」惠特洛少校說：「我的判斷未必正確，但我覺得他告訴我的是真相，他做出善行卻換來了可怕的經歷。」

埃德加爵士暴躁地對他的後輩嘟囔了一句，但還是讓體內的火藥保持乾燥狀態。雅各看了法官一眼。烏龜在證據方面顯然得寸進尺。如果受到質疑，烏龜可能會辯稱，最重要的問題並不是丹斯金是否真的遭到襲擊，而是他對他的救援者說了什麼。總之，這都是學術性的問題。惠特洛少校的不怒而威令人著迷。

「你是什麼時候形成這個觀點的？」

「就在他說完來龍去脈的時候。」

「這麼快？」

「迅速做出判斷，這是我目前職責的必要環節。」證人抬頭看著法官。在他的注視下，就連戴假髮的莊嚴老者也眨了眨眼。「這是我在打仗時養成的習慣。」

「就算一個人的生死可能取決於這種判斷的準確性？」

烏龜看了對手一眼，似乎認為對方會提出異議，但野兔依然坐在椅子上。證人是一位戰爭英雄，一位愛國者，他在執行任務時所做出的個人犧牲是顯而易見的。

「是的。」

「你能不能告訴法庭，你為什麼相信這個人？」

「我親眼目睹過腦震蕩在戰場上的影響。他的舉止和他的說詞是一致的。他似乎失去方向感，不過從外表上來看，沒有明顯的身體損傷。」

「還有其他原因嗎？」

「在我在路邊發現那個人的五分鐘前，我經過了一輛牛鼻莫里斯牛津。」

「牛鼻莫里斯牛津。」烏龜重複了一遍，雖然法庭上應該沒有人不明白汽車品牌的重要性。

「是的，那輛車是迎頭駛來。我注意到它，是因為它行駛得歪歪斜斜。我當時必須踩煞車，以免發生碰撞。那名司機可能喝了酒，但說實話，我沒注意他是什麼模樣，因為我更在意的是保護我自己和我車子的安全。」

「我明白。你能看到司機什麼部位？」

「什麼也沒看到。路邊那個人告訴我他的車是牛鼻莫里斯時，我得出了明顯的結論：他說的是實話。」

「所以你同意載他——去哪裡？」

「他問我自己要去哪，我說我原本要直接回倫敦，他說這剛好。在流浪漢事件發生後，他不想被困在蘭卡斯特。如果我不反對，他願意跟我一起回倫敦。」

「你對他這麼說有什麼看法？」

「我建議他盡快去看醫生、找警察。戰場經驗告訴我，頭部傷勢絕對不能等閒視之。他說他只想回家。」

「你如何回應？」

「我同意開車送他去倫敦。」

「路上還發生了什麼事嗎？」

「沒有，他說在經歷了如此令人不安的事件後，他累壞了。我提議他坐到後座上，看他能不能小睡片刻。」

「他有睡嗎？」

「他睡得像個嬰兒，直到我們快到目的地。」

「你在哪讓他下車？」

「北環路，午夜過後。他說那兒離他家很近。當然，他沒有行李，他的東西都跟他的車一起被搶走了。我提議把他送到他家門口，但他斷然拒絕，說我已經幫了夠多了。我試著堅持，但他看得出來我很疲倦，還說在我這樣的……殘障狀態下開車一定很累。」

「的確。」烏龜噘起嘴唇。「那人有告訴你他姓什麼嗎？」

「有。」

「他叫什麼？」

「丹斯金。」

「今天在這個法庭上，你有看到那天讓你載一程的那個人嗎？」

惠特洛少校第一次轉向被告席。在整個審判過程中，克萊夫．丹斯金始終保持冷靜。此刻，在整個庭審過程中，他臉上的光滑面具第一次出現裂縫。他盯著惠特洛少校，微微點頭。

「就是那個人。」鋼爪指向被告席。「那個囚犯。」

* * *

「好吧，我確實跌破了眼鏡，」海頓．威廉斯又開始吐出他那無底洞的陳腔濫調。「這簡直就像原本一面倒的網球賽，卻出現好大的逆轉勝！」

惠特洛少校在法庭上指認克萊夫．丹斯金時，旁聽席爆發歡呼聲，淹沒了法官接下來做出的保證：丹斯金將在品格不受任何誣衊的情況下無罪開釋、走出法庭。如果惠特洛在讓丹斯金上車的幾分鐘前就經過駕駛牛鼻莫里斯的流浪漢，那麼檢察官的案件陳述就會像紙牌屋一樣崩塌。

「那位少校是完美的證人，」雅各邊說邊走向出口。「他昨晚才回到英國，這解釋了他為什麼沒有早點站出來。」

「如果是進行什麼機密行動，我也不會感到驚訝。」海頓嘆氣。「我敢打賭他在這方面一定有精采故事，只可惜我們永遠撬不開這個牡蠣。」

「試試也無妨。我打算打電話去他的辦公室，看看他是否願意說幾句話。」

「祝你好運。」海頓說：「我現在就能告訴你，他一定不會配合。」

雅各知道，這種悲觀主義並不會阻止《證人報》嘗試所有技倆來搶占先機，但他只是說聲他認為海頓是對的。

「我永遠是對的，孩子。」較年老的男子得意地說道：「相信海頓叔叔。說實話，我可不想在黑暗的小巷裡撞見少校，那種人會毫不猶豫地割開你的喉嚨，沒有內疚，沒有道德疑慮。」

「跟記者不一樣？」

海頓像是胯下被打了一拳。「你這個自命不凡的年輕人，你對自己職業的自豪感跑哪去了？總之，我沒時間和你這種人鬼扯了。我得調整一下我的報導，可不能讓它在最後爛掉。一個小夥子在被判處絞刑之前的幾個月一直堅稱自己無罪，卻在最後時刻自白認罪，這種故事可再精采不過。這就是最棒的人性化故事。但故事出現了一些轉折，神祕的證人總是讓讀者心跳加速。」

在外面的街上，雅各看到克萊夫・丹斯金正在跟烏龜握手。一些興高采烈的女性無視綿綿細雨，圍在他們身旁表示祝賀。幾個女人看起來一臉崇拜，彷彿把丹斯金誤認成舞臺或銀幕上的萬人迷。

「我要感謝我的法律代表為確保我獲釋付出的巨大努力。」丹斯金宣布：「這幾個月是一場可怕的磨難。如果我不發表演說，請原諒我。我當然不會把我的故事賣給媒體。有人寫了殘酷報導來批評我，這種傷疤不會很快癒合，但我對英國司法未曾失去信心。」

聽見這番話，幾個希望能獲得獨家報導的記者臉臭臭地轉身離去。隨著人群逐漸散去，雅各看到一件熟悉的淡紫色斗篷，在灰暗午後的唯一一抹色彩。多貝爾太太在克萊夫・丹斯金耳邊嘀咕了什麼。雅各走近一些，看到丹斯金思索片刻然後快速點點頭。一位相貌年輕但雙峰傲人的年輕女子抓住丹斯金的手、表示祝賀時，多貝爾太太走開了。

「妳說得沒錯。」雅各對她說：「正義確實總是以奧妙的方式運作。不知道妳能不能抽一點時間給我？我相信《號角日報》的讀者會非常重視妳的任何見解……」

她的鼻頭抽搐，就像一隻獵犬嗅到可疑的氣味。「我重視隱私，弗林特先生，而且我從不接受採訪。我唯一能告訴你的，就是早在你出生之前，在我參加的第一場庭審中，有個法官做出充滿敵意的總結，導致陪審團認定一名無辜者犯下了謀殺罪。那位法官後來在同一個法庭裡割開了自己的手腕。他的心智扭曲了。但對那個被他害死的人來說，真相來得太晚了。」

「薩弗納克法官。」雅各來不及阻止自己。

「你應該認識那位已故法官的女兒。」女人揚起尖下巴。「瑞秋·薩弗納克。」

他瞪著她。多貝爾太太怎麼知道他和瑞秋認識？

他清清喉嚨。「是的。」

她姿態放鬆，露出惡作劇的微笑。「下次你和薩弗納克小姐談話時，請告訴她去『瑟西俱樂部』找我。我想和她談談謀殺。」

第五章

「吉爾伯特・佩恩死了。」楚門宣布，走進作為岡特屋早餐室的優雅玻璃溫室。

空氣中瀰漫著香料味。瑞秋在一塊厚吐司上抹上奶油，再塗上海布拉蜂蜜，然後乾淨俐落地用刀將它一分為二。她隔著桌子坐在廚師兼管家兼楚門之妻對面，望向窗戶的圍牆庭院和花園。她放下刀，挑起眉毛。「你應該是指之前都住在丹吉爾的伯特倫・瓊斯吧？」

楚門亮出一份《泰晤士報》，腋下還夾著另外六份報紙。「媒體是這樣稱呼他的，多虧了他夾克口袋裡的假護照，否則警方會很難辨認他的身分。他的屍體在鐵路線上被發現。輾過他的火車把他的屍體弄得一團糟。」

「他是在哪兒被發現的？」

「從布魯克伍德到倫敦的四分之三路程。據報導，他從車廂裡摔下來，正好被滑鐵盧特快車撞上。」

海蒂・楚門開口：「如果屍體無法辨認，也許它不是佩恩。」

瑞秋喝完杯子裡的柳橙汁。「妳認為他又一次詐死？」

「也不是不可能吧？有一就有二……」

瑞秋搖頭。「很有意思的理論，我也希望是真的，可惜這次歷史並沒有重演。佩恩沒時間召喚出替代屍體。」

「報告怎麼說？」海蒂問。

她丈夫把報紙扔到桌上。「他們在終點站檢查時，發現佩恩車廂的門沒關好。他的行李箱還放在座位上。」

「沒有任何跡象表明箱子裡有什麼重要的東西？」

「沒有，佩恩是喜歡冒險，但不會蠢到隨身攜帶任何能暴露他真實身分的東西。就算他有帶，殺他的人也會在下火車之前把它拿走。」

「報紙上一定說死者原本是獨自一人在車廂裡？」瑞秋問。

「當然，不過有個目擊者站出來，是個牧師，說他坐在隔壁車廂。抵達威斯敏斯特橋路後，他告訴一名搬運工，說他在回倫敦的途中看到火車上有個東西掉出來。他說他當時在打盹，同車廂裡的另一個人在熟睡，所以都無法提供任何幫助。牧師甚至懷疑那是否出自他的想像。」

「這番說詞含糊得可真方便。」瑞秋嚼吐司。「他應該沒留下名字吧？」

「就算有，所有的報導都沒有提及。據搬運工說，那是一位來自殖民地的牧師，自稱正在回加拿大的路上。」

「如此一來，如果當局想進一步詢問，也無法取得聯繫？」

「一點也沒錯。」

「所以他不會參加偵訊，而這將鼓勵警方做出『意外死亡』的判決，也找不到能通知的死者至親。就此結案。」

瑞秋凝視窗外。花園圍牆上布滿尖刺。岡特屋坐落在倫敦最安靜、最高級的廣場之一。這座建築是由一位渴望隱私的富裕詐欺犯斥巨資翻新。警察最終逮到他後，瑞秋從破產受託人那裡買下了這棟房子，以她長大的島嶼重新命名，並在這裡安頓了自己和她少數幾個隨從。儘管這棟豪宅非常龐大，唯三的傭人就只有楚門家三人：海蒂、克里弗德和他的妹妹瑪莎。

「高招。」楚門勉強表示欽佩。「在前往墓園的路上，那對惡棍刻意在隔壁車廂裡引起注意。如果任何鐵路工作人員說在回程中看到他們倆進入了死者的車廂，這也很容易解釋，就是那兩人走錯車廂了，反正也沒人能證明他們倆是故意走錯。」

「弗利特街的紳士們如何看待伯特倫．瓊斯的死訊？」瑞秋問：「自殺還是離奇事故？」

「倫敦墓地公司有個聰明人已經給出了解釋。他認為伯特倫．瓊斯一定是在路上睡著了，醒來後精神恍惚。他以為車廂外面有一條走廊，於是打開車廂門，還沒意識到自己的錯誤就摔了出去。幾年前，一起類似的不幸事件也發生在某個精神不濟的可憐人身上。那是一場無法形容的悲劇，但顯然不是火車公司的錯。」

「太天真囉。」瑞秋又給自己倒了一杯咖啡。「在『迅速下結論』這方面，我給那個聰明人一百分。如果乘客是故意自殺而不是死於機率不到百萬分之一的不幸，這對生意來說更糟糕。火車公司可不會想成為『自殺列車』。」

楚門呻吟。「他們的列車被稱作『僵肉特快車』，這已經夠慘了。」

「他是在快到目的地的時候才被殺掉，」瑞秋思索。「他們一定有審問他，確認他沒有向我透露任何情報。」

「妳沒告訴他妳叫什麼名字？」

她給了他一個輕蔑的眼神，但管家這時插嘴：「即使妳當時戴著面紗，穿著寡婦服，但妳覺得要過多久才會有人發現妳在多管閒事？」

楚門幫腔：「我很不想這麼說，但海蒂是對的。妳正在玩一場危險的遊戲。倫敦有多少年輕女人以離奇的謀殺案為樂？」

「豪賭就是我的本性。你們倆都知道。」

「妳遲早會被發現。」海蒂說。

瑞秋聳肩。「從我有印象以來，我們就一直在冒險，我們四人。我們現在正在做我們當年一直想做的事，這讓我們的人生變得多采多姿。」

「佩恩被逼供的時候，一定滔滔不絕地描述了他和妳的談話。」楚門說。

「我什麼也沒透露。」

「我不是說妳有，但如果……？」

「我不在乎**如果**。」瑞秋壓低嗓門。「這些人是粗魯的暴徒，受僱殺人。他們拿槍或刀審問他，然後把他打暈，扔到鐵軌上。他們精心選擇了時機，算得恰到好處，這樣佩恩的身體就會被迅速駛過的火車撕碎。他們已經賺到了工資，何必為我這種麻繁瑣事傷腦筋？據他們所知，我可能只是已故佩恩夫人的一位悲痛親戚。」

「他們已經確保與佩恩母親最親近的兩名婦女不會參加葬禮。」

「我可能是哪個遠房表妹或侄女，他們會這樣告訴自己，畢竟這種解釋最簡單，每個人都喜歡最簡單的答案。」

「只有妳例外。」楚門說。

她露出冷冷的微笑。「你可真瞭解我。」

海蒂・楚門再也管不住自己的舌頭。「佩恩是活在謊言裡，但沒活該到應該被謀殺。妳當時真的沒辦法再做些什麼來說服他？」

瑞秋把一隻手放在較年長的女子手上。「除了在其他哀悼者眼前綁架他？」

「如果這麼做有用——」楚門說：「我們當時就這麼做了。」

「佩恩放棄了希望。」瑞秋說：「他臉上寫滿了絕望。我並不驚訝。隨著日子一天天過去，丹吉爾市的魅力也逐漸消失。別忘了，早在他假死、逃離這個國家之前，他就已經活在謊言之中。至少他對他母親的愛是真誠的。參加完葬禮後，他就不再在乎自己會有什麼下場。他的時間本來就是借來的，他也厭倦了躲在恐懼中。意識到自己的偽裝失敗後，他就做出了決定。長痛不如短痛。」

「那雷吉・維克斯呢？」海蒂問：「妳說得沒錯。他告訴妳的關於佩恩還有謀殺他的陰謀，那一切都是真的。我必須承認，我當時抱持懷疑。那真是個很瘋狂的故事。」

「他害怕得不敢撒謊。」瑞秋說。

「現在他一定陷入了愁雲慘霧之中。」楚門說：「我之前說過，維克斯不可靠。」

「要不是他——」瑞秋淡定道：「我們就不可能知道吉爾伯特・佩恩還活著，更不不可能知道他將以假名返回英國。」

「或是克萊夫・丹斯金將被無罪釋放。」海蒂說：「或關於其他人，亨利・羅蘭和那個女人，或是莫特曼莊園。」

楚門開口：「維克斯一定意識到他跟妳說了太多。」

「他並沒有告訴我他知道的一切。」瑞秋說：「他隱瞞了一些事。他這麼做很愚昧。既然偷隻小羊就會被絞死，那何不如偷一隻肥羊？」

「要不要我去跟他談談？」

「麻煩你了。我和他確實需要談談，面對面。」

「如果他哀求妳忘掉他說過的一切？」

「妳不會忘的。」海蒂說：「是吧？」

「沒錯。」瑞秋說：「我從不遺忘。」

＊　＊　＊

雷吉・維克斯在床上翻來覆去，覺得頭痛，口乾舌燥。他勉強睜開眼睛，看向胡桃木小桌上的鬧鐘。

八點零五分。他明明設定了七點。這個破玩意兒為什麼沒叫？

「是不是你……？」他開口，然後才意識到自己孤身一人。

他費勁地下了床，伸手梳理亂糟糟的頭髮。住在奧爾巴尼公寓的一套單身房間的優點，是步行一小段距離即可到達他在白廳大道的辦公室。他掀開絲絨窗簾，俯視中庭。

今早陽光明媚，沒有下雨的跡象，謝天謝地。看來今天能在羅德板球場打球一整天。他急著去聖約翰伍德活動身子。打一個下午的板球，會讓他受益匪淺。

從太陽穴的抽搐程度來看，他昨晚灌了很多蘇格蘭威士忌。杜德說的是對的，他喝太多了？杜德最近似乎不太諒解他。他們昨晚吵了架，不過現在雷吉發現自己很難想起他們爭吵的確切原因。算了，不重要。人有太多煩惱時，酒瓶就是個不錯的避風港。

床上空無一人，也沒有杜德疊得整整齊齊的衣服。也許杜德在為新的一天做好準備時，他自己睡得根本沒聽見鬧鐘作響？

他赤腳踢開了臥室門，大叫：「你在嗎？」

無人回應。

雷吉呻吟。他希望杜德沒在生悶氣。他現在最不想看到杜德生悶氣，尤其當他覺得不太舒服的時候。

他踉蹌地走進浴室。好好洗個臉總是能讓人精神煥發，而在他換好衣服時，他的心情已經改善。

杜德這時候八成彎腰駝背、悶悶不樂地坐在早餐桌前。只要保證今晚會帶他去吃高級餐廳，對方一定會開心起來。在這方面，克萊特里昂餐廳向來可靠。杜德喜歡一家叫做「維拉斯瓦米」的印度餐廳，但雷吉無法接受印度菜。那裡只不過是殖民地退伍軍人的咖哩俱樂部。

看著自己在大廳鏡子裡的倒影，他深吸一口氣，露出燦爛的笑容。昨晚真的是喝醉了，但現在看起來不算太糟。他的黑眼圈很快就會消退。他不斷膨脹的腰圍確實令人擔憂，但他才三十二歲，離墳墓還很遠。

他大步走進廚房，準備愉快地打招呼。看到早餐桌上斜靠著咖啡罐的一個信封時，已到嘴邊的話語戛然而止。信封上是他的名字，杜德的優雅字體。

他驚愕地大叫一聲。出於某種原因，他不用撕開信封、閱讀裡面的信，就知道杜德寫了什麼。

＊　＊　＊

「雅各．弗林特怎麼樣？」海蒂追問。

「什麼怎麼樣？」瑞秋反問。

「妳對他沒興趣了？」

瑞秋打呵欠。「不到五分鐘前，妳還指責我對那可憐的小惡魔太溫柔。」

「抱歉。」管家咬住舌頭。「我不是有意像母雞一樣在妳身邊嘮叨，但總得有人……」

「那位勇敢的記者給了我不少樂子，而且他有時候很有用。」

「問題是妳上次大發脾氣地打發他走。」

「他會回來。」

「別這麼肯定。」

「雅各．弗林特正忙著處理丹斯金案。」瑞秋說：「我猜他用長篇散文講述了昨天在法庭的聳動新聞。」

楚門指著那堆報紙。「每一家報社都在大肆報導。」

「他對丹斯金無罪釋放有何看法？」

海蒂從桌上的報紙堆裡拿出《號角日報》。**汽車成了鐵證！戰爭英雄證實被告無**

罪！這幾個字在頭版上尖叫。

瑞秋瞥向報導。「他寫得不錯，考慮到他的編輯一定很火大。如果被告被判處死刑，就意味著他們可以趕著出特別版。但如果被告註定要逃過絞索，那麼『被一位英勇的西線老兵拯救』這件事對報社來說倒也算是安慰獎。」

楚門開口：「有幾家報紙甚至沒提到吉爾伯特．佩恩的死。」

「這純粹因為——」瑞秋說：「他們誤以為鐵路線上的屍體屬於一個名叫伯特倫．瓊斯的貧困無名小卒。如果他們知道瓊斯其實是吉爾伯特．佩恩，那麼丹斯金逃過絞刑架這件大事也會被丟到二版去。」

＊　＊　＊

杜德信上的責備語氣，比任何指責或怒罵都更讓雷吉難過。

昨晚你說我是個無名小卒。這是事實。我們第一次見面時，你說我永遠會是你的情人，但那不是你的真心話。現在我要回去當個無名小卒了。

他真的說了這麼愚蠢的話，即使在喝醉的時候？可惜他對昨晚的記憶只有一片模糊。沒錯，雙方有惡言相向，但這一次他似乎太過分了。他不該指責對方勢利眼。他那些輕鬆的玩笑只是調侃而已。他每次說話不合時宜，總是很快道歉。雖然他也沒有機會道歉就是了。信上最後幾行字像戰壕刀一樣刺人。

最好現在就結束。我心意已決。我們回不去了。我不會回你身邊，或你那個時髦朋友路路。請不要找我。這麼做不會有任何好處，也不會產生任何影響。我們不會再見面了。

就這樣。這封信甚至沒看在舊情的份上留個脣印。一開始，在失去理智的驚慌痛苦中，雷吉考慮立刻去找人。他並不知道杜德的詳細地址，只知道在倫敦東區的霍克斯頓某處。只要有時間，他也許能找到那個地方。八成是哪個骯髒公寓裡的便宜房間，不值得驕傲的住處。

但過了一會兒，他就改變了主意。杜德很固執，而且信上也寫得一清二楚。他絕不能自討沒趣。天下最丟臉之事，莫過於在愛人面前嚎啕大哭。雖然他向來不是維護自己尊嚴的類型，但「乞討」是一種恥辱。

他在摸索鞋帶時，尖銳的電話鈴聲打破了孤獨的寂靜。他的心跳加速。杜德？打來解釋，還是道歉？也許甚至為了請求原諒？

現在還不遲。他們可以重新來過。他跌跌撞撞地穿過房間，抓起聽筒。

「我是楚門。」

他感到一陣噁心。有那麼一瞬間，他以為自己快吐出來。打來的不是杜德，而是為薩弗納克那女人賣命的魁梧打手。

他真希望自己從沒聽說過她，更別提乞求她的幫助。

「你有沒有聽見？」楚門質問。

雷吉鼓起僅存的勇氣。「現在不方便。再見。」

「別掛斷。」楚門說：「你看報紙了沒有？」

「當然沒有！」這個問題的荒謬性讓他差點跌倒。「我從不在進辦公室之前看報紙。」

「吉爾伯特．佩恩昨天被殺了。」

這句話就像一記重拳打在他的太陽穴神經叢上。

雷吉發出痛苦的哀號。

「他被拋出一列火車，被另一列火車輾過。」楚門的嗓音冷酷無情。「警方說這是意外，但你我都很清楚是怎麼回事吧？」

雷吉感覺喉嚨痙攣。殘酷打擊接連而來，他還能承受多少？

「薩弗納克小姐想和你談談。」

「不行！」

「你幾天前才向她求助。」

雷吉咬緊牙關，強迫自己說話。「她沒能救吉爾伯特。他死了。這……改變了一切。」

「什麼也沒變。在莫特曼莊園發生的事……」

「聽著！我已經盡力了。事情至此必須結束了。我永遠不想再聽到你的聲音，或是她的。」

「你已經陷得太深，沒法抽身了。」

「我不想再跟這整件事有任何瓜葛。我不可能……」

「你確定沒人知道你和她談過？」

他停頓。「一個都沒有。」

「我不相信。」

「我一個字也沒透露，我保證。」他吸了一口氣。「我再次拜託你，別再來煩我。」

「今晚她會在岡特屋等你。七點整。」

「我沒辦法去。」

「你非來不可。」楚門說。

＊　＊　＊

放下電話，楚門瞪了夥伴們一眼。「懦夫。」

「他是徹頭徹尾的膽小鬼。」海蒂說：「露出了真面目。」

「他嚇壞了。」瑞秋說。

「上一次，」楚門說：「維克斯堅稱他已經跟我們說了他知道的一切。」

「他當時說了謊。」瑞秋說：「不幸的是，佩恩的死讓他驚慌失措。他現在只想自保。」

＊　＊　＊

每天早上，號角報社的資深記者都會在一間瀰漫著二手菸的狹小房間裡開會，討論新聞議程。

大夥不再談論倒楣的麥克唐納政府最近遭受的災難時，編輯沃特．戈默索爾立即轉向雅各．弗林特。

「丹斯金案的報導寫得很好，小夥子。可惜他躲過了絞刑架，但我們也不是天天過年。」

「那傢伙真是走了狗屎運，」城市編輯抱怨道，他是一位嚴厲的喀爾文主義者，名叫潘德利思。「這下他可以肆無忌憚地繼續欺騙意志薄弱、容易上當的女人。那個蠢法官還說他是在『品格不受任何誣衊』的情況下無罪開釋！難怪人們認為這個世界上沒有正義。」

戈默索爾抽一口菸斗。「可惜那位神祕少校沉默寡言，但至少《證人報》那些混蛋也沒幸運到能讓他願意接受採訪。丹斯金一定不會長期保持沉默吧？你說呢，小夥子？這件案子可真怪，一個沒有名字的受害者、一場神祕的火災。我覺得奇怪的還不只這些呢。」

「他的律師們說他們不會做出進一步的公開聲明。」雅各說：「喧鬧平息後，我和他們談過。丹斯金向警方提供的故事沒有任何要補充的。那個流浪漢打量了他，還偷了他的車。開了幾哩後，車子拋錨了，他在查看的時候一定是用點燃的火柴充當照明。火球要了他的命，摧毀了車子，連同大部分的證據。」

「這就是為什麼專家們在『如何解讀從煤渣中撿出來的碎片』這件事上爭論不休。」戈默索爾呻吟。

「丹斯金拒絕開口。儘管他可能面對死刑，他還是不願意提供宣誓證詞。」

「因為他害怕交叉詰問。他沒有宣誓。沒人對他好言相勸，告訴他他有機會澄清事實，告訴全世界他經歷過的夢魘。」

「律師們說，他經歷的磨難使得他的健康狀況惡化。」

潘德利思嗤之以鼻。「真愛裝可憐。」

「我來告訴你們是什麼讓丹斯金『健康狀況惡化』。」戈默索爾說：「他這下必須向他的妻子和所有情婦解釋一切，更別提他那些債主。離婚可不便宜，他一定亟需現金。那些時髦的律師要花不少錢。還有什麼賺錢方式好過跟《號角日報》進行獨家的談心？」

雅各搖頭。「我保證，我在他那些律師身上試了所有辦法，但都徒勞無功。那個流浪漢死了，埋葬了，沒人知道他的名字。丹斯金似乎不擔心錢。他認為用這種悲劇撈錢是錯的。」

「看在老天的份上！別跟我說他突然長出了良心啊。事情一定不單純。我敢打賭，他一定暗藏了最精采的內幕，以便日後出書。」戈默索爾呻吟。「好吧，繼續找其他新聞。有什麼好主意嗎？」

「昨天在鐵路線上發現的那具屍體怎麼樣？」

「從送葬列車上掉下來、被輾成碎片的那傢伙？」編輯皺眉。「他有什麼好報的？鐵路公司已經說了那是意外。」

「他們當然會這麼說。」雅各說：「倫敦墓地公司不想嚇跑死者家屬。肯薩爾綠野公墓比布魯克伍德公墓更方便。負面新聞對生意不好。」

「的確，可是警方對這件事不感興趣。死者在丹吉爾住了數年，我們都知道這表示他是什麼樣的人，不是嗎？要我說，我認為他是自殺。總之，這件事沒什麼新聞價值。」

「這件事還是可能值得挖掘。」

「你真是個頑固的小惡魔。」戈默索爾吐一口煙圈。「你有什麼盤算？」

「讓我試著找出一些關於他的事情。他在丹吉爾到底做了什麼？有沒有人有理由希望他出事？」

戈默索爾像抖掉菸斗裡的菸灰一樣把這個建議拋到一邊。「我覺得這是浪費時間。」

「很難說呢。昨天這個時候，我還發誓一定是丹斯金殺了那個流浪漢。瓊斯究竟是摔出去還是被推出去？我現在已經能看到標題了。」

「我們洗耳恭聽。」

雅各提高嗓門，發出埃德加爵士般的咆哮：**「來自摩洛哥的神祕人是不是被謀殺？」**

* * *

「既然吉爾伯特・佩恩死了，事情可能就此結束了。」海蒂・楚門說。

瑞秋拿起桌上的一張紙，上面用她工整的筆跡寫著四個名字。

吉爾伯特・佩恩

希爾維婭・戈里

亨利・羅蘭

克萊夫・丹斯金

「不。」她劃掉吉爾伯特・佩恩的名字。「別忘了維克斯跟我們說過什麼。這只是序幕而已。」

「妳不需要被牽連進去。」

「我親眼看著一個男人走向死亡。我當然已經牽連進去。」

「妳已經盡力了。」

「還有一件事是我能做的——」瑞秋說：「我可以去莫特曼莊園一趟。」

第六章

雷吉・維克斯茫然地度過了整個早上。昨晚的狂飲是部分原因，但宿醉是一回事，杜德的離去和吉爾伯特・佩恩的離世是另一回事。然後，彷彿為了補一腳，瑞秋・薩弗納克手下的那個暴徒還打電話來霸凌他。他真希望自己從沒聽說過這個女人，更別提讓她知道吉爾伯特和莫特曼莊園的事。他怎麼會這麼蠢？

他的腦袋抽痛，胃痛，背也痛。他覺得渾身滾燙，懷疑自己是不是生病了。專心工作來暫忘個人痛苦，這是痴心妄想。他怎麼可能有辦法把注意力放在那些乏味的待辦事項上？說真的，也難怪沒人關心他日復一日辛苦處理的瑣碎事。

這份工作是一份閒職。一流的教育——基督公學和劍橋大學彼得學院——確保了他在出社會時擁有良好的人脈和一流的餐桌禮儀；如果有誰打橋牌三缺一，他也樂意配合，而且打得光明磊落。第一次世界大戰即將結束時，他加入了英國皇家飛行隊。在接受飛行訓練時，他駕駛的索普威思小狗式戰鬥機墜毀在農田裡，導致他脊椎骨折。而當他再次能走路時，停戰協議上的墨水已經乾了。大家都說他很幸運能活下來，但在那些最黑暗的時刻，他沒能為戰爭做出有價值的貢獻，這比他的背痛更讓他痛苦。他的人生就是個遠在天邊卻又近在眼前的故事。

回到劍橋後，有人問他要不要考慮當公務員。據說是他的恩師推薦了他，這令他意外，因為他以前念書時非常懶惰。他從沒制訂過長期的職涯計畫，但「坐在辦公桌後面腐爛」對他來說也沒有吸引力。

在學生時代，他曾幻想為密德薩斯打板球，但他從未被選為大學校隊的主力球員，其他地方也沒有誘人的機會出現。他在城裡的父親，當年是個風雲人物，死於腦動脈瘤破裂後留下一堆意想不到的債務，這害得雷吉別無選擇。他對美好生活的喜愛，意味著他只能在白廳謀得一席之地。

有趣的是，他每次向新認識的人描述自己是一個「被過度美化的書記員」時，他們都以為他在開玩笑或過度謙虛。杜德曾開玩笑說他可能是一名特務，而且這個想法似乎讓他很興奮。現實生活則平凡許多，即使他在「維持英國運轉」這方面發揮了自己的小小作用。一開始，他很高興有機會偶爾在閒暇之餘承擔一些活動來讓自己變得有用，只是幫忙抬轎而已，沒有任何危險或不順利之處。

他天生缺乏好奇心，這在這份工作中是一個優點，因為他從不提出不方便的疑問。有許多年的時間，一切都很順利。稱英國為「英雄之地」可能有些言過其實，但至少他們還是成功地將布爾什維克拒之門外。煽動者煽動的大罷工失敗後，局勢雖然平靜了下來，但當權者從不高枕無憂。過去十二個月裡，他被委以更繁重的任務，最近他開始擔心事情的走向。當他得知吉爾伯特・佩恩還活著，而且生命有危險時，恐慌開始了。

他在一份有關《領土防禦法》擬議修正案的報告上潦草地寫了一些平淡的評論，然後做出決定：他目前已經做得夠多了。《領土防禦法》總是削弱他的士氣。他收拾好辦公桌，拿起帽子、大衣、公事包和雨傘，匆匆下了樓。

在白廳外面，天空蔚藍，太陽高掛。一輛計程車駛近。他突然有一種衝動，想叫司機帶他去霍克斯頓。他真希望能跟杜德把道理講清楚！當然，這麼做是徒勞無功。即使他屈膝跪地，也不會有任何效果。杜德深不可測，而且非常頑固。他不可能改變心意，完全不可能……

「午安，維克斯。」

他嚇一跳。他的腦海中突然浮現以前在學校學過的一首詩中早已被遺忘的一句話：**如愧疚之人那般心驚膽跳**。這是詩人華茲渥斯的詩句當中他唯一記得的一句。真可笑，他有什麼好愧疚的？考慮到他經歷了什麼，他就算精神緊繃也很正常。他太沉浸在自己的思緒裡，沒注意到惠特洛少校從大樓裡出來。

「喔，午安，先生。」

「要外出？」

雷吉感覺臉頰燃燒。他的思緒一下子回到學生時代。有一天下午，他的舍監龐戈．伊爾斯利發現他逃學，當時其他同學都在體育館裡。那一幕深深地刻在他的記憶中。龐戈讓他為這項輕罪付出了高昂的代價。

他勉強笑幾聲。聽在自己耳裡，他這樣試著搞笑實在很假。「我今早一直辛勤工作，先生，想休息一下。」

「這樣啊？」

看到少校的「雞蛋與培根」領帶——橙紅色和黃色條紋的鮮豔組合——他突然有了靈感。這種領帶象徵著馬利波恩板球俱樂部的會員資格。雷吉也是會員，而且今天第二場測試賽已經開始了。英格蘭對戰澳洲，爭奪「灰燼盃」。

「其實，我原本希望能參加羅德板球場下午的比賽。」

除了工作之外，這位少校的畢生熱愛就是板球。他抿起薄脣。「看來我們是有志一同。我也正好要去那裡。我們一起搭計程車去吧。」

雷吉吐口氣。在這可怕的一天裡，他終於做對了一件事。和部門裡的白人大佬們閒聊扯淡向來不會有什麼壞處，尤其跟這位少校。

「好主意，先生。」

「計程車！」

少校抬起手臂，不一會兒，一輛計程車就停在他們旁邊。沒有哪個計程車司機會沒注意到舉起的鋼爪。

＊　＊　＊

雅各在辦公桌前嚼著酸黃瓜起司三明治，想著接下來該做什麼。他花了一上午的時間進行了一系列徒勞的嘗試，試著更瞭解伯特倫．瓊斯這個人及其死因。他在倫敦警察廳的聯絡人並沒有幫上忙，他們認為瓊斯就是遇到一起令人遺憾的事故。倫敦墓地公司決定盡可能少發言，以防瓊斯有哪個家屬出現、大肆批評這條鐵路線的安全。到目前為止，他對瓊斯一無所知，只知道那人在死前只在國內待了二十四小時。他住在倫敦匹黎可區的一家廉價客店裡，獨來獨往。

他為什麼要乘坐那班送葬列車？他來英國是為了向所愛之人告別嗎？問題是，昨天沒有一個姓瓊斯的人被埋葬在布魯克伍德公墓。他是悼念一個朋友？

這是一件怪事，但雅各認為戈默索爾是對的：他應該把時間拿來尋找一個新的切入點來看待丹斯金案。多貝爾太太值得他跟進。她為何跑去老貝利街，又如何預見丹斯金可能會被無罪釋放？

而且她為什麼想和瑞秋．薩弗納克談論謀殺案？

用一杯奶茶把三明治吞乾淨後，雅各讓自己的思緒飄回到半年前認識的那位年輕女子身上。瑞秋去年來到首都。她在岡特島長大，坎伯蘭海岸附近的一個小島，薩弗納克家族的祖厝。薩弗納克法官死後，她繼承了一大筆財產。這個老人是惡名昭彰的絞刑法官，在精神開始衰退並自殺未遂後從法官席上引退。他在島上隱居度過餘生，在瘋狂的黑暗深淵中越陷越深。

雅各的想像力向來豐富，但就連他也無法理解瑞秋是如何在那個荒涼偏僻之地和一個瘋狂又任性的老惡棍一起生活。楚門一家給了她強力的支援；她說過，如果沒有他們，她就不可能活下來。島上的日子想必就像服刑。難怪她從不談起這件事。

即使在倫敦，她也過著孤獨的生活。她喜愛音樂，但她的口味是流行歌曲而不是古典音樂；她深愛藝術，卻在超現實主義畫作上砸下令人眼花繚亂的大錢，這些畫在雅各眼裡是毫無意義的塗鴉和潑墨。當她捲入一系列離奇的殺戮事件後，雅各確信她的故事值得講出來，而他就是負責講述這個故事的人。但那場調查差點讓他送了命。她的冷酷無情令他恐懼，卻也莫名興奮。

令他沮喪的是，他發現自己不是瑞秋・薩弗納克的對手。他從未遇過這麼令人敬畏的女人，也未曾如此迫切地想瞭解一個人的腦子裡在想什麼。謀殺案讓她著迷，但她對正義的熱忱完全無關於法律制度。她是隨著自己的節奏起舞。他欽佩她，卻也害怕她。

雅各幻想自己是業餘心理學家。他確信她的冷漠是一種偽裝，一種為了應對她在岡特島上遭受的殘酷而採取的手段。他夢想著，有一天她會信任他。他曾向她發誓，除非她同意，否則他絕不會發表任何關於她的新聞。

她的面具從未滑落。就像擊劍大師一樣，她輕鬆地擋開了他每一次的好奇刺擊。他上一次拜訪岡特屋時，感到沮喪不已。他喝了太多陳年紅酒，壯了膽，抱怨她把他當傻子看待。她聳個肩，說他如果覺得自己不受歡迎，隨時可以離開。他被激怒了，抓起帽子和外套。她一言不發地看著他離去。

從那以後，他們就沒有聯繫，但他沒有一天不想著她。現在，那個叫多貝爾的女人給了他再次和她說話的機會。他伸手去拿電話。

* * *

「一切還好嗎，維克斯？」

「非常好，先生。」

「你確定？你看起來……有點蒼白。」

少校這句疑問的背後隱藏著什麼？他這麼問並不是關心下屬的福利。雷吉警惕地看著少校，但對方的臉龐和往常一樣毫無表情，就像復活節島上的雕像。

雷吉很久以前就知道，如果你不想給出誠實的答案，最安全的做法就是給出一個經過編輯的版本。

他露出一個保密的微笑，說道：「酒後沉睡的後遺症，先生。我昨晚可能喝多了。這讓我下定了決心。我年紀大了，實在不該再熬夜放縱了。」

較年長的男子哼了一聲。這表示他不高興？雷吉咬牙。他真該管住舌頭。他最好把話說清楚，避免誤會。

「我的意思並不是……我有時候說話會不合時宜，即使在我狀況不太好的時候。」

「很高興聽你這麼說。」少校直視他的眼睛，雷吉在這冷漠的視線下發抖。「我們的工作看似平凡，但這個社會倚賴我們的正直。我們知道許多祕密。」

「所言甚是，先生。我絕不會……」

「這攸關人們的生命安全。必須非常小心。提防內部的敵人。」

「我再同意不過，先生。」雷吉衝口說出：「我只是很偶爾才喝兩杯。也許這就是為什麼酒精直衝我的腦袋，因為我其實並不習慣喝酒。」

他偷偷瞥對方一眼，但少校轉頭凝視車窗外。雷吉根本不確定對方有沒有在聽自己說話。

＊　＊　＊

「妳猜對了。」海蒂・楚門說：「雅各・弗林特打電話來說要找妳。」

「夾著尾巴認輸了。」她丈夫說。

瑞秋翻動書頁。「如果跟他說我在忙，這樣大概會太小家子氣吧。」

大夥現在在岡特屋的屋頂花園，悠閒地吃完了一頓午餐。瑞秋先前在泳池裡游了三十公尺，因此胃口大開。現在，她穿著綠色絲綢泳衣，悠閒地躺在太陽椅上。

「就算這樣，也是他活該。」海蒂瞥向電話線。「叫他留下訊息？還是叫他晚點再打？」

「不。」瑞秋把書放在旁邊的小木桌上。「他難得挑對了時機。」

＊　＊　＊

在聖約翰伍德的中心，三萬人沐浴在陽光下，觀看體育界最古老的兩群對手之間的最新小衝突。羅德板球場擠滿了人，但憑著馬利波恩板球俱樂部會員的特權，雷吉和少校直接前往板球館，在「長室」裡尋找一個觀賽位置。

雷吉很喜愛這個歷史悠久的聖地，這是一個散發著菸草和歷史氣息的男子漢地帶。在他的夢中，他經常以一名板球選手的身分來到這裡，戴上護墊，把球棒夾在腋下，上場為他的祖國贏得榮耀。他想像自己小跑下樓梯，進入這個擠滿人的房間，大步走過昔日著名球員的肖像，嗅入濃濃的雪茄菸，聽到嗡嗡作響的談話聲，大大步走向外頭的新鮮空氣，走下臺階，經過坐在長椅上的觀眾，穿過白色柵欄大門，來到神聖的草坪上。

看一眼記分牌就能得知，在面對一計無害投球的時候，英格蘭隊的擊球手浪費了他們的三柱門。只有杜萊普辛吉的天賦阻擋了澳洲投球手的攻勢，而現在他的局數幾乎以不光彩的方式結束。他對澳洲隊長做了一個簡單的接殺，但球從澳洲隊的伍德福爾手中溜走了。球落地時，人群倒吸了一口冷氣。

「真手殘！」雷吉驚呼道。看到敵隊隊長漏接一個非常好接的球，他無法抑制自己的喜悅。「這恐怕會害他們付出慘痛代價。前陣子，年輕的達利普在對戰布萊頓隊的比賽中一天內攻下三百分。」

「這就是人生守則。」少校輕聲道：「有機會就要好好把握。機會從不敲兩次門。」

雷吉雖然不喜歡像少校那樣大談哲學，但覺得說得有道理。板球讓人人變得平等。前一分鐘你還把投球手打得到處跑，下一分鐘你就在失去了三柱門後艱難地走回板球館。這場比賽讓人看得目不轉睛。沒有什麼比一場板球賽更能讓人忘卻世俗的煩惱。吉爾伯特已經死了，不復存在。至少他已經為他的老友盡了最大的努力，儘管薩弗納克那個女人沒能救他。即使他再也見不到杜德……不，他不能這麼想。就讓未來順其自然吧。

幾分鐘內，伍德福爾的咆哮聲變得越來越明顯，這個印度人不斷地將球一個接一個地打向邊界。掌聲變得熱烈。達利普不僅很快地成為一名榮譽英國人，也成為一名民族英雄。達利普在卓特咸學院和劍橋大學受過教育，擁有英國紳士所有的優點，當然也認識許多上流人士。他的叔叔是偉大的蘭吉，是英格蘭最優秀的板球運動員之一，後來成為印度的沃德訥格爾鎮的執政王子。他的皇室血統無可置疑，加上他的擊球技術高超，所以沒人在意他的膚色。

＊　＊　＊

就像一個尋求赦免的懺悔者，雅各試著向瑞秋解釋自己打電話來的原因。他為什麼沒事先排練一下他想說的臺詞？她諷刺的笑聲刺痛了他的耳朵。

「在老貝利街，丹斯金審判即將結束的時候，我……遇到一個女人。」

「恭喜你。」

「不，我的意思是……她絕對不是我們的年齡層。她比我們大很多，活似個巫婆。就在丹斯金看起來應該會被送去吊死的時候，她說他還是可能脫身。她是個怪人，但很聰明。」

「以女人來說很聰明？」

「抱歉，我沒把話說清楚。她認識妳，或者該說知道妳是誰。」

沉默。

「她想和妳談談謀殺案。」

「是嗎？」

她的冷漠讓他覺得自己就像個魔術師：把自己的助手切成了兩半，卻發現觀眾已經睡著了。

「是的。」他無力地補充一句：「她看起來……挺有意思的。」

「她叫什麼名字？」

為什麼他總覺得她已經猜到了答案？

「多貝爾、多貝爾太太！」他急忙道：「抱歉，我只知道她姓什麼。」

「別擔心，我知道她的全名。」瑞秋說：「今晚九點來我家喝一杯吧。你到時候再跟我說說她的事。」

＊　＊　＊

「打得太好了，先生！」達利普再次擊球，拿下四分時，雷吉呼喊。照這樣下去，他很快就會因為一直鼓掌而手痠。他身旁的少校一動不動。當然，鋼爪很難鼓掌。這個人真有意思，似乎從不對任何事情感到興奮，也許畢竟因為他經歷過……

少校曾在敵境被俘，被德國佬施以酷刑。據說即使身陷絕境，他也絕不會吐露任何可能危及英軍的情報。外頭有許多關於他如何失去一隻手的謠言。有些故事很恐怖，有些則是瘋狂的胡扯，但沒人知道細節。少校從不談起自己的戰時經歷，他的個人生活就跟他在公務團隊中究竟扮演什麼角色一樣，都是一本闔上的書。

前排的兩名觀眾談論著上午比賽時從上方飛過的飛艇，說那就像一頭巨鯨在天空游過。雷吉很遺憾自己錯過了這樣的奇景。「帝國飛艇計畫」是英國航空界的驕傲和喜悅，將科技奇蹟與奢華旅行的終極理念結合在一起。英國空軍部的一位朋友經常吹噓該部門首長的雄心壯志。一艘不需要加油的飛艇，可以將大英帝國分散在世界各地的領土串聯起來。

他靠向少校，用保密的語氣說道：「那架 R101 真的是強大的飛空獸。我聽說，空軍部長認為達利普搭飛艇到達印度的時間，會比搭船或搭飛機快非常多。」

「社會主義飛艇的奇蹟。」少校嘴角下垂。「時間會證明它究竟能飛，還是會掉下來。」

雷吉洩氣了，沒再開口，直到茶歇時間。他們默默穿過長屋裡沒鋪地毯的地板，來到隔壁的酒吧。少校請他喝一杯蘇格蘭威士忌時，雷吉感激得結結巴巴。感謝上帝，他昨晚的過度放縱已經得到了少校的寬恕。

「敬板球。」少校舉杯。「『易容者隊』即將進行一場比賽，是與同一支敵隊進行的第二場比賽。這意味著他們將在約克郡的荒野中度過幾天。我相信你到時候有空？」

「那當然！」

雷吉幾乎無法壓抑自己的喜悅。除了偶爾受邀打板球之外，他在白廳的那個角落幾乎沒給他提供任何社交活動。易容者隊是一支流浪隊伍，就像艾辛加里隊或是自由森林人隊。他們沒有自己的場地，賽程表也不規則。他們通常在英國的偏遠地區比賽，有時在不適合居住的條件下，或是在一般的板球賽季之外的時間點。球賽是由部門裡的資深成員安排的。少校在有空的時候會親自擔任十一人的隊長。憑著他的左臂，他可以投出有用的變化球。

「我會請彭寧頓給你詳細的相關資料。」少校把威士忌灌光，看了看手錶。「如果你能容忍他的駕駛方式，他會載你去那裡。接下來我有個會議要參加。晚點見。」

說完，他轉身離去。雷吉喝完酒，又點了一杯。在計程車上，他有那麼一會兒感到害怕。他是不是還是被少校看穿了，儘管他那麼小心偽裝？少校的高深莫測讓他更具威脅性。

少校邀請他——幾乎是命令他——參加對戰易容者隊的球賽，這顯得格外珍貴。參加板球巡迴賽，無論時間多麼短暫，都比埋首於輪用辦公桌做苦差事愉快許多。謝天謝地，他們依然信任他。雷吉感到安慰。事實證明，他犯的錯並不致命。他挺起肩膀。少校給了他一個機會，他打算牢牢抓住。

情緒平靜一些後，他在比賽的尾聲中關注著球隊命運的潮起潮落。達利普即將拿下超過兩百分的得點時，突然變得魯莽衝動。不知疲倦的格里梅特投出的兩球被達利普打出界線；達利普接著做出一次不必要的揮擊，結果發現自己被布萊德曼抓住了。

雷吉加入了散場的人群，提醒自己任何人都可能會得意忘形。人都會犯錯。如果一位才華橫溢的王子會犯下愚蠢的錯誤，那麼任何一個普通凡人也可能會犯下愚蠢的錯誤。少校已經說得很清楚。他會聆聽告誡，變得更謹慎。何必把脖子伸出來冒險？忘了疑慮和問題吧，也忘了杜德對他的拋棄，還有吉爾伯特·佩恩的可怕死亡。他該把心思放回最重要的事情上了。

他知道自己的忠誠擺在哪裡。

杜德的一走了之確實令他遺憾，但這就是人生。兩人在一起的時光確實很有趣。至於吉爾伯特・佩恩……他已經盡了全力試著救他，他對得起良心。瑞秋・薩弗納克可以下地獄去。

他抬起頭，看到明亮的天空映襯著一個黑色輪廓。那是在大看臺頂端的一尊風向標，像人一樣高，被稱作「時間之父」，手持鐮刀。儘管傍晚的陽光溫暖無比，雷吉還是感到脊背發涼。

那尊死神俯視著他。

第七章

回到奧爾巴尼公寓後的幾分鐘內，雷吉不接電話的決心就受到了考驗。鈴聲響了兩次，他也兩次無視了蠻橫的召喚。他猜到是誰打來的。瑞秋．薩弗納克的那個打手，想知道他為什麼沒有出現在岡特屋。他愛打電話就讓他慢慢打。

又或許是杜德打來的，急著跟他重修舊好？難道他已經鐵石心腸到可以無視求饒的程度？

電話鈴聲第三次響起。雷吉猶豫幾秒，然後伸出手。

「喂？」

「你錯過了約定。」楚門說。

雷吉咒罵自己的軟弱。他之所以屈服，純粹因為他不想傷害杜德的感情。同情心就是他的致命缺陷。要不是他對吉爾伯特．佩恩有著深沉的憐憫，他永遠不會向瑞秋．薩弗納克吐露心聲。他感到一陣苦悶。強烈的挫敗感讓他變得更大膽。

「我不想再跟你攪和——」他厲聲道：「或是你的女主人。」

「你這樣是在冒險，玩火自焚。吉爾伯特・佩恩的遭遇……」

「不許威脅我！」雷吉咆哮：「否則我會報警！」

他砰的一聲放下聽筒。他這麼做是虛張聲勢，他原本希望能在皇家飛行隊裡做出這種舉動，但後來辦公室生活讓他軟化了。他滿意地點個頭，儘管沒有其他人看到，沒人為他鼓掌或幫他慶祝。最重要的是，杜德不在這裡。

沒關係，天涯何處無芳草。他瞥向壁爐架上的黃銅鍍金時鐘。現在才七點半，去「氏族俱樂部」還太早。在前往蘇活區之前，他打算先在凱特納餐廳用餐。

今早的強烈不愉快已經消退了。他為什麼不能回去氏族俱樂部？重溫昔日時光也好。喝一杯就回家。他不會在外面待太久。

他興奮得渾身發抖。

＊　＊　＊

「維克斯很頑固。」楚門說。

「他是在害怕。」瑞秋說。

沉重的嘆息。「妳打算怎麼做？」

「什麼也不做。雅各・弗林特會合作。」

「妳不放棄？」

「你哪次見過我放棄？我不能讓凶殺懸案繼續懸著，尤其因為吉爾伯特・佩恩發生了那種事。」她拍拍大隻佬的背脊。「來吧，我餓了，該吃飯了。」

＊　＊　＊

雅各整理一下領帶，清清喉嚨，按了岡特屋的門鈴。他上一次如此緊張，是在號角報社的接待室裡等著被面試的時候。他當時從約克郡搬來這裡，夢想著能在這座大城市成名，但一想到要被凶悍得出了名的沃特・戈默索爾審問，他就嚇得皮皮剉。拜訪瑞秋・薩弗納克，則是引發另一種恐懼。

瑪莎・楚門開了門。跟瑞秋和雅各一樣，瑪莎也是二十幾歲。她身材高䠷苗條，一頭濃密的栗色秀髮。第一次見面時，她的容貌就讓他大吃一驚。十一年前，有個男人向她潑了強酸。他那麼做是想將她毀容，也成功毀掉了她的左臉。雅各現在感到慚愧，因為他過了很長一段時間才意識到瑞秋說得對：瑪莎儘管臉受了傷，但還是很美。他學會了看穿那些傷疤。

「好久不見！」在靜謐廣場的襯托下，他的問候聽起來格外響亮。他再試一次。「妳好嗎，瑪莎？妳看起來很好。」

女傭回以苦笑。雖然她對他的懷疑沒她哥哥和嫂子那麼多，但她就跟她的雇主一樣從不浪費脣舌。

「請在圖書室裡找個位子坐下，瑞秋很快就會見你。」

岡特屋這個小家庭有個古怪之處：瑞秋和楚門一家是平等相待。在這幾堵高牆之內，傭人們從不稱她為「夫人」，也從不表現出敬意。瑞秋鼓勵他們在言行舉止上放輕鬆，他們也只有在心情好的時候才會穿上制服。這種對常規的蔑視並不符合規矩，但瑞秋本來就討厭規矩。在島上一同生活的那些年裡，這四人結下了如血緣般強韌的羈絆。他們感情好得非比尋常，簡直就像共享一個黑暗的祕密。

他跟著女傭穿過又長又寬的大廳。走在厚厚的地毯上，他們的腳步沒有任何聲響。一座胡桃木長殼鐘敲響了九點鐘。瑞秋並不急著親自迎接他。一面鏡子映照出他失望的皺眉。一大堆疑問在他的腦海中湧動，但除非她高興，否則瑞秋什麼也不會告訴他。她這樣強迫他等候，顯然就是在給他一個教訓。

「起瓦士威士忌就在桌上。」瑪莎邊說邊把他領進圖書室。「請自便。瑞秋說你平時書讀得太少了，現在可以一邊喝酒一邊看點書。」

門在她身後關上了。至少他上次在這裡酗酒的行為得到了原諒。經過漫長而毫無收穫的一天後，一杯上等威士忌確實是個令人欣慰的安慰。他給自己倒了奢侈的量，舒服地坐在一張翼狀靠背椅上，品嘗柔滑的酒精。

他以前從未踏進這間圖書室。這個空間長二十呎，寬十五呎，完全無窗，每面牆上都有從地板延伸天花板的書架，擺放著數以千計的書本，從雅各無法想像有人會想翻開的小牛皮裝訂古書，到裹著彩色圖案書皮的近期著作應有盡有。薩弗納克家族是著名的藏書家，已故的老法官的收藏據說是最頂尖的私人收藏之一。來到倫敦後，瑞秋給這批收藏添加了許多近期作品。

她曾罕見地向雅各透露，她是在薩弗納克宅邸的書本當中自我學習的，就像她是透過攀岩以及在愛爾蘭海中游泳來鍛鍊自己這副精瘦的身軀。這在島上的時候是一種打發時間的方式，因為雖然薩弗納克家族握有大筆財富，但她只是岡特島上的一個囚犯。那些漫長而孤獨的歲月讓她成了現在這個女人。但她究竟是誰？雅各渴望找出答案。

一本厚書正面朝下放在矮桌上，裹著華麗的紅黃色防塵套，這張桌子將他的椅子與另一張椅子隔開。有人──他推測是瑞秋──在這本書裡夾了一張白色的流蘇書籤。她在讀什麼？他一如既往地好奇，於是拿起書，翻了過來。

書名是《可敬的謀殺案》，封面上能看到出版商宣傳作者李奧．史萊特貝克是一位傑出的犯罪學家。根據書套內側的描述，史萊特貝克在這部作品中研究一些案例，在這些案例中，英國一些受人尊敬的階級的生活因謀殺而分崩離析。

瑞秋的書籤是夾在一個就發生在三年前的案件的開頭，描述對希爾維婭．戈里謀殺案的審判。這個名字聽起來很耳熟，但雅各想不起來在哪聽過。三年前，他才剛剛踏上記者生涯的第一步。他當時更在乎報導里茲的足球賽，而不是關注遙遠倫敦的法庭案件。

瑞秋用藍色墨水在第二段底下劃線：「戈里審判讓旁觀者們想起了伊迪絲·湯普森的悲劇。但有一個重要差異。湯普森太太被處決了，儘管我們很多人認為她的罪行是通姦而不是謀殺。不同於湯普森太太，希爾維婭·戈里以自由人的身分走出了法庭。」

瑞秋為什麼對這個案子感興趣？他又給自己倒了一杯威士忌。在瑞秋決定屈尊露面之前，他打算透過閱讀史萊特貝克對希爾維婭·戈里案件的描述來打發時間。

* * *

希爾維婭·哈德曼的父親是諾福克一名建築商，被建築工人罷工破壞了生意而破產。希爾維婭並沒有被這場災難擊倒。這個金髮美女決心繼續前進。她接受了打字員培訓，並在第一次世界大戰爆發前幾個月搬到了倫敦，當時十八歲。

來到首都後，她在政府部門找到了一份穩定的工作，但在一九二一年，她被派去倫敦經濟學院的辦公室。在那裡工作的期間，她遇到了經濟學家兼講師華特·戈里，一位四十多歲的知識分子，也是當今最有影響力的思想家之一。戈里從身為軍火製造商的父親那裡繼承了二十五萬英鎊，並致力於鼓吹世界和平，以及為普通工人的利益進行徹底的政治變革。

第一次見面後不到六星期，他和希爾維婭就結為了夫婦。這場婚姻讓戈里圈子裡的每個人都感到驚訝，因為這對夫婦彼此之間似乎沒有什麼共同點，而且大家都認為華特是「堅持單身一輩子的單身漢」。正如史萊特貝克所說，沒人料到他會為了一個普通的職業女性而接受如此徹底的改變。

希爾維婭搬進了她丈夫的家，一座位於索爾茲伯里郊區的喬治亞風格宅邸，配有網球場和一個觀景湖。不再需要工作後，她開始喜歡上財富的象徵。沒在湖裡游泳，或跟著一系列英俊年輕的網球教練練習正手拍的時候，她會穿著最新的貂皮大衣出去購物，或開著她的「陽光旅行者」轎車去兜風。

戈里夫婦的社交生活毫無生氣。他的交友圈全是男性，包括經濟學學生、議會議員和工會領袖。他不會開車也不會游泳，而且討厭網球。而她老公喜歡的政治爭論、吃肉喝酒，讓希爾維婭無聊到睡著。隨著時間過去，乏味開始了。

戈里經常在倫敦，讓妻子獨自一人。由於沒有孩子要照顧，她因此加入了一個業餘戲劇社團。史萊特貝克在書中提到她一系列的調情，其中一些發展成成熟但短暫的戀情。後來她迷戀上了拉爾夫・卡勒頓。

卡勒頓比希爾維婭小九歲，是一家保險經紀公司的職員，討厭辦公室工作，而且工作能力爛到無可救藥的地步。要不是他叔叔是公司的高級合夥人，他早就被踢了出去。他雖然不是人才但模樣帥氣；他夢想成為大演員，但能踏上老維克劇院舞臺的可能性就跟能踏上月球表面差不多。他的演講毫無生氣，記憶力媲美蝴蝶，所以根本記不住臺詞。對他在戲劇界大多數的同事來說，他的長髮、迷人的表情和招牌般的悶悶不樂，使他成了笑柄。

　　但希爾維婭徹頭徹尾地愛上了他。利用戈里經常不在家的機會，他們倆變得親密而且貪得無厭。他們幻想一起私奔，到遙遠的地方開始新的生活，在那裡嫉妒的人們不會嘲笑她出身卑微，也不會嘲笑他渴望在劇院成名。

　　這對情侶聲稱，為了報答她幫他學會背臺詞，拉爾夫教希爾維婭如何改善她的網球反手拍。但他們倆偷來的共處時間還不夠。兩人都無法忍受長時間見不了面，所以互相寫信，有時候一天不只一封。

　　「拉爾夫和希爾維婭交換的信件充滿了天真的相互激情。」史萊特貝克寫道：「而且不受禮儀常規的約束。他們的淫詞穢語會讓碼頭工人也為之臉紅。拉爾夫的拼字和文法能力，肯定會讓一個十一歲的孩子看了都尷尬。」

　　希爾維婭的婚姻從未圓房。她原本可以尋求「婚姻無效」而不是「離婚」，但儘管她想擺脫戈里，卻不太願意失去奢華生活。她懇求拉爾夫做點什麼時，她的信上充滿了恐慌。拉爾夫的每一個答覆都比上一個更瘋狂。他的第一反應是用他父親的舊軍用左輪手槍自殺，但遭到了她哀號般的抗議。

　　我的甜心派啊，你死了我該怎麼辦？

　　作為浪漫的選擇，他提出了殉情之約。希爾維婭震驚地拒絕了，這清楚地表明她更希望他對**華特**做點什麼。什麼都好，她告訴他，做什麼都好。

我會跟他談半，拉爾夫保證。他向來注重效率，沒時間把「判」這個字寫得完整。

她懇求她的愛人務必果斷。無論發生什麼，她都會支持他。

我會去做的。如韋此士，天打雷批。

隔天的下午兩點，華特．戈里從倫敦開完一場會議，回到索爾茲伯里。習慣使然，他在這天的下午茶時間也沿著觀景湖散步，風雨無阻。四月陣雨使得草地溼潤，石板路溼滑，但他在水邊漫步時，陽光穿雲而下。他陷入沉思，因此沒看到拉爾夫．卡勒頓從橡樹的樹蔭下走出來、揮舞著一把槍。

「拉爾夫！別開槍！」

希爾維婭站在房子後側的露臺上，看著她的情人與她的丈夫對峙。她瘋狂尖叫，朝他們跑去。一名女傭聽到了騷動，把鼻子貼在廚房的窗戶上觀察。正如她後來作證所說的那樣，拉爾夫．卡勒頓朝情敵發動了襲擊，經過短暫而激烈的鬥爭後，戈里在滑溜溜的約克石板上失足。他痛苦地尖叫，一頭栽進水裡。

戈里絕望的呼喊讓卡勒頓動彈不得。直到希爾維婭喘著氣、啜泣著來到湖邊時，他才恢復過來。他看起來可能自己也會跳進水裡，但希爾維婭痛苦地用拳頭敲他的胸膛。女傭看著這對情侶扭打在一起，她痛苦的尖叫聲引來了年邁的管家沃恩。沃恩命令她打電話報警，然後他自己也衝了出去。希爾維婭踢掉鞋子，跳進湖裡。卡勒頓跟在她後面跳了進去，互相推擠，也試著搬動靜止的屍體。

華特．戈里在被拖上岸之前就已經死了。

＊＊＊

希爾維婭．戈里和拉爾夫．卡勒頓都被指控謀殺了她的丈夫。拉爾夫堅稱，他只是想嚇唬華特．戈里，要他同意與妻子離婚並在經濟上供養她。那把槍只是一個玩具，一個戲劇道具。與希爾維婭的通信只是發洩他心中的浪漫文青。他堅稱，他和她都沒認真對待這段關係。

「你們對彼此表達忠貞的那些字句也都不是認真的？」負責起訴的總檢察長問道。

「那不一樣！」

這是把絞索套在拉爾夫．卡勒頓脖子上的六個愚蠢答案之一。

根據李奧．史萊特貝克的說法，希爾維婭從伊迪絲．湯普森令人震驚的先例中記取了教訓，湯普森為自己辯護時提出的無能證詞決定了自己的命運。希爾維婭拒絕進入證人席。她的律師說，針對她的案件在證據方面非常不充分，所以她懶得做出回應。

這一決定是有風險的，史萊特貝克顯然認為檢方握有充分證據。事情並不是希爾維婭慫恿拉爾夫、煽動他殺死她的丈夫這麼簡單。她對拉爾夫的襲擊所做出的瘋狂反應使得他無法拯救華特，而且她很晚才試著拯救丈夫所做出的舉動其實弊大於利。

這下子牌局對她有利。負責此案的法官是一位上了年紀的清教徒，對象徵生殺大權的黑帽有著狂熱的依戀，但他衰老痴呆的程度令人震驚。他已經很多年沒主持過死刑案件，許多法律界的資深人士很驚訝他被允許最後一次坐上法官席。他的總結激怒了希爾維婭，他對她道德敗壞的怒罵甚至讓記者臉色蒼白。她在被告席上的沉默尊嚴給陪審團留下了深刻印象。他們花了不到半小時就宣告她無罪，而法官以雷鳴般的嗓門判處拉爾夫．卡勒頓死刑時，她臉頰上的安心之淚還沒乾掉。

一個月後，拉爾夫．卡勒頓被絞死。史萊特貝克指出，卡勒頓其實比法官活得更久，因為後者在死刑執行的前一天死於中風。

＊　＊　＊

雷吉．維克斯吃完一頓豐盛的紅燒鹿肉晚餐，配了一瓶酒體濃郁的格納希葡萄酒，然後走出餐廳，進入蘇活區的溫暖夜晚。這時九點半，街上很安靜。現在天色仍亮——一年中白晝最漫長的那一天才剛過去——這個地區要在夜幕降臨後才會完全恢復生機。

雷吉喜愛蘇活區：華燈初上、談笑喧鬧、餐廳和酒館的氣味、夜幕降臨時瀰漫於空氣中的危險氛圍。這裡能找到無罪的樂趣，也有禁忌的歡愉。在星期六，閒著無事，他會在伯威克街市場閒逛，嗅聞香料和咖啡的味道，滿足自己對鹹牛肉三明治的口腹之慾。傳聞有一位水果小販為了讓水果更多汁，會在裡頭加水，宣傳道：「每顆橘子裡都有一杯葡萄酒！」

今晚雷吉覺得有點頭重腳輕。並不是令人不愉快的那種：他沒喝醉，甚至沒有頭暈，只是在經歷了奇怪的一天後注意力不集中而已。他再一次自由自在、無拘無束。很像以前的日子。他沒有理由避開氏族俱樂部，根本沒理由。

杜德的離去固然令他遺憾，但他現在處於哲學家的心情。格納希葡萄酒很有幫助。很快的，他就能懷著一絲懷舊的心情來回顧他和杜德的戀情。事實是，這段感情本來就走不下去。兩人的背景差異太大，而這種事是很重要的。他後悔稱杜德為無名小卒，但誰能否認他是對的呢？他們在一起只有一眨眼的時間。被拋棄而感到的痛苦已經減輕了，這絕對比給一段已經走到盡頭的戀情畫下句號所感到的責任感更容易承擔。他是覺得難過，但事已至此。

沒錯，再次造訪氏族俱樂部一定會很有趣。他不會在裡頭待太久。只喝一杯而已，而且不打牌。就當作回憶之旅吧。

不可能會怎樣吧？

第八章

「啊，我最喜歡的謀殺案之一。」瑞秋．薩弗納克的嗓音從雅各身後傳來。

雅各沉浸在史萊特貝克的敘述中，沒聽到圖書室的門打開。瑞秋說話的時候，他聞到她的香水味，淡淡的紫羅蘭芬芳。他抬頭。她的黑髮柔軟細密，宛如雪紡。他把書扔到桌上，意識到自己臉紅了。這幅景象如果看在不知情的人眼裡，一定會以為她是逮到他對著《查泰萊夫人的情人》流口水。

「晚安。」他忍不住看了一眼手錶。「謝謝妳的邀請。」

她在他對面的靠背椅上坐下，但什麼也沒說。她對閒聊不感興趣。他也不期望她會因為無禮地讓他等了整整三十分鐘而道歉。瑞秋．薩弗納克總是隨心所欲。

他惱火地說：「妳對希爾維婭．戈里感興趣？我看到妳標記了那一章。看來這場醜聞毀了她？」

瑞秋不置可否地聳個肩。她身上的黑色縐紗連身裙簡約又優雅，很適合她。他猜這是她最喜歡的一位歐洲大陸設計師的最新作品，價格比他一年的收入還高。

「一點也不。以一個出身卑微的女人來說，她讓自己過得非常好。她不再需要戲劇社團的消遣，而是有一個新角色要扮演。一位令人尊敬的寡婦，人類悲劇的勇敢倖存者。她有足夠的錢讓自己穿著皮草和華服，直到耶穌再臨。」

「但她付出了高昂的代價，不是嗎？」

「如果她覺得庭審很辛苦、輿論讓她不愉快，那她也不是沒拿到補償。直到今天，她還住在索索爾茲伯里郊外那棟漂亮的房子裡。我真好奇，她漫步走過觀景湖的時候腦子裡在想什麼。」

「她失去了心愛的男人……」

「我也很好奇她究竟有多在乎卡勒頓。」

「她僥倖逃過了絞刑架。」

「你覺得她那是幸運？」

「史萊特貝克顯然這麼認為，即使我們腐爛的『誹謗法』意味著他必須注意自己的言辭。要不是法官有著強烈的偏見，陪審團可能那天就會判她有罪。街上的人……」

「啊，輿論法庭。」瑞秋假裝強忍呵欠。「檢方的指控是建立於間接證據。她寫給卡勒頓的信上從未提到謀殺。」

「但她有鼓勵他殺人。他很蠢，而她很貪，結果一個無辜的人死了。」開始感到不耐煩，他改變戰術。「妳邀請我來這裡不是為了討論戈里案。無論是非對錯，那都已經是舊聞了。」

「跟丹斯金案不一樣？」她提議。「你在老貝利街遇見了多貝爾太太，她想和我談談？」

「是的，關於謀殺。」他搖頭。「她在戰前見過妳父親主持審判，那給她留下了深刻印象。」

「見過老法官的人都不太可能會忘了他。」瑞秋說。

她臉上掠過一絲微笑。她在玩什麼遊戲？他咬牙。現在天色已晚，他原本是很想再次見到她，超過他願意承認的程度，但她似乎只是一心想給他個教訓。他忙了一整天的記者工作，現在沒心情配合她。

「我必須道歉。」她突然說道，這讓他目瞪口呆。瑞秋·薩弗納克的道歉簡直是一件稀有收藏品。「我是個糟透的東道主。你的酒杯空了。讓我再給你倒一杯。我陪你喝。」

「不用了，謝謝。我們有些人明早還得上班呢。」這招反擊稱不上高明，但他受夠了被人用居高臨下的態度對待。「我已經把話帶到了。妳去瑟西俱樂部就能找到那個女人。我該走了。」

她不發一語，拿起醒酒器，給兩個杯子都倒滿了酒。兩人的目光相遇了一會兒，然後他移開視線。有個問題：不僅僅因為她美豔動人，而是他發現她實在令他著迷。

「再給我半小時，雅各。拜託。」

他不禁有些受寵若驚。這女人實在擅長利用人的弱點。他沒笨到不知道她是操控人心的專家，但他也還沒學會如何反抗。

她舉杯。「敬犯罪。」

「敬犯罪。」

她再次微笑，這次不帶嘲弄。「讓我跟你說說多貝爾太太。」

他思索片刻。「這是給《號角日報》的故事？」

「不是。」

他還能說什麼？他喝了點威士忌。「請說。」

「好。」瑞秋靠向椅背。「李奧諾菈・多貝爾不是巫婆。她是英國最頂尖的犯罪學家之一。」

他睜大眼睛。「嘎？」

「她針對這個主題的兩本著作都深受好評。我相信你會明白，畢竟你也讀了她的最新作。」她指向《可敬的謀殺案》。「當然，她用的是她的娘家姓。」

「史萊特貝克？」他呻吟。「李奧其實是李奧諾菈？」

瑞秋品嘗一口酒，然後再次開口。

「大戰末期，她嫁給了一個名叫菲利克斯・多貝爾的男人，他在戰鬥中受了重傷。他來自一個古老的約克郡家族，在家族莊園中出生長大。他們的家在東北岸，叫做莫特曼莊園。」

＊ ＊ ＊

「親愛的，想不想共度春宵呀？」

夜幕降臨至蘇活區。這名女子有一頭黃褐頭髮，穿著一件假狐皮大衣，嘴上有一道可怕的深紅色傷口。她明亮的嗓音聽來虛假，肩膀因疲勞而下垂。廉價香水味刺激著雷吉的鼻竇。這條後街是她的地盤，他在前往氏族俱樂部的路上多次見過她。

「抱歉，今天不行，謝了。」

他禮貌地微笑搖頭。走在這裡的街上時，他經常收到這樣的邀請，但總是拒絕。不同於許多男人，他是煞費苦心地表現得彬彬有禮，無論女方的試探多麼粗魯。他若是做出生氣反應就顯得荒謬，如果因此被對方報復就更愚蠢了。退一步海闊天空。他現在最不想要的就是惹麻煩。

經過一家酒吧時，刺鼻的啤酒味飄入夜空下，裡頭有人五音不全地唱著歌。他注意到一個龐大的男性身影從陰暗的門口出現。男人的腳步重重地踩在人行道上。雷吉沒回頭看他，而是放慢了速度，好讓那人從旁通過。但男子只是緊隨其後。這人是保護妓女的皮條客？幸好有那條不成文的法律存在：只有那些動作粗暴或想白嫖的客人才會被教訓。

前方五十碼處是一條通向目的地的小巷。氏族俱樂部是一個安全的避風港，即使身後這人打算動手搶劫。他不用過分擔心自己是不是被跟蹤。晚上來蘇活區時，他一定會把金錶留在家裡，也從不攜帶大量現金。如果有需要，他會寫一張欠條給店家。

他朝巷子快步而去。一到那裡，他就要拔腿狂奔。以短距離衝刺來說，他的腳程還是很快。他身後那傢伙可能連追都懶得追。

快到了。他把夜晚的空氣吸進肺裡。一拐過街角，他準備起跑，卻撞上了某人。又一個大塊頭。

腳下失足的瞬間，他意識到自己就像羅德板球場的杜萊普辛吉一樣，被引誘進了可怕的誤判。他已經落入了陷阱。

＊　＊　＊

「現在我明白為什麼多貝爾太太經常出沒於老貝利街了。」雅各把酒杯裡的飲料喝光。「她的筆名騙了我。我從沒想過史萊特貝克其實是女性。」

「這是一個常見的伎倆。」瑞秋說：「她的主要競爭對手是另一位女性犯罪學家，筆名是F．丁尼生．傑西。出版商對消費者的口味很敏感。如果讀者認為一本關於謀殺案件的書不是男人寫的，就不會把它當一回事。」

「嗯，我應該能理解……」看瑞秋的表情變得嚴肅，雅各的嗓音減弱。「我不明白的是，多貝爾太太怎麼知道我們認識。」

「你有遵守諾言嗎？」瑞秋問。

她保護隱私的決心近乎狂熱。他從沒見過作風如此神祕的女人。今年早些時候，她救了他的命。她對他的感激不感興趣，但得到了他的鄭重保證，說他永遠不會和其他人談論她。

「妳知道妳可以信賴我。」

她以病理學家檢查人體組織的冷靜超然態度打量他。「除了楚門一家之外，我不信賴任何人。」

「我是一言九鼎的男人。」即使聽在自己耳裡，這句話也顯得老套而且帶有辯解意味。

「你不需要用吼的，雅各。」她品嘗起瓦士威士忌。「碰巧的是，我對李奧諾菈．多貝爾產生了興趣。正如她的著作所表明的，她向來做足功課。我猜想她一直在孜孜不倦地結交位高權重的朋友，尤其在蘇格蘭警場。她認識奧克斯探長，有時候還會和葛弗雷．馬赫恩爵士一起用餐。我們的共同朋友，那個好探長，向來守口如瓶。如果有誰大嘴巴，一定就是馬赫恩。」

雅各點點頭，很高興自己不是被懷疑的對象。倫敦警察廳的局長確實虛榮又愛說話。他很容易想像，這個老頭吹噓自己與已故的薩弗納克法官的可愛女兒相識。

「我幾乎能聽到葛弗雷爵士在幾杯黃湯下肚後吹牛炫耀。」雅各拱起肩膀，挺起胸膛，提高嗓門，發出隆隆吼叫：「我得說啊，她真是個迷人的女孩兒。要是我年輕二十歲啊，哼哼！不過，請記住我說的，她父親是個怪人，而她則是其父之女。不久前，她窺探了一些有趣的事情，合唱團女孩謀殺案，你們可能還記得這在當時多麼讓人大驚小怪，很陰暗的案子，不能多談。坦白說，那是最高機密。我們的夥伴們還是破了案，謝天謝地。奧克斯真是個好傢伙，警場裡最年輕的探長，也是最聰明的之一。還救了一個記者的性命，他們叫他弗林特，一個浮躁的男孩，而且腦袋顯然不是最靈光的。不過記者都是這樣，他們可沒有讓我們的日子變得更輕鬆啊。有時候我真納悶那些混球到底是站在哪一邊。」

瑞秋以熱烈掌聲獎勵了他的模仿秀。她的眼睛裡閃爍著喜悅，笑聲帶有旋律，一種罕見而開心的聲音。

「演得真好！如果號角報社哪天炒了你，你在歌舞雜耍界一定有前途。而且，沒錯，馬赫恩一定會像你演得那樣說溜嘴。他的舌頭太鬆了。」

「其實說溜嘴也無所謂，不是嗎？」雅各感覺放鬆，威士忌讓他昏昏欲睡。

「我比較喜歡避開眾人目光。」

他急忙擊鼓撤退。「是的，是的，當然。可是妳願意跟多貝爾太太談談嗎？」

「嗯，她讓我感興趣。」

「妳覺得她會不會在下一本書中探討丹斯金案？」

「為什麼不會？這麼複雜的謎案可以滿足各種口味。一具身分不明的屍體、可疑的不在場證明、出人意料的目擊者。囚犯在緊要關頭躲開了絞索。」瑞秋停頓一下，然後補充道：「就像希爾維婭．戈里。」

「這兩個案子很不一樣。」

「乍看之下是不一樣。」

「妳聽起來抱持懷疑態度。」

她聳個肩，但沒回應。

「『起火的車子』並不是個糟糕的故事。」他凝視酒杯的底部。「雖然結局讓人失望。那麼多鋪陳，結果流浪漢根本不是被謀殺。」

他抬頭，看到她的目光鎖定在他身上，幾乎就像在給他一個考驗。

「那場火災只是一場悲慘事故？」她問。

「不然還會是什麼？」他嘆氣。「就像昨天下午鐵路線上那起死亡事件。被滑鐵盧特快車輾過的傢伙。」

「我有在報紙上看到。」瑞秋面無表情。

「我在想這會不會跟丹斯金案剛好相反。這其實是一起謀殺案，但未曾引起懷疑。」

＊＊＊

小巷裡的男子把刀片架在雷吉的喉嚨上，他的同夥在一旁監視。

「饒命啊！」雷吉嗚咽：「我願意給錢。我身上所有的現金……」

「我不想要你的錢。」男子嘶吼：「你跟誰談過？」

雷吉眨眼。「我沒跟任何人談過。我發誓。」

「多貝爾那女人？」

雷吉的心跳漏了一拍。「誰？」

刀刃劃傷了他的皮膚。他閉上眼睛。他真的要死在這條滿地垃圾的黑暗小巷裡？

「快說，否則你小命不保。」

「我發誓！」雷吉說：「我一個字也沒說。」

「那就繼續這樣保持下去，除非你想嘗到刀子的味道。」

雷吉感到一絲希望。也許他能活下來？襲擊他的人顯然願意講道理。此人身強體壯，但根本不是粗人。令人難以置信的是，他說話的語氣帶有節奏，就像在高級公立學校受過教育。

他是個紳士。

* * *

瑞秋臉上沒透露任何線索。雅各覺得有必要捍衛自己的理論。「『伯特倫．瓊斯是被謀殺』的這項說法其實並不荒謬。」他說：「一個中年男子從車廂裡掉到鐵軌上，恰逢一列迎頭駕來的特快車，這也未免太巧了。」

「這種事以前發生過，就在那條鐵路線上。那個案例沒有他殺的可能性。」

「如果你想謀殺一個人，並偽裝成意外，那麼這個先例就能幫上忙。今天我有做些詢問，但沒得到任何結果。」

「真可惜。」

「是啊，警方已將這次死亡案件以『運氣不好』結案。倫敦墓地公司不希望任何人挑起事端，」他強忍呵欠。「死者沒有至親可以在這方面幫他忙。我甚至不知道他究竟有沒有參加在布魯克伍德公墓舉行的葬禮。我可能會去那裡，看看有沒有人在葬禮上或墓邊見過他。」

「如果我是你……」瑞秋說：「我不會浪費時間在墓地走動。」

他立刻警覺起來。「妳不會？」

她果斷搖頭，做出確認。

「好吧。」他謹慎選擇措辭。「如果妳是我，妳會怎麼做？」

瑞秋在椅子上伸個懶腰，如貓般輕盈優雅。「那我跟你說個祕密，前提是你發誓我說的任何話都不會被登在《號角日報》上。」

「為什麼這麼神祕兮兮？」

「就當作是我的人格缺陷吧。」淡淡的微笑。「我的眾多缺陷之一。說好了？」

「我是職業記者，妳不能……」

「那我們也可以忘了這場談話曾經發生過。」

他向她這句必然到來的臺詞屈服了。「我向妳保證。」

「謝謝你。你左邊的書架上，放著一系列的初版書。你有沒有看到一本用相當難看的橙色包裝紙包裝的書，叫做《謀殺與謎團》？」

他跳起身，把書從所在之處拿出來。「作者是李奧・史萊特貝克，想也是。」

「把她這兩本書帶回家吧。你會發現她有一種發人深省的技巧，她能如實描述案件，但同時暗示一切其實並不是看上去那麼簡單。《謀殺與謎團》有個章節，叫做《吉爾伯特・佩恩之死》。」

「這跟死在鐵軌上的瓊斯有什麼關係？」

「喪命的那個男人——」瑞秋說：「真名不是瓊斯，而是吉爾伯特・佩恩。」

＊　＊　＊

兩名襲擊者放他走時，雷吉・維克斯暈了過去。他們踢了他的腎臟，然後把他像一袋垃圾一樣丟進巷子裡，躺在垃圾堆裡。

他甦醒過來時，不確定自己是否還活著。腦子裡的嗡嗡聲讓他感到頭暈。

一切都顯得不真實。

他的腎臟傳來疼痛，脖子上被刀刃接觸過的部位也感到一陣刺痛。他昏沉又害怕，摸了摸喉嚨，感覺到一抹黏稠的汙跡。鮮血染紅了他的手指。

他們割傷了他，他當時驚恐得沒意識到。

他輕觸探查，確定這條裂縫不是敞開的傷口。他掏出一條手帕，壓在喉嚨上。他搖搖晃晃地站起身。

他的公寓離這裡只有五分鐘路程。儘管腎臟疼痛，他還是勉強能一瘸一拐地走回公寓。

唯一重要的是他還活著。

＊ ＊ ＊

雅各瞪著瑞秋。「瓊斯是假身分？」

「每個人都相信佩恩被謀殺、屍體被扔進泰晤士河。李奧諾菈・多貝爾透過調查而對官方說法提出質疑，但她並不知道完整的真相。事實上，自從上演失蹤事件後，他就一直躲在丹吉爾。他回到英國，是因為他深愛的母親去世了，所以他去了布魯克伍德公墓。」

「妳怎麼知道這一切？」

「他一個名叫維克斯的朋友告訴我的。他擔心佩恩的安危。」

「可以理解。」

「嗯，但佩恩的死把他嚇得三緘其口。」

「所以我的直覺是對的。」雅各說：「他是被謀殺。而妳要我四處打探，看能查到什麼？」

瑞秋聳肩。「楚門已經幫我做了一些詢問。至於你要做什麼，完全由你自己決定。」

雅各飛快思索。「是誰想要佩恩死？」

「好問題。佩恩的私人生活……錯綜複雜。他在消失之前，是蘇活區的上流常客。那裡有一家俱樂部，名叫『隱密氏族』，簡稱『氏族』，跟加里克還有改革俱樂部很不一樣，但他經常在那裡光顧。」

「妳覺得他樹立了敵人？」

「我覺得你應該好好照顧自己。李奧諾菈・多貝爾也是。」

「她也有危險？」

「維克斯這麼認為。」瑞秋說：「還有，記住這一點：如果調查吉爾伯特・佩恩和李奧諾菈・多貝爾，你的生命也會有危險。」

第九章

雅各睡得斷斷續續。他不習慣喝威士忌，也不該讓瑞秋一直給他倒酒。他很容易就被說服了，這就是麻煩所在，她也利用了這點。她在利用他，但他完全被她迷住了，也不覺得這是令他難以忍受的侮辱。困擾他的，是他搞不懂她心裡到底在想什麼。

和她共處總是讓他心情混亂。他永遠不會向任何人承認這一點，但他被她所吸引，不僅僅是她的外表，還有她性格的力量。然而，她的疏離使她形同高嶺之花。他猜她大概覺得他很有意思，而且如果有需要，她會毫不猶豫地犧牲他。

他在毯子底下輾轉難眠，思緒四處遊蕩。吉爾伯特・佩恩還有李奧諾菈・多貝爾……他應該多麼認真看待她的警告？瑞秋就是喜歡一點戲劇性；她可能誇大了威脅，以激發他的勇氣。但話說回來……

六點鐘，他艱難地從床上爬起來，拉開臥室窗簾，俯視街道。已經有一小撮人在路上走動。他在春天搬進了埃克斯茅斯市場一家乳酪店樓上的房間。他喜歡倫敦的這個區域：一步之遙的商店、攤位和酒館為他提供他所需的一切，還有燉鰻魚之類的珍饈，雖然付錢叫他吃他也不敢碰。這條街從早到晚都生機盎然，空氣中瀰漫著捲心菜和咖啡的香味。他喜歡市場攤販們的歡快喧鬧，而且只花二十分鐘就能走到號角報社。如果騎自行車就更快了。

他給自己泡了一壺茶，在兩片吐司上抹了奶油。他週六早上也要工作，但八點半才需要進辦公室。除了《謀殺與謎團》之外，瑞秋也要他讀《可敬的謀殺案》。她說他可能會覺得一、兩個故事特別有趣，例如威勒爾平房謀殺案。

他為什麼總覺得她在向他發起挑戰？她暗示——如果那是暗示——希爾維婭．戈里案與丹斯金案有某種關聯，這項暗示也同樣令他煩躁。她給了他拼圖碎片，但他用它們拼出的圖畫並不完整。即使她的目的是保護他免受傷害，她還是讓他抓狂。他不是小孩子。他能照顧自己。

他悶悶不樂地坐在小客廳的沙發上，開始閱讀《吉爾伯特．佩恩之死》。

＊　＊　＊

雷吉．維克斯徹夜未眠。他仰躺著，盯著臥室的天花板，告訴自己失眠總好過失去性命。

他的脖子刺痛，腎臟疼痛，但他很幸運。那把刀片原本可能割開他的喉嚨，從一耳裂開到另一耳。他流了不少血，但傷勢並不嚴重。其他人看到這個傷痕時，他會需要做些解釋。如果有誰問起，他會說他在揮舞刮鬍刀時手滑了一下，因此引發混亂。這個說詞聽來可信。勉強可信。

「你該感謝你的幸運星，你沒去拜訪薩弗納克那個女人。」他喃喃自語。如果任何人得知他有跟她談過……

他拒絕屈服於她那個打手施加的壓力，那是多麼正確的決定。他做的另一個正確決定，就是一開始接近她時便極為謹慎。如豌豆湯般混濁的大腦開始清醒時，他意識到自己為什麼遭到威脅。

吉爾伯特．佩恩離世的消息必然會撼動他，讓他變得脆弱。他大概被視為不可靠。他收到的警告是先發制人的打擊，是經過深思熟慮的提醒，讓他知道他如果洩漏任何祕密，就會面臨什麼風險。

雖然老實說，他知道的其實並不多。他只知道他需要被告知的事情。

他真後悔把事情說了出去。對杜德，還有對瑞秋．薩弗納克。他告訴杜德，是為了給對方留下深刻的印象，但這麼做失敗了。事實上，杜德的叛逃所帶來的震驚讓他對失去佩恩的這件事感到麻木，而且他本來就不相信可憐的吉爾伯特還有多少希望。被一列快速火車輾過是一種糟糕的死法，但至少死得很快。

不，他需要擔心的是瑞秋．薩弗納克。他從床上滾下來祈禱，上一次這麼做是在學校被兩個高年級男孩修理後。

「親愛的上帝啊，拜託不要讓她繼續來煩我。」

*　*　*

「睡得好嗎？」瑞秋走進廚房時，瑪莎問道。

「睡得跟問心無愧之人一樣好。」

瑪莎把茶壺放在爐子上時，兩個女人交換了微笑。這個小玩笑已經成為她們之間的一種儀式。女傭在熟悉的例行公事中找到了安慰，但瑞秋從沒問過她睡得怎麼樣。自從被潑了強酸，瑪莎就經常作惡夢。薩弗納克法官離世，全家離開小島後，她青春期的恐懼才有所減輕，就連她身體上的傷疤也開始消退。

「妳跟雅各．弗林特說了瓊斯就是吉爾伯特．佩恩？」

「還有李奧諾菈．多貝爾在玩火。這足以讓他全力投入這件事了。我警告過他這有什麼風險，但他很勇敢，或者該說天真。」

「或是兩者皆是。」瑪莎說：「妳確定這好過找私家偵探？因為歸根結柢，雅各只是個普通的年輕人。」

「他跟私家偵探一樣頑強，而且我們可以信賴他。」

「妳大概是對的。」

瑞秋斜眼看她一眼。「妳喜歡他吧？」

瑪莎臉紅時，看起來就像回到十六歲。「喔，他一定不會多看我一眼啦。看到我的時候，他一定很想轉身逃跑。」

「別這麼肯定。」瑞秋伸手撫摸女傭的頭髮。「也別忘了，雅各的平凡就是一項優勢，這讓人們很容易低估他。」

* * *

吉爾伯特・佩恩是含著金湯匙出生。他是年邁父母的獨生子，在施洛普郡荒野的一棟鄉間別墅長大。他父親是來自曼徹斯特的皮草商，母親是奧斯沃斯特里一個古老家族的成員。西西・佩恩在再次懷孕的時候，已經經歷了無數次流產，因此對生孩子這件事感到絕望。但這一次，她生下了一個兒子。吉爾伯特是她的掌上明珠。他五歲時差點死於小兒麻痺後，西西對他變得更加保護和溺愛。小兒麻痺使他跛了腳，但他活了下來，他母親對他寵愛得無法無天。

李奧諾菈・多貝爾，筆名李奧・史萊特貝克，毫不掩飾自己對此的不滿。

吉爾伯特・佩恩原本敏感而聰明，但因父母的溺愛而變得柔弱。他在學校遭到霸凌，只能躲進書本裡。獲得劍橋大學的獎學金後，他寫的詩足以填滿一本薄薄的書。因為沒人願意出版，所以他自己印了五百本，並稱之為限量版。

這本書問世後，只有引來評家們的冷眼和公眾的冷漠。但佩恩的努力並不是只有帶來失敗，而是讓他明白了出版界的樂趣和陷阱，並激勵他走上這條職涯之路。畢業後，他在邦內爾出版社任職，然後決定自己創業。父親去世後，他賣掉了施洛普郡的莊園，為母親在漢普斯特德買了一間房子，為自己在切爾西買了一戶公寓，並給他的新企業投入了大量資金。

他一開始專攻詩集，同時也寫些政治和哲學著作。他的目標是建立一個受人尊敬的文學地位，但這項生意以驚人速度耗盡了他的資本。而轉折點的到來，是佩恩在所在的俱樂部裡的一次閒談。

「出版商根本不在乎年輕的英國愛國者。」一個朋友向他抱怨：「他們一點也不在乎布魯姆斯伯里集團那些傑出作家。戰爭是結束了，感謝上帝，但我們仍然渴望刺激。我們想讀冒險故事。我們想看英國年輕人展現出擊敗了德國佬的鬥志，勝者為王的故事。」

令人意想不到的事情發生了！李奧諾菈寫道。幾星期後，佩恩取得了突破。一位從擲彈兵一職退役的少校寫了一個鮮血與雷霆的故事，主人公名叫萊昂．朗斯代爾，一位功勳彪炳的戰爭英雄，沒讓停戰協議妨礙一場精采的廝殺。《阿登行動》的破舊手稿送到佩恩的辦公桌時，已經被其他二十幾家出版社退稿。故事換了新書名，賣了五萬冊。《勝者為王》推出了一系列由萊昂．朗斯代爾主演的故事。吉爾伯特．佩恩發了大財。

佩恩不是那種會結婚的類型；他出沒於蘇活區的黑暗角落，與上流社會的邊緣人物來往。一天晚上，他在倫敦西區舉辦了一場派對，慶祝萊昂．朗斯代爾最新的冒險作品出版。聚會結束後，他向所有願意聆聽的人宣布他要去俱樂部喝一杯睡前酒。那是人們最後一次見到他。

隔天早上他沒進辦公室時，他的祕書報告他失蹤了。無故缺席並不符合他的作風。一具屍體從萊姆豪斯區附近的泰晤士河泥漿中被打撈上來後，謀殺案調查就開始了。據推測，這具遺骸就是佩恩，儘管船鉤毀掉了他的五官，但屍體泡在水裡時還穿著一些衣物。在太平間，佩恩心煩意亂的母親辨認了他的手錶，並確認了屍體的身高、體重和年齡都符合佩恩。

那麼，是誰殺了他？李奧諾菈．多貝爾探討了各種推論，從常見的搶劫到心懷不滿的情人的報復襲擊，雖然她小心翼翼地避免說出任何可能嫌疑人的名字。她敘述的結論，讓雅各覺得她其實根本沒有結論。

「還有一種可能性，飄渺但誘人。如果泰晤士河裡那具屍體其實不是吉爾伯特．佩恩？如果他因為個人原因而搞消失？如果是這樣，他現在可能就在我們當中，喬裝打扮，漫步於倫敦的街頭。但即便如此，也無法解開吉爾伯特．佩恩失蹤之謎。根本的問題仍然存在：

「他為什麼消失？」

＊　＊　＊

「這真是個驚喜。」瑞秋打電話去瑟西俱樂部時，李奧諾菈・多貝爾接聽。

「妳以為雅各・弗林特不會傳達妳的訊息？」

「喔，他看來是個好人，至少以記者來說啦。我原本不確定妳是否願意跟我說話，或知道我是誰。」

「妳太謙虛了。」瑞秋說：「正如妳所猜測的，我也是犯罪案件的愛好者。我拜讀過妳的大作，妳對殺人犯思想的見解引起了我的興趣。我忍不住打聽了妳的事情。」

「喔，是嗎？」對方的嗓音裡夾雜謹慎。

「我查了妳的過去，以及我們之間的關聯，嚴格來說是家父與令尊之間的關聯。」

李奧諾菈・多貝爾停頓片刻後說道：「那妳一定知道我們對推理有著共同的愛好。也許我們可以見個面？」

「樂意之至。」瑞秋說。

「我在做研究時住在瑟西俱樂部，但我即將搭火車回家。我丈夫臥病在床，我不信任他的看護。」

「很遺憾得知此事。」瑞秋說：「妳很快會回到倫敦嗎？」

「喔，是的，我只是短暫出差。這也是為了讓伯妮絲這個可憐的看護保持警惕。

我會在星期一下午回來。妳幾點方便？」

「三點鐘怎麼樣，在伯林頓府外面？」瑞秋吸口氣。「也許妳會允許我向妳介紹一個殺人犯。」

她沒等回覆就掛了電話。

＊　＊　＊

號角報社的晨間新聞討論會結束時，雅各將注意力放回吉爾伯特・佩恩的謎團上。他關上辦公室門，懶洋洋地坐在椅子上，雙腳擱在桌上。他從李奧諾菈・多貝爾的書中學到了什麼？她懷疑佩恩的失蹤另有隱情，但沒找到證據來證實她的推測。雅各心想，除非她是不敢公布她所發現的一切，以免遭控誹謗。對任何針對爭議主題發表著作的人來說，這是一個熟悉的困境。你沒辦法說出完整真相，因為你未必能提出證明。

她如果遇到了危險，一定是因為惹怒了某人。《謀殺與謎團》是於去年秋天出版。九個月後，她並沒有受到任何傷害。哪裡改變了？

雅各告訴自己，這是因為佩恩的母親過世了，他不得不現身。是的，這一定就是答案。佩恩安全地躲在異國風情的丹吉爾時，任何有關「他還活著」的暗示都可能被視為只是惡作劇的猜測。但他回到英國的這項事實改變了一切。

李奧諾菈不如瑞秋那麼消息靈通。如果早知道佩恩會回國奔喪，她一定不會滿足於在老貝利街逗留吧？

瑞秋希望雅各做些偵探工作，卻不願告訴他一切，甚至不願讓他報導這個故事。這是一場單方面的討價還價，不公平到荒謬，但這是她的條件，他要麼接受，要麼拉倒。他不敢得罪她。她總是按照自己的規則行事。

＊　＊　＊

「那些澳洲人正在羅德板球場擊球。」午餐時間，離開辦公室時，同樣熱愛板球的巴希爾・彭寧頓與雷吉・維克搭話：「我們的成績不夠理想，而他們則是開了個好頭……老天爺，你脖子怎麼了？」

「啊。」雷吉已經準備好答案。「用老式刮鬍刀的時候割傷了自己。我的手真是不靈巧，就跟昨天那些漏接球的澳洲人一樣，不是嗎？」

「你得好好照顧自己啊。」彭寧頓建議。

「我會的。」雷吉自言自語。「我非得好好照顧自己不可。」

今天早上，他的心情變得輕鬆許多。他腎臟的疼痛已經減弱為隱隱作痛，薩弗納克那女人也沒再聯繫他。感謝上帝，他保持了冷靜。她一定明白了他的意思。

一切都會沒事的。

第十章

「佩恩？」電話線另一頭傳來帶有喉音的笑聲：「喔，沒錯，很有名的出版商。對作家來說，跟他們打交道總是痛苦。」

雅各擠出笑聲。他在號角報社打電話給佩恩旗下的作家們，目前為止還沒得到任何新情報。現在他正在和亞歷山大．穆迪交談，對方七十多歲了，已經很多年沒發表過任何作品。作為「黑衛士兵團」的一名軍官，穆迪參加過波耳戰爭，並曾在旁遮普邦服役。停戰後，他曾出過六部以麥金托什．楚布拉德為主角的冒險驚悚小說，享受過短暫的名氣。雅各小時候是那些著作的鐵粉。

「我正在研究一篇關於他被謀殺的文章。一個未解之謎，你可能還記得？」

「我恐怕幫不上忙。在他去世之前，我已經有一段時間沒收到他的消息了。他曾經纏著我要我再交出一部作品，但我的思泉已經枯竭了，我想不出任何新的點子。」

根據雅各對《楚布拉德》傳奇的記憶，他知道這位作家很久之前就已經江郎才盡。每個故事都是同一個模子刻出來的。

「你跟他很熟？」

「只見過他一次，當時他為他的作者們舉辦了一場聚會。」穆迪咂咂舌頭。「而且參加過那一次對我來說就夠了。倫敦讓我頭暈，我寧可待在低地。」

「你對他有什麼印象？」

「這個嘛，死者為大，你懂的，但說真的，我不是很欣賞佩恩。他比較喜歡跟詩人和政治人物作伴。怪人、煽動者。」

雅各忍不住表達同情。「老天。」

「是的，好像這還不夠糟，他還邀請了他的朋友和他的作家們，都是一群怪人。有個小夥子拚命對他阿諛奉承，旁人看了都尷尬。這種事如果發生在黑衛士兵團，那可就難看了。」

「也許那個人能幫忙。你還記得他的名字嗎？」

「抱歉，毫無印象。那天晚上我喝多了，謝天謝地，這才讓我勉強坐得住。除此之外，我沒什麼能告訴你了。」

「如果你想起那個人的名字，也許可以打個電話給我。」

「那你有得等了，弗……呃，弗林特先生。」又一陣帶有喉音的笑聲：「你說你讀過我的作品？說來也巧，我正考慮再次拿起羽毛筆。如果你想採訪我……」

「你真大方。」雅各打岔：「我們必須改天再談談楚布拉德，也許在你打電話告訴我那個小夥子叫什麼名字的時候。」

＊ ＊ ＊

他放下電話，休息一下，閒逛到號角報社的資料室，那裡有各式各樣的書籍和期刊，還有號角自己甚至一些競爭對手的過刊。

也許他能發現一些關於李奧諾菈・多貝爾的事情。她的著作的封面上沒有關於作者的傳記。有幾份報紙過刊刊登了幾篇書評，但完全沒透露她的個人資料，無論是她的夫姓還是筆名。

沒錯，她是個神祕的女人，但不是隱士。她在老貝利街很高興與他交談，而且根據瑞秋所說，她經常和蘇格蘭警場的人混在一起。他從書架上拿出最新一期的《名人錄》，發現她有被刊載其中。

李奧諾菈・史萊特貝克（李奧諾菈・多貝爾夫人），犯罪學作家，一八八七年生於奧斯鮑德威克，父親是已故的N・O・史萊特貝克。於一九一八年嫁給菲利克斯・多貝爾。曾就讀哈羅蓋特女子學院。著作：《謀殺與謎團》、《可敬的謀殺案》。嗜好：旁聽庭審。地址：莫特曼莊園，約克郡。

簡明扼要。這不是一個對編織、烹飪或插花有時間或愛好的女人。她的專注讓他想到瑞秋。但是什麼原因激發她如此熱衷於研究犯罪以及法律和司法機制？

他查看了一本地名詞典，得知莫特曼莊園兩百年來一直是多貝爾家族的所在地。住在世代相傳的家族豪宅裡是什麼感覺？他對自己從小在阿姆利住的那棟聯排別墅沒有任何懷舊之情，但他能想像那些出生在莊園的人會有不同的看法。

莫特曼莊園占據了約克郡北海岸的一小塊土地，直指北海。雅各熟悉繁華的斯卡布羅、羅賓漢灣的漁村，還有古老修道院所在的惠特比，但沒聽說過莫特曼。

上一次很關注這個地方的人似乎是羅馬人，他們在那裡建立了一座烽火臺。蜿蜒的海岸公路繞過了那個小小的聚居地。那是一片孤獨的鄉村，裸露而荒涼。光是想像強烈的東北風將灰色波浪捲成咆哮狂潮，就讓雅各不寒而慄。

＊　＊　＊

「只有你知、我知還有門柱知：我向來不喜歡那傢伙。」

現在已經五點半了。查爾斯·邦內爾邀請雅各去他的俱樂部喝一杯餐前小酌。這是雅各第一次造訪「讀書人俱樂部」，但他猜想這位東道主待在這兒的時間比在辦公室還長。邦內爾才四十五歲，卻有著看似六十五歲的下巴和灰白鬍鬚。他的頭髮稀疏，眼睛過度溼潤，痛風使他不斷皺眉。他代表邦內爾出版王朝的第三代——

雅各猜想也是最後一代。他已經解釋過，管理企業的關鍵在於不要打擾員工工作。員工在忙工作的時候，他自己大概忙著把公司賺到的利潤拿去花天酒地。

「不可靠？」雅各提議。

「『是也不是』，就像那些律師會說的。」邦內爾給了一個廢話答覆。「我的意思是，他的工作做得不差，儘管他的文學自負令人尷尬。」

雅各吸入皮革椅和菸草的氣味時，奧洛羅索雪利酒的堅果味挑逗著他的味蕾。他不習慣奢華，也不習慣高級雪利酒。他平時是在弗利特街和埃克斯茅斯市場周圍的酒吧狂飲苦酒，那種酒吧擁擠而喧鬧。但這裡安靜得好像連英文單字裡不發音的字母也聽得見。

在確認自己追蹤吉爾伯特·佩恩圈子的那些人基本上是白費力氣後，他的運氣發生了轉變。

邦內爾的談話意願讓他感到困惑，直到他發現這位出版商的優先事項是在晚餐前找到一個酒伴，而不是獲得媒體報導。邦內爾說，他老婆在半年前離開了他，從那以後他就沒在家裡吃飯了。

「其實呢，是我父親接納了佩恩。換作我，我才不會收留那種傢伙。那小子一心想成為詩人，但他大部分的作品連押韻都沒押到。想與野馬同逃，又想與獵犬同追，這樣兩面討好可不是好主意。一個人要麼當個出版商，要麼當個作家，總之必須把自己的彩旗釘在桅杆上。他花了幾年時間才恍然大悟。」

「他恍然大悟之後呢？」雅各追問。

「他除了遞交辭呈之外還能做啥？」邦內爾對那人的忘恩負義嗤之以鼻。「我父親訓練了他，把我們的專業知識都傳授給他，他卻拋棄了我們。值得慶幸的是，他沒試著挖走我們的熱門作家。浪漫加搞笑，再加入一些有意思的故事，這就是我們的祕訣。我們只有一個作家隨他而去，不過他本來就不適合我們的風格。我爸收留他，只是因為他們上過同一所學校。說真的，那傢伙是該死的布爾什維克派。雖然佩恩也沒好到哪去。」

「佩恩的政治觀點是不是讓他變得不可靠？」

邦內爾權衡答案時，肉質的多層下巴開始顫抖。「我當時不是擔心這個。佩恩跟紅軍處得很好，還自稱社會主義者，但他明明出身很好。真不敢相信他有強烈的左派思想。看看那愚蠢的麥克唐納把這個國家搞得有多亂。自己看看！」

雅各不想看。政治爭論只讓他難受。「你當時有什麼想法？」

邦內爾很快喝完了雪利酒，彈個響指叫來了侍者。「要不要再來一杯？坦白說，我向來不喜歡他身邊那些夥伴。要知道，出版是一個有趣的遊戲，在這個行業會遇到各式各樣的事情。我和其他人一樣心胸寬廣，但總得在某個地方劃清界限。」

「吉爾伯特．佩恩有沒有……」雅各尋找適當的詞彙：「公私不分？」

「就我所知沒有。」邦內爾立即道：「至少他在我們這兒的時候沒有。而且公平地說，他在自立門戶後，出版了一些不錯的書，關於楚布拉德、朗斯代爾，以及社會中堅人物的故事。」

「然後……」

「謠言開始流傳……」邦內爾說：「在出版界，謠言就像霧氣一樣盤旋，雖然我沒太在意就是了。他跟我們分道揚鑣後，我們的道路就很少交集。」

「他不是讀書人俱樂部的成員？」

「老天，當然不是。這兒對他來說太古板了。」

在他們身後，有人在打鼾。即使沒有不必要的爐火，吸菸室裡的氣氛也令人昏昏欲睡，而爐火的溫度更是足以讓任何人的眼皮下垂。房間的一角，兩個滿臉鬍鬚的老人正在玩吃磴遊戲，用火柴棍當籌碼。著名小說家威爾基．柯林斯在上方一幅巨大的鍍金畫框油畫中，以近視的眼睛向下凝視。雅各還認出牆上的其他維多利亞時期的文學大師：薩克萊、狄更斯、哈代、特洛勒普和布爾沃李頓。這裡沒有空間容納艾略特、蓋斯克亞爾或勃朗特三姊妹，更別提布拉德頓或奧利芬特。和板球場的長室一樣，這個地方也是男人的避風港。

「但他有加入某個俱樂部，不是嗎？有人向我提到……」雅各在腦海中進行一場默劇般的搜尋。「一個叫做隱密氏族的俱樂部？」

「啊。」邦內爾浮腫的臉頰泛起紅暈。「好像是。我聽說過那個地方，但我沒辦法告訴你任何關於它的事情。」

「我在目錄中查找它時……」雅各說：「找不到任何資料。它根本沒被提到。」

也許因為痛風導致腳的刺痛，邦內爾皺眉。「這出於充分理由，弗林特先生。那個地方的名聲極其可疑。那裡吸引了很多錯誤的類型……很多『媽寶』，如果你明白我的意思。」

雅各確實明白他的意思。「他私人生活中的某些事情，有沒有可能導致他被謀殺？」

「如果是，我也不會感到驚訝。」邦內爾疲憊的眼睛裡閃現擔憂的神色。「當然，我相信這一切都不會被你刊登出來吧。」

「我保證。」雅各盡力做出教會詩班男孩的表情。「如你所見，我把筆記本留在辦公室了。」

「我的老天爺。不過我本來就不可以在這神聖的房間裡談生意，哎呀呀。關於佩恩，你想寫什麼？」

「說真的——」雅各說：「上司應該不會允許我發表一篇關於他的文章。《號角日報》是一份家庭報紙，而從你告訴我的情況來看……儘管如此，我還是很感謝你抽出寶貴的時間。我必須提醒我們的文學編輯，看看你們最新的作品目錄。」

「你真好心。現在經濟一團糟，出版業很不好做。」

侍者端來了更多雪利酒。邦內爾迅速把酒喝光時，雅各心想，就像在約克郡一樣，農民總是抱怨日子不好過，倫敦出版界的人也經常對市場狀況表示絕望。在這兩個世界中，悲觀主義都永遠存在。

「我想……」雅各用天真無邪的語氣說道：「他們從河裡撈上來的那具屍體，一定是佩恩沒錯吧？」

「千真萬確。他可憐的母親悲痛得快瘋了。」

「真奇怪。」雅各思索道：「不知道是誰想殺了他。」

邦內爾拍拍肚皮。「真的很怪。蘇格蘭警場從未追查到底。如果你問我，我猜這是情人之間的怨恨。那種人的戀愛關係說翻臉就翻臉。」雅各朝他投來詢問的目光時，他急忙補充道：「我是聽說的啦，聽說的。」

「你認為有個人動機？怨恨、報復、嫉妒？」

「不然呢？」邦內爾咯咯笑。「別跟我說殺了他的人是一個覺得自己少拿了稿費的作者！」

「在他死後——」雅各說：「你接管了他的公司。」

「沒錯。」邦內爾皺眉。「塞西莉亞．佩恩沒有商業頭腦。她為她愛子的死而傷心欲絕，最不需要的就是扛起經營一家出版社的責任。我和我父親很樂意幫她接手這個重擔。」

雅各能想像。佩恩的公司當時正在蓬勃發展，而他離開的那家公司則陷入停滯，但他母親在談判桌上絕對不是邦內爾父子的對手。西西用非常便宜的價格賣掉了公司。這次收購給邦內爾帶來了一劑亟需的強心劑，就算俱樂部英雄們所鍾愛的沙文主義和拳腳相向已經不再流行。

「所以你現在出版《萊昂・朗斯代爾》系列，連同其他所有系列？」

「不可避免地，有一、兩個作者退出了。出版業就是這麼回事。」

「那些寫政治和哲學的作家呢？」

「就是政治和哲學害這個國家陷入了現在的混亂。」邦內爾說：「人們想從我們這兒得到的是良好的娛樂，不多不少。」

「佩恩從你那裡挖走的那位作家呢？你歡迎他回來，還是他也走了？」

邦內爾嘆氣。「只有你知、我知還有門柱知：我們向來不喜歡那傢伙的作品。我們並不是生活在烏托邦，弗林特先生，以後也永遠不會。他過去幾年沒為我們寫出任何東西，因為他太忙於改變世界。不過嚴格來說他一直在我們的作家名單上，直到悲劇發生。」

「悲劇？」雅各一頭霧水。

「沒錯，這可憐的傢伙被他妻子的情夫殺死了。那是令人震驚的事件，在很多方面。他的妻子和男友都被起訴，而他被絞死了，她卻逍遙法外。雖然任何人都不該感到驚訝就是了，評審團永遠抗拒不了漂亮臉蛋。如果我想謀殺哪個人，我也會打扮成窈窕淑女。」

雅各非問不可：「她叫什麼名字？」

「希爾維婭・戈里。」

＊　＊　＊

邦內爾正在享用威靈頓牛排、熱月龍蝦還是夏多布里昂牛排？雅各離開埃克斯茅斯市場的炸魚薯條店時，跟自己玩起猜猜看遊戲。他自己的晚餐是用報紙包起來的。不過令人開心的是，被油脂和醋浸透的報紙是《證人報》，而不是《號角日報》。

這是一個晴朗的傍晚，他從讀書人俱樂部騎自行車回家。某一刻，他感覺有一輛黑色汽車在跟蹤他。到達格雷律師學院路時，他冒險回頭看了一眼，但汽車不見蹤影。

他走到乳酪店前窗旁邊的門前，從口袋裡拿出插芯鎖的鑰匙。他環顧四周，發現一輛黑色的奧斯汀二十型轎車停在埃克斯茅斯酒館附近。這不算不尋常。他開門進入室內，責備自己疑神疑鬼。

幾分鐘後，他坐在廚房餐桌前，對這頓晚餐做最後的修飾。就讓那些出版商慢慢享用讀書人俱樂部的傳奇高級美食吧。對於一個來自里茲的記者來說：「幸福」就是在炸魚薯條上淋滿厚厚的ＨＰ棕色醬料，並額外撒些鹽。而且他年輕又健康，這些炸物不會讓他的體重增加一盎司。

他的思緒飄遠了。吉爾伯特・佩恩認識華特・戈里，這純屬偶然嗎？雅各不相信巧合。但這不是巧合還會是什麼？佩恩和戈里都很富有、聰明，熱愛文字，彼此沒有交集才奇怪。

倫敦雖然幅員遼闊，卻是個充滿小圈子和密切聯繫的小世界。你認識誰，和你做什麼事一樣重要。

清理完畢後，他回到小小的客廳。李奧諾菈・多貝爾的書放在餐具櫃上，但他今天不想再想著吉爾伯特・佩恩。他想過漫步去埃克斯茅斯酒館喝一、兩杯，但懶惰還是占了上風。而且他今天也喝夠了。他並不喜歡雪利酒，也沒想到它會讓他覺得這麼茫。

他打著呵欠，凝視窗外的街道。沒看到那輛奧斯汀。

商店門口沒有潛伏著黑暗人影。

他不需要讓自己的想像力亂跑。他對自己這樣費心檢查周圍感到惱火。這都要怪瑞秋・薩弗納克。她那番警告令他不安。

五分鐘後，他的鼾聲大得足以讓他被誤認成讀書人俱樂部的成員。

＊　＊　＊

每一天結束時，查爾斯・邦內爾通常都是最後一個離開讀書人俱樂部的人，今晚也不例外。

用餐夥伴們向他道晚安後，他考慮在路上喝一杯來減輕痛風的疼痛。還是算了吧，他不想變成他爺爺那種酒鬼。他搖搖晃晃地站起來，踉踉蹌蹌地走出用餐間，走向衣帽間旁邊的凹室。一張齊本德爾小桌上放著一臺電話，他極其小心地撥打號碼。

「我跟那個……呃……記者小夥子談過了。」媽的，他講話一定沒有口齒不清吧？「沒啥要擔心的。」

「你這麼認為？」電話那頭的平靜嗓音說道。

「如果你問我，我覺得那小子腦袋不太靈光，當然更算不上是正人君子。北方口音，自以為是城市人的鄉巴佬。我沒邀請他共進晚餐，他八成回茅屋啃稻草去了。」

「關於佩恩，他想知道什麼？」

「在我看來，他只是在釣魚。」

「他有沒有問起佩恩的死亡事件？」

「他有順道一提。我告訴他，我猜他是因為和哪個男朋友吵架而死的。我還說，這種事隨時可能急轉直下。他聽了似乎覺得滿意。」

「還有別的嗎？」

「他提到了隱密氏族。他知道佩恩經常光顧那個地方，但他只知道這麼多。」

「你確定？」

「我不該自吹自擂啦，但那場談話其實進行得相當順利。」他咳嗽。「那麼，關於那筆注資……」

「我相信可以做些安排。」對方嗓音平穩。

「坦白說，越快越好。我很快就要跟銀行經理進行一場相當棘手的談話。我猜你正等著看接下來會發生什麼。放心吧。你完全不用擔心雅各・弗林特。」

第十一章

「要搭乘送葬特快車的乘客，請全體上車！」

在夢中，雅各沿著無盡的月臺奔跑，噴著蒸汽的火車開始移動。他飛奔而過時，一位戴著黑帽的車掌將一張車票塞到他手裡。

千鈞一髮之際，他抓住了最後一個車廂的門把。他猛地拉開門，跳了進去。

車廂裡只有一名穿著厚外套、戴著老式帽子的老婦人。她的臉背對著雅各。

「我們要去哪？」他喘道。

她在座位上轉動身子，好讓他看到她的臉。但她沒有臉。只有一個微笑的骷髏頭，輕聲呢喃。

「前往終點。」

他張開手掌，看著車掌塞給他的卡片。上頭只寫了兩個字。

單程。

他醒來，滿身是汗。誰想得到讀書人俱樂部的奧洛羅索雪利酒威力如此之大？一杯咖啡讓他恢復了活力，他吃早餐時讀了今早的報紙，得知英格蘭隊在測試賽第二天的糟糕表現，然後他又拿起《可敬的謀殺案》。

* * *

如果瑞秋是對的，那麼李奧諾菈就有了生命危險。她的著作和研究是否損害了某人的名聲？而如果她得知這件事，會不會因為其中的諷刺而感到好笑？

在這樣一個美好的早晨，待在室內實在是一種犯罪行為。他帶著書去了威爾明頓廣場，羅斯伯里大街旁一片綠意盎然的綠洲。柏油路上擠滿了踩著小滑板車飆車的孩子們，老人們則在飲水機旁解渴。雅各找了一張長椅，坐下來讀瑞秋標記的故事。李奧諾菈把這個故事稱作「威勒爾平房謀殺案」。

* * *

一九二八年九月的一個週五晚上，一對年輕情侶沿著迪河和梅西河之間半島頂端的海灘散步。自從巨大的塔樓在戰後被拆除以來，新布萊頓的濱海華麗度假勝地從未如此受歡迎，而隨著假期結束，很少有遊客來到這麼遠的角落。這裡沒有遊樂場設施可以引誘他們，也沒有棉花糖可以吞。艾琳・奧康納和吉姆・艾希頓經常從索霍爾瑪希村騎自行車來到這裡，為了逃離他們的弟弟妹妹，而那些弟弟妹妹就是搞不懂為什麼這兩人想獨處。

這片海灘非常適合他們，低矮的沙丘提供了額外的隱私。一天當中的這個時候，除了情侶和幾個遛狗的人外，很少有其他人。今天他們很幸運。這個地方荒無人煙。太陽落在水面上時，天空呈現橙色和紫色的條紋。吉姆摟緊了艾琳的腰。

他彎腰去吻她時，田園詩般的美景被一聲尖叫打破，那聲尖叫接著變成了呼吸困難的聲音。

「你有沒有聽見？」艾琳問：「那是什麼？」

「是個女孩。」吉姆說：「聽起來很驚慌。」

「她在沙丘上？有人襲擊她？」

「不確定。我去看看。妳在這裡等著。」

「想都別想，我也一起去！」

兩人沿著一條蜿蜒穿過沙丘的狹窄小路匆匆而行時，聽到一輛汽車發動引擎的轟鳴聲。吉姆急忙停了下來。

「聽到了嗎？有人在移動！」

沙丘後面的一個窪地裡坐落著一棟小小的木製平房，漆成石灰綠色，周圍環繞著低矮的白色柵欄，花園裡長滿蕨類植物和灌木叢。窗戶以窗簾覆蓋，看不到任何人影。一條石路從平房伸展而出，穿過散落的山毛櫸樹，通向最近的道路。

那輛車已經不見蹤影。

「我們該怎麼做？」艾琳問：「問平房裡的人有沒有聽到什麼？」

「看起來不像有人在家。」

「我們應該報案。」

「這不關我們的事。」

「如果發生了可怕的事情怎麼辦？我一定會良心不安。」

「別傻了。我敢打賭，這只是有人在胡鬧。」

「這個嘛，如果你這麼肯定……」

吉姆後來向警方承認，他其實根本不確定那是不是只是有人在胡鬧，但他不想惹麻煩，也不想毀了他的浪漫之夜。但那聲尖叫已經讓氣氛全沒了。兩人默默騎自行車回家。

第二天，艾琳決定聽從良心的吩咐。她騎自行車去梅爾斯村拜訪她的堂哥，一位年輕的警員。聽完她的故事後，他向她保證這大概沒什麼要擔心的。警方沒接到關於海灘附近任何地方發生了什麼麻煩的報案，但他表示願意查查，也確實去了那棟房子周圍看看。

他敲了平房的前門，但無人回應。他透過後窗的窗簾縫隙窺視時，一眼就證實了艾琳的預感。

她是對的。確實發生了可怕的事情。

* * *

屍體屬於一名二十歲出頭的女性。她的頭髮染成了金色，口紅是耀眼的緋紅色。她戴著一枚婚戒，穿著杏色緞面襯衣，除此之外別無其他衣著。有人徒手勒死了她。

屋裡只有一間狹小的臥室，被一張鋪著絲綢床單的雙人床塞滿。衣櫃和五斗櫃裡的幾件衣服都很昂貴，而且與死者的尺寸相符。在衣櫃旁邊，警察發現了一個空的小手提箱。警方的推斷是，她平時不住在這棟平房裡，但帶了一些東西來這裡度過週末。

警方調查發現，這棟平房是十八個月前由一位名叫格林的利物浦富商所建。平時很少人見到他，他獨來獨往的作風也引起了很多流言蜚語。看熱鬧的輿論一致認為這棟平房是用來金屋藏嬌的「愛巢」。離格林最近的鄰居每天都帶著她的牧羊犬穿過沙丘，並認為自己有責任留意任何不當行為的跡象。過去幾個月裡，她有兩、三次看到一位年輕女子，打扮得漂漂亮亮，在屋子周圍走動。那女人發現她時，趕緊回到了屋內。這一切看起來都非常可疑。她對該女子的頭髮和身材的描述，與死者相符。

警察沒過多久就查明了平房的主人身分。格林是假名。他的真名是亨利・羅蘭，是加斯頓一家大型工程公司的董事長兼大股東。在過去的十年裡，他和妻小住在一棟雙正面房子裡，俯瞰著塞夫頓公園。但刑警們前來拜訪時，他們發現羅蘭夫婦的家空無一人。

根據收到的消息，他的兩個兒子當時正在寄宿學校上學。羅蘭太太上週末離開了，搬回娘家和母親住。那個老太太是個寡婦，她丈夫當年收羅蘭為徒，羅蘭和他女兒結婚時，他已經從公司退休，並將所有權轉讓給女婿，以換取豐厚的養老金。半年後，他因心臟病發作而去世，而在一年之內，該公司更名為「羅蘭鑄造股份有限公司」。

十多年來，這家位於城市郊區的小公司已發展成為該領域最大的公司之一。羅蘭的勤奮和決心，使他成為駕駛戴姆勒高級轎車的百萬富翁。他為自己贏得了無情老闆的名聲，但他相信為達目的本來就該不擇手段。他在商業界一一完成自己的野心時，也越來越專注於對年輕美女的不懈追求。他最近關注的目標是他的祕書。這女孩也已經結婚了，但羅蘭並不在意這種小事。他對菲比・艾維森的痴迷使他的妻子瀕臨精神崩潰。

吉姆和艾琳聽到發動引擎的那輛車，大概就是羅蘭的戴姆勒。那輛車也不見了。沒人知道他在離開平房後開車去了哪裡。

法醫病理學家提供的消息，使得追捕羅蘭一事變得更加緊迫。凶手徒手勒死了死者。她死時懷有十週的身孕。

＊　＊　＊

在羅蘭太太接受盤問之前，死者就已經被確認為菲比．艾維森。描述一傳開，菲比的姊姊梅西就站了出來。菲比二十二歲，是一名打字員，半年前加入羅蘭鑄造公司，成為董事長的機要祕書。以利物浦的標準來說，這份工作的薪水非常高，但她因為接受這份工作而與丈夫鬧翻了。

「為什麼鬧翻了？」一位富有同情心的警官詢問梅西。

「德莫特．艾維森是個天生的麻煩製造者，而且愛吃醋，性格扭曲。他很討厭看到菲比出人頭地。他自己沒工作，也不可能找到像樣的職位。在他看來，羅蘭是個剝削工人的骯髒資本家，菲比是與敵人勾結。但菲比說，他們不能倚賴艾維森為他的夥伴們打零工所賺得的微薄收入，他們總得吃飯吧，而且她喜歡把自己打扮得漂漂亮亮。」

「她跟亨利．羅蘭相處得怎麼樣？」

「菲比很漂亮，她也知道自己有多美。我跟她警告過艾維森是個廢物，但她有聽進去嗎？顯然沒有。可憐的菲比就是頑固。跟她說什麼她都當成耳邊風。」

「她和羅蘭之間有沒有發生什麼事？」

梅西抽鼻子。「有錢男人僱用漂亮女孩，通常只為了一個目的。我願意免費告訴你一件事：他僱用她，才不是為了要她幫忙整理資料。」

＊ ＊ ＊

亨利．羅蘭週五下午的行蹤很快就被查到了。他與一位供應商共進午餐後，和菲比．艾維森在自己的私人辦公室裡待了半小時，然後跟他的總工程師開了會。五點整，羅蘭比祕書先離開了工廠。之後，他的行蹤就難以查明。

刑警們能想像發生了什麼。這對情侶分頭前往平房，然後菲比穿上了睡衣。她的目的，是在宣布自己懷了孕的消息前先營造一種浪漫氣氛。

當這枚重磅炸彈落下時，羅蘭做出了很容易預測的反應。孩子是他的還是她丈夫的？羅蘭其實並不在乎答案；他願意支付解決這個問題所需的一切費用。

但菲比迫切想要自己的孩子。懷孕是說服她的情夫與其妻離婚的完美理由，她則要結束與廢物丈夫的婚姻。她打算放棄工作，跟孩子還有情夫一起永遠過著幸福快樂的日子。

她和他是如何開始爭吵，這也很容易想像。哄騙不成後，怨言和指責滿天飛。口出威脅，嗓門提高。兩個憤怒的人都不肯後退一步。女人開始感到害怕，於是打開門，準備穿著襯衣跑去空曠的地方。她這樣公然出醜會讓她的情夫蒙羞。

他必須阻止她。他抓住她時，她發出尖叫。他得讓她閉嘴。他用雙手掐住她的喉嚨，擠壓……

片刻後，她不再出聲。她的身子軟弱無力。他做得過頭了。

他害怕得驚慌失措。他只知道他必須離開這裡。他不能回家。他得躲起來，儘管他清楚知道他不可能躲一輩子。

沒錯，事情就是這樣。

* * *

菲比沒透露自己的週末計畫，其他打字員表示這也是理所當然。他們認為她是個厚顏無恥的陰謀家，想勾引老闆，並取得了令人厭惡的成功。就她而言，她盡力忽視了她的同事們。他們誰也沒注意到她的手提箱；她確保那天她是第一個進辦公室，也是最後一個離開。她獨自乘坐計程車前往威勒爾。

警察敲了德莫特・艾維森位於沃克斯豪爾區的破舊聯排別墅的前門時，他不在家。警察詢問了他左右兩邊的鄰居，他們都皺起鼻頭。在過去幾天裡，他們連他的影子都沒見過。更重要的是，他們根本不想再次見到他。

艾維森是個煽動者。他一輩子都懷著強烈的熱忱為一些不受人歡迎的理念奔走，但到了四十歲時，他開始走下坡。他無法拒絕健力士啤酒，而且脾氣極為暴躁。這些天來，他時而因傷感的自憐而流淚，時而勃然大怒。

與菲比的婚姻是他第二次結婚。他的第一任妻子多年忍受他的婚外情和毆打，但在他因鬥毆入獄後決定和他離婚。

不過在那之前，警方早已知道他是誰。德莫特·艾維森最令刑警驚訝的發現是，他其實曾是他們的一員。戰後有六個月的時間，他曾在利物浦擔任警員。

* * *

亨利·羅蘭不是做事半途而廢的人。向當局自首時，他並不滿足於走進當地警察局，而是跑去蘇格蘭警場。

原本風度翩翩、儀表堂堂的商人，如今面容憔悴，滿臉鬍鬚。他說他想把事情老老實實地說出來，也無意用一連串粗暴的否認來侮辱任何人的智商。沒錯，他是用假名買下這間平房，也毫不掩飾自己的動機。這裡對於不倫互動來說很方便，離他家的直線距離只有幾哩，但與利物浦隔水相望。只要他低著頭，被認出的風險就很小。自從買下這處房產後，他就帶了一連串的朋友去過那裡。那些女士對他來說毫無意義。但菲比·艾維森非常不一樣。

菲比的活潑和外表同樣吸引他，但他花了一些時間才攻破她的心防。她堅稱自己是個已婚婦女、相信「直到死亡將我們分開」，但這只助長了他對她的慾望。她終於同意和他在平房共度一夜時，那是他一生中最幸福的時刻。

菲比讓他再次覺得年輕。他們開始計畫與各自的配偶離婚，等過了一段適當的時間後再結婚。菲比死前的那個週末，在平房裡相聚時，她宣布了自己懷孕的消息。孩子是他的，無庸置疑。她從幾個月前就不再和丈夫發生關係，他也毫不懷疑她說的是實話。他們即將成為父母的消息讓他欣喜若狂。他不想等上一段適當的時間。他想趕緊跟元配離婚，盡快跟菲比結婚。

他的回答讓她興奮不已，但她還是敦促他要小心行事。德莫特・艾維森既暴力又愛吃醋。這個人需要小心應付。他們打算在下個週末在平房裡詳細制訂計畫。與此同時，亨利打算和妻子挑起爭吵，促使她搬出去，這是跟她分開的第一步。

接下來的一星期，他都在幸福的恍惚中度過，即使與妻子大吵了一架也沒影響他。她收拾好行李後，他向菲比提議一起去他位於塞夫頓公園的住處度週末。她斷然拒絕。她想和往常一樣跟他在平房見面，直到她離開艾維森。她擔心他猜到他們倆有婚外情，擔心他會在被背叛的盛怒下傷害甚至殺害她的愛人，她不能冒這種險。

說到這裡，羅蘭僵硬的上唇失守，他淚流滿面。

他恢復冷靜後，解釋說他在約定的時間點來到平房，菲比說好她會穿著新的緞面睡衣等著他。

可是他來晚了一步。德莫特・艾維森搶在他之前來到了平房。

菲比猜對了，她丈夫確實做得出殺人這種事。但她誤判了：她以為艾維森會殺害她的情夫。但他報仇的方式是勒死她。

＊ ＊ ＊

警方沒對羅蘭的說詞照單全收。還有太多事情值得質疑。他為什麼不直接從工廠開車去平房見他的情婦？他的說詞是，他先回家了一趟，因為他忘了收拾自己的行李，但沒人看到他。

羅蘭聲稱菲比自己也有平房的鑰匙，但那把鑰匙沒被找到。而且，吉姆和艾琳在汽車發動引擎前不久聽到的那聲尖叫又是什麼？羅蘭唯一給出的解釋是，他在發現菲比的屍體後，發出震驚又驚恐的大叫。這對小情侶誤以為那聲尖叫是來自一個女人，因此做出了可以理解但其實錯誤的推論。

他說他當時因為害怕而逃離了平房。他深愛的女人被殘忍殺害。她的丈夫一定就是凶手，而且他只能被吊死一次。據羅蘭所知，搞不好德莫特・艾維森當時就潛伏在平房附近，準備再次行凶。

他震驚得麻木了，漫無目的的整晚開車。他不能回去塞夫頓公園。他太害怕人們會以為他是凶手。他的情婦被勒死在他的平房裡，而他成了頭號嫌犯，儘管艾維森有著強烈動機。他堅稱，圍繞這起犯罪事件的新聞報導證明了他的擔憂。

他對自己行蹤給出的模糊說詞並不讓警方滿意。他聲稱在週六凌晨前往倫敦之前，他在車裡睡了一、兩個小時。在那裡，他預訂了哈克尼區一間破舊的寄宿處。仔細讀了報紙，看到自己算是被指控殺害了菲比時，他意識到無論代價為何，他都別無選擇，只能主動投案，試圖洗清自己的罪名。

＊　＊　＊

在利物浦，警方正在拼湊德莫特・艾維森的人生故事。他曾多次因不服從命令而被解僱。大戰期間，他在戰場上受了重傷，大部分時間都在軍醫院裡度過。和平到來後，他加入了警隊，但這個職涯以恥辱告終。他骨子裡是個激進分子，加入了新成立的「全國警察與獄警工會」的當地分部，並在一九一九年罷工期間帶頭組織抗議隊。叛變失敗後，他被警隊開除了。

此後，艾維森一直在換工作，他的酒友都是政治煽動者，他也成天主張雇主應該給出更高的工資和更好的工作條件。有一次，他與一名工頭發生了爭吵，上演了全武行。工頭被他打成豬頭，艾維森因此被送進監獄。

他的妻子與他離了婚，但在他獲釋的那天，他遇到了菲比，還把她迷得神魂顛倒。不到六星期後，他們就結為夫婦，但在一九二六年的大罷工發生後，雇主們對艾維森和他的同類抱持懷疑態度。為了維持生計，他不得不打零工，而且得倚賴他年輕聰明的妻子的收入。

他妻子被謀殺的三天後，警察闖進利物浦埃弗頓區的一個廢棄棚屋。這間棚屋屬於一位工具製造商，艾維森的一個共產黨老友，目前因惡意阻塞國王高速公路而正在監獄服刑。

艾維森的屍體懸掛在椽子上。他腳下的地板上有一張紙條。他們勉強辨認出上頭的潦草字跡。

她死有餘辜，但沒有她我活不下去。

＊　＊　＊

雅各讀到最後一頁時，陽光正灼燒著他的額頭。他忘了戴帽子。公園裡擠滿了散步交談的父母們，孩子們的歡笑聲四處迴響。一對年輕情侶擠在雅各旁邊的長椅上，大聲舌吻。

兩百哩外，亨利・羅蘭可能也正在享受陽光。警方未曾對他提出控訴。儘管他的證詞漏洞百出，但沒有證據表明他撒了謊。警方的調查就這麼不了了之。在對菲比死亡的調查中，驗屍官表示艾維森的不良紀錄、他的自殺和他留下的字條，讓陪審團的任務變得簡單明瞭。陪審團聽懂了這個暗示，認定艾維森就是殺害菲比的凶手。

根據李奧諾菈・多貝爾的描述，羅蘭在醜聞中未能全身而退。他的妻子和他離了婚，生意也受到影響。他以四分之一的價格把股票賣給一個競爭對手後，搬去柴郡一個安靜的村子。他仍然是個富有的人，還有幾十年的人生。

雅各心想，李奧諾菈的結語措辭帶有政客的踢皮球才能。死者確實可以拿來消費，但她精明得避免對生者提出指控，尤其如果他們有錢和彈藥能在法庭上還擊。

儘管如此，他確信李奧諾菈懷疑殺害菲比的凶手並不是她的丈夫，而是亨利・羅蘭。

第十二章

「妳確定？」雅各靠在椅背上，試著理解聽見的內容。

「相當確定。」

電話那頭的嗓音聽來冰冷。哈羅蓋特女子學院的女祕書沒想到自己的話語會受到倫敦記者的質疑，即使他確實操著約克郡口音。

「完全沒有，無論多麼短暫？」

「我們的紀錄保存是首屈一指的，弗林特先生。我可以向你保證，我們沒有一個姓史萊特貝克的學生的紀錄。那麼，失陪了，我還有其他事情要忙。祝你有個愉快的早晨。」

祕書掛了電話，留雅各皺眉看著辦公桌上的一堆聯絡人名單。他花了半個上午的時間試圖找出一些關於李奧諾菈・多貝爾的資料，也有條不紊地開始了這項任務。戈默索爾總是建議記者，在為一個報導做研究時「從頭開始」。雅各沒想到李奧諾菈的出身會籠罩在謎團之中。

史萊特貝克是個不常見的姓氏，他也查不到李奧諾菈或她父親的過往，簡直就像她在結婚前未曾存在過。他翻開辦公室裡的《名人錄》副本，在她的條目旁邊夾了一張書籤。他瞪著它時，真相終於揭曉。

《名人錄》是仰賴偉人和善人的善意，因此獲得的每一筆資料似乎並沒有被仔細檢查。那老巫婆把她的父親命名為N・O・史萊特貝克，這其實是在開玩笑。真正的意思其實就是「沒有（NO）史萊特貝克」。

＊　＊　＊

「很高興見到妳，薩弗納克小姐。」李奧諾菈・多貝爾伸出手來打招呼。她們位於伯林頓府的皇家藝術學院正門外。「我的意思並不是我把妳當陌生人。妳我有很多共同點。我感覺好像認識妳很久了。」

「妳是犯罪心理的學生。」瑞秋握住年長女子的手。「也許我該擔心。」

「我聽說妳很像令尊。他膽子大到全身上下一條神經也沒有。」

「眾所周知的是——」瑞秋說：「老法官和我之間沒有愛。」

「但隨著他年齡增長，越來越虛弱……」

「我只能告訴妳，他死的時候沒人為他掉淚，尤其是我。」

李奧諾菈打量她，彷彿想解讀一個密碼。「家族糾紛真是令人遺憾。我深愛我父親。至於薩弗納克法官……嗯，我從那以後所做的一切，可以說都是受到了老法官的啟發。」

瑞秋看著對方那雙閃閃發亮的深邃眼睛。李奧諾菈回視她。就像擊劍決鬥的兩個對手，都試著評估對方的本領。

「我不太願意想起他，多貝爾太太。」瑞秋說：「還是我該叫妳史萊特貝克小姐？」

「叫我李奧諾菈就好。」年長女子眉開眼笑。「我討厭繁文縟節，我猜妳也是。自從得知妳抵達倫敦，我就一直很想見到妳。」

「當妳告訴雅各・弗林特妳想和我討論謀殺時，妳並沒有解釋妳究竟想討論什麼。」

「弗林特先生年輕而迷人，但確實是個指尖沾滿墨水的十足記者。儘管他看起來很天真，但我相信妳和他說話時總是注意自己的言辭。我也是。」

「妳是湊巧遇到他？」

「他是這麼認為。」李奧諾菈狡猾一笑。「偷偷告訴妳，我有確保我跟他有機會交談。我聽說妳和他很熟。」

「妳消息真靈通。」

「這是我的工作使然。我為了做研究而和蘇格蘭警場保持聯繫，妳的名字突然出現了。不過似乎沒有任何人對妳做出多少推測，就連雅各・弗林特也沒有。謀殺案讓妳著迷，這點顯而易見。但沒那麼顯而易見的是……為什麼？」

「我把妳這番話原封不動地奉還給妳。」瑞秋說。

李奧諾菈專注地盯著她。「一針見血。」

瑞秋向伯林頓府的帕拉第奧式輝煌風格揮手示意。「我猜妳是藝術愛好者。聽說莫特曼收藏是約克郡最好的收藏之一？」

李奧諾菈嘆氣。「不幸的是，維護房產和遺產的費用非常昂貴。我的丈夫需要看護照顧，我的稿酬都被日常開支吞噬殆盡。屋頂漏水或地毯需要更換時，我必須拍賣一幅油畫來付帳。」

「這麼做非常務實。妳丈夫同意妳這麼做？」

「菲利克斯現在的日子就是成天玩拼圖遊戲和挑逗看護。上一個看護特別煩人，她竟然鼓勵他責罵我，但她的工資可不是從天上掉下來的，所以我不得不賣畫籌錢。他明白我們別無選擇。」

「我能理解妳的兩難。」

「老穆克林也能理解，他是另一位受託人。正如我對菲利克斯所說的，這總好過讓哪個房地產大亨推倒我們家的宅邸、興建五十棟平房。多貝爾家族向來決心確保這個房產依然掌握在自家人手中。」她對瑞秋微笑。「很多人都相信家族就該齊心協力度過困境。我猜薩弗納克家族也一樣？」

「我是家族最後一個成員。」瑞秋說：「我對岡特島沒有任何感情依戀。」

「妳還年輕，有一天會有孩子。」

「我才不想生孩子來找我討債。」

李奧諾菈皺眉。「妳在電話上說過要把我介紹給一個殺人犯。」

瑞秋回以苦笑。「他現在就杵在皇家藝術學院裡頭。」

「這個學院不是禁止民眾進入嗎？」

「確實如此，但我在義大利藝術展後成了學院的讚助人。」

「我在一月有看過展覽。」李奧諾菈閉上眼睛，彷彿在腦海中回顧《維納斯的誕生》。「波提且利、拉斐爾……」

「也別忘了宣傳大師墨索里尼先生。」瑞秋皺眉。「學院不是讓獨裁者自我炫耀的舞臺。」

「不是每個人都喜歡那位元首，但他確實能把事情做好。」李奧諾菈吐口氣。「可悲的是，我們這個國家缺乏強而有力的領袖。」

「既然這樣──」瑞秋冷冷道：「就讓我來帶路吧。」

＊　＊　＊

發現李奧諾菈的欺騙行為後，雅各感到的興奮只持續了幾分鐘。因為歸根結柢，這位女士是個作家，而作家通常都躲在化名後面。雖然偽造《名人錄》中的條目算是把玩笑開過了頭，但她確實是個具有獨特幽默感的女人。

他再次翻閱她的著作，注意到瑞秋在兩本書的題獻頁上都畫了下橫線。這是解決謎題的線索？

《謀殺與謎團》的題獻頁只是寫著「紀念家父」。《可敬的謀殺案》的題獻頁寫得比較長：「獻給喬治・R・西姆斯、威廉・魯希德，以及其他反對不公正的社運人士。」

西姆斯和魯希德？聽起來有點耳熟。他搜尋這兩人，得到了答案。西姆斯是記者，魯希德是蘇格蘭犯罪學家。他們為兩名被誣告謀殺的男子所進行的遠征讓他們贏得了世人的敬意，那兩名男子分別是阿道夫・貝克和奧斯卡・史萊特。

李奧諾菈選擇「史萊特貝克」作為筆名，以紀念冤獄受害者。

＊　＊　＊

一具老人的屍體，被剝皮至肌肉層，雙臂張開，釘在木十字架上。一個飽受折磨的生物，其解剖細節被暴露無遺。對於胃袋敏感的民眾來說，這個形體太嚇人了。

李奧諾菈倒抽一口氣。

「不管妳信不信，這其實是石膏模型。」瑞秋說：「在我遇過的活人當中，有一些看起來比詹姆斯·萊格還像假人。」

她們走過一條給傭人而非學生使用的走廊，來到這個房間。這裡的門平時鎖著，但瑞秋從門房那裡拿到一把鑰匙。

「大多數的人體解剖都保存在『生命室』裡頭。」瑞秋指著剝皮屍體對牆的一扇門。「出於道德禮節的原因，我們不許進去。唯一能進去的女性，是願意褪去衣裳的模特兒。藝術家需要研究女性形態的細微之處。」

李奧諾菈指向被釘在十字架上的人。「這可憐的傢伙呢？」

「詹姆斯·萊格當時七十多歲，是切爾西的一個退休老人。有一天，他突然射殺了皇家醫院一名住院醫師。儘管他有老人痴呆症，但以精神錯亂為由的辯護卻失敗了。法官判處他絞刑並解剖。」

「司法不公真的是家常便飯。」李奧諾菈低聲說道。

「這次處決幫了一群院士解決了一場爭論。他們認為描繪基督釘在十字架上的那些畫作誤解了人體解剖學。因此，為了藝術的真實性，他們說服當局允許一項實驗。萊格的屍體在絞刑架上依然溫暖時，被他們搬來釘在這個十字架上。」

「不可思議。」李奧諾菈輕聲道。

「這具屍體被一位傑出的外科醫生剝了皮。所有的皮膚和脂肪都被切除，露出裡頭的人。一位雕塑家為學院製作了這個模型，好讓年輕的藝術家們能親眼目睹十字架對人體的精確影響。大戰期間，一艘很不體貼的齊柏林飛艇向這座建築投下了一枚炸彈，萊格卻毫髮無傷。他的死亡充滿魅力。」

李奧諾菈似乎被這具屍體催眠了。「而現在，他實現了一種怪異的永垂不朽。」

「就像許多惡名昭彰的殺人犯。」瑞秋說：「有罪者遠比無罪者令人難忘。我們都記得喬治・約瑟夫・史密斯，但我們當中有多少人說得出被他淹死在浴缸裡的那些可憐新娘的名字？」

「一個都沒有。」李奧諾菈說：「和妳一樣，我也是個憤世嫉俗的人，但讓我解釋一下為什麼我想跟妳見面。我即將在莫特曼莊園舉辦一個小型家庭聚會。如果妳能參加，我會很高興。」

「我是出了名的不合群。」

「這是一次非常特別的聚會。」李奧諾菈說。

「其他嘉賓是誰？」

「妳一定很熟悉他們的名字。」李奧諾菈用瘦骨嶙峋的手指在半空中一一打勾。「希爾維婭・戈里、亨利・羅蘭，還有克萊夫・丹斯金。」

＊　＊　＊

「是什麼風把你吹來這兒，年輕的小夥子？」海頓・威廉斯在難得的片刻休息中問道。

海頓正在「喜鵲與樹樁」餐廳講故事，告訴任何願意聆聽的聽眾：謀殺不再跟以前一樣了。即使已經斬釘截鐵的死刑犯罪案也虎頭蛇尾。這跟昔日的美好時光不一樣了。

雅各把兩大杯浮著泡沫的啤酒放在吧檯上，然後悄悄來到老頭身邊。海頓身邊的聽眾不需要進一步的鼓勵就自動散開。

老貝利街現在沒有謀殺案要開庭，雅各因此不用成為偵探也能猜到在哪能找到他要找的獵物。

他想證實自己對李奧諾菈·多貝爾來歷的猜測，而談到古老的謀殺案，海頓就是活生生的百科全書。

「乾杯！其實我是想請教一下。」

海頓喝了一大口啤酒。「想當個犯罪記者？你最好再考慮考慮，我的孩子。犯罪記者是夕陽產業了。今日的罪犯跟昔日的前輩相比已經不可同日而語。如果你想在報社活久一點，最好還是編寫該死的填字遊戲就好。」

「我感興趣的就是昔日的罪行，所以我想來請教先知。」

「奉承確實能讓你行遍天下。」海頓打嗝。「除非你想比《證人報》更快搶到獨家新聞。」

「我不敢這樣奢望。」雅各說謊：「我並不是想報導占據頭版的大新聞，而是想寫篇描述司法不公的專題。」

海頓又喝了一口苦酒，思考如何答覆。「小心點，孩子。戈默索爾討厭迎合那些想廢除死刑的怪人。」

「我絕不是這個意圖。我只是想研究一些舊案，相關的當事人很可能已經不在人世，像是被告和證人——」雅各停頓。「還有做了誤判的法官。」

「讓我告訴你我喜歡法官哪一點，孩子。他們如果被你打臉，會把另一邊也轉過來讓你打。他們從不提告，無論你怎麼寫他們。」

「就連可怕的薩弗納克法官也是？」

「尤其是他。」海頓皺起鼻頭，彷彿聞到故事的味道：「你不是見過他女兒？」

「她遠離公眾視線，」雅各含糊帶過。「幾乎是個隱士。」

海頓戳戳他的腹部。「你有在四處嗅探，孩子？聽說她是個尤物，長得跟她老爸不太像。」

「我認為她和她父親關係並不親密。」

「那個老法官在巔峰時期真的很嚇人。」

雅各假裝絞盡腦汁。「那個被他定罪、後來被證明無辜的人叫什麼來著？」

海頓搖動一根粗短的手指。「別忘了，法官永遠不會判一個人有罪。做出裁決的永遠是陪審團。」

「但事實沒這麼簡單，不是嗎？有些陪審員乖得就像綿羊，根據法官的總結來做出決定。如果法官對被告充滿敵意……」

海頓把剩下的苦酒一飲而盡。「薩弗納克法官是個強硬的人。他那雙明亮的眼珠子一盯著我，我就充滿罪惡感，就算我只是記者席上一個流鼻涕的孩子。但在他的腦子變成漿糊之前，他就像刀子一樣鋒利。」

「你不記得那個案子？」雅各故作失望，為了刺激對方。海頓向來對自己驚人的記憶力感到自豪。

「等一下，等等，給我個機會嘛。」海頓用啤酒杯敲門，雅各向酒保示意續杯。

「老薩弗納克很少出錯，除了基伊案。」

「就是這個！」雅各嘴上讚嘆不已，其實在背後交叉著手指，祝自己好運。

海頓敲敲腦袋一側。「我腦子裡的東西比倫敦圖書館還多，孩子。沒錯，你想的一定是基伊案。可憐的故事。」

「很催人淚下。」雅各同意。「提醒我一下，那個案子到底是怎麼回事？」

「很老套。」海頓嘆道：「當然是殺妻案。」

海頓的妻子二十年前跟一個記帳員私奔了。海頓經常吹噓說，正是她的私奔才讓他免於絞刑，儘管他如果真殺了人也有充分理由。雅各同情的其實是當年的威廉斯太太。

他斗膽猜測。「她是被掐死的吧？」

「老天，才不是。在她自家的後客廳裡，被一支火鉤打得稀巴爛，面目全非。」

海頓舉起加滿酒的酒杯。「敬犯罪。來吧，孩子，大口喝。」

雅各啜飲一口，洗掉嘴裡的酸味。「我猜它看起來就是個一目了然的案子？」

「就跟你臉上有鼻子一樣一目了然，孩子。基伊是約克附近一所學校的老師，典型的妻管嚴。他娶了一個比他年長的女人，而一切都是她說了算。警方推測，他有一天終於爆發了。他的不在場證明薄弱得令人尷尬。他要人們相信他，這幾乎是對他們智商的侮辱。」

「沒人佐證他的不在場證明？」

「一個都沒有。他聲稱有個陌生人打電話給他，對方說自己要轉達一個訊息。一天晚上，基伊被要求趕緊去學校見校長。他抵達時，學校根本沒人。他徘徊了一段時間，然後回到家，發現他老婆被謀殺了。沒人相信他的說詞。校長否認發過任何訊息給他。這對警察局長來說已經足夠了。他命令手下全副武裝地衝進去，威嚇基伊給出充滿矛盾的說詞，以證明他們逮捕他的合理性。因為行凶方式非常惡毒，所以民眾情緒高漲。基伊被帶到老薩弗納克面前。我被派去報導這個案子，老法官做出的總結讓我嚇得渾身凍僵。時至今日，他那番諷刺依然是我聽過最殘酷的。」

海頓灌一口啤酒時，雅各說：「他對基伊有偏見？」

「並不是什麼私人恩怨。那個老混蛋只是單純地看每個人都不順眼。他確信基伊有罪，僅此而已。檢察官的陳述並非無懈可擊，他也不希望陪審團被同情心態所左右。基伊在被告席上顯得可憐兮兮。他在說話的時候，聽起來好像是邊說邊瞎掰。」

「所以他在殺妻案上被判有罪？」

「沒錯，而要不是真凶被逮到，他早就被送上絞刑架了。」

「凶手是誰？」

在另一口啤酒的協助下，海頓搜索腦海。「學校裡的工友，一個叫麥克萊恩的小夥子。他聽基伊說自己在全國大抽獎中贏得了一大筆現金。如果沒記錯，應該是五十英鎊。那是所謂『新手的狗屎運』，他連賭徒都不是。他的女兒當時住在寄宿學校，而基伊太太原本打算去拜訪一位阿姨。麥克萊恩偽裝成別人的嗓音，打電話引誘基伊離開家。常見的入室盜竊。問題是，基伊太太那天剛好犯了偏頭痛，待在家裡臥床不起。聽到麥克萊恩闖入時，她下了樓，而他驚慌失措。那根火鉤對他來說實在太誘人。」

「基伊出獄了？」

「嗯，在內政大臣認真開始處理後。民眾對此表達了強烈抗議，議員們也提出質疑。那場騷動可能讓老法官瀕臨崩潰。雖然那對基伊也沒有任何好處就是了。」

「怎麼說？」

「那場審判把他搞得慘不忍睹。他失去了妻子，還被指控他其實沒犯下的罪行。這對一個心臟不好的人來說是很痛苦的。他出獄回家才一星期後，就被發現倒在自家客廳裡死了，就在他妻子遇害的同一個地方。」他又拿起啤酒杯灌了一大口。「你知不知道我怎麼稱呼這種事？」

「怎麼稱呼？」

海頓憂鬱地凝視遠方。「因果報應。」

＊　＊　＊

「妳安排了一次非常獨特的聚會。」瑞秋說：「三名被指控謀殺的客人，每個都差點被判處死刑。」

「每個都被認為是司法不公的受害者。」李奧諾菈說。

她深邃的眼眸提出了挑戰。兩個女人再次像決鬥的劍客一樣對峙，在一名殺人犯的剝皮遺骸的陪伴下面對面。

「他們一定寧可埋葬過去吧？」瑞秋問。

「我很懂得怎樣說服人。」李奧諾菈輕聲道：「這將是個獨特的場合。我真希望妳願意接受我的引誘。」

「妳真好心，願意邀請我。」瑞秋綻放笑容。「妳說得沒錯，我就是沒辦法抗拒。」

＊　＊　＊

離開「喜鵲與樹樁」餐廳五分鐘後，雅各回到了號角報社。海頓給了他很多線索，讓他知道該在檔案室裡找些什麼。在進入入口前廳的路上，他撞見了喬治・波瑟。

「你這麼急急忙忙地要去哪啊？今早的晨會上你很安靜。你該不會已經想出獨家新聞了？」

「我真希望是這樣。我想查一筆以前的庭審，你可能還記得，一個叫基伊的男子因毆妻致死而被判有罪，但因為找到了真凶，他才免於被送上絞刑架。」

「你說基伊？」新聞編輯那雙突出的眼睛彷彿望向遠方。波瑟不是犯罪專家，但記憶力驚人。「嗯……這個名字聽起來很耳熟。還有沒有其他線索？」

「這起犯罪事件發生在約克郡，大約二十五年前。我不確定警方是怎樣找到真正的罪魁禍首，也不確定他們為什麼不是在基伊受審並被定罪**之前**就找到真凶。」

「抱歉，我不確定我還能告訴你什……喔，等等！基伊那傢伙，是不是有個十七、十八歲的女兒？」

雅各愣了一下。「確實是。」

「我想起來了！」波瑟露出自我祝賀的笑容。「沒錯，他的案子當時紅極一時。」

「你為什麼問起他女兒的事？」

「因為她扮演了偵探。要不是她，這起謀殺案可能永遠無法偵破。」

＊　＊　＊

「所以妳得到了妳想要的。」克里弗德・楚門說。

瑞秋來到楚門一家三口所在的岡特屋溫室。在外面，纏繞於紅木涼亭棚子上的玫瑰已經綻放緋紅花朵。透過一扇開著的窗戶，她聞到一股錦緞芬芳。

「她向來如此。」他太太說。

楚門聳肩。「生來幸運，勝過生來富有。」

「她是既幸運又富有。」海蒂說：「為了證明這點，我做了她最喜歡的湯——菊芋濃湯。」

海蒂深愛伊莎貝拉・比頓的食譜。瑞秋發笑。「這碗湯是我贏得的。我們受邀前往莫特曼莊園。」

「妳從那個多貝爾女人身上得知了什麼？」瑪莎問。

「首先，維克斯說了實話，儘管他所知甚少。那場家庭聚會將如期舉行。丹斯金與希爾維婭・戈里和羅蘭一起列為嘉賓。至於變賣莫特曼的藝術珍品，她更是表現得厚顏無恥。她承認她的丈夫沒資格反對。她認為她已經獲得了家族信託的律師的批准。該律師事務所位於倫敦西區，叫做『穆克林與摩根斯』，聽說很受人尊敬。」

海蒂悶哼一聲：「聽起來還挺像真的。」

「我相信她。這年頭，在鄉下維持一座莊園的營運需要花大錢，而且一定有些律師是值得尊敬的。」

「妳才不是這麼容易相信人的類型。她想要什麼花樣？」

「我敢肯定，一想到要扮演莊園女主人，招待三個因謀殺罪受審的人以及一位虐待狂法官的女兒，她一定興奮難耐。」

「就為了自娛？」

「我不認為她絕對不會做出這種事。再說了，我為什麼要窺探她的私事？就是因為我能，而且我很好奇，再加上有一個謎團需要解開。至少她可以說，她之所以沉迷於輕浮事物是因為她是作家。她搞不好還能把這寫成一本書。」

「謀殺不是遊戲。」

「遊戲也可以嚴肅到致命。」

「還有一件事。」瑪莎說。

一起在島上度過的那些年裡，她很少開口。即使在倫敦，她也更喜歡傾聽，並保留自己的意見。大夥都看著她。

瑞秋輕聲問：「什麼事？」

「在李奧諾菈．多貝爾的眼裡，老法官是妳的父親。」

「沒錯，她以為他是我父親。每個人都必須這麼以為，直到永遠。」

「而且，她相信妳父親判處了她父親死刑。」

「休伯特・基伊並沒有被吊死。」楚門說。

「但瑪莎說得沒錯。」瑞秋說：「那場審判毀了他。」

「妳有沒有想過，這對妳來說意味著什麼？」瑪莎交叉雙臂。「如果李奧諾菈想為他報仇呢？」

第十三章

下午，雅各翻閱了號角報社的檔案，拼湊出基伊悲劇的故事。海頓並沒有記錯。普芮希拉·基伊的謀殺案血腥殘酷，足以使這個故事極具新聞價值。一名學校教師成為頭號嫌犯，這更是讓記者夢寐以求的故事。死去的那個女人是個嚴格的人，讓她害羞的丈夫過著狗一樣的生活。警方立即對他提出了控訴，也幾乎沒有調查其他可能。

這對夫婦有一個女兒，但直到她父親被判處死刑後，媒體才提到她。就在這時，麥克萊恩被捕的消息傳來。李奧諾菈·基伊對審判感到震驚，但決心證明父親的清白，因此扮演起業餘偵探。

她和一位身材魁梧的年輕警官成了朋友，這位警官對警察局長強迫下屬迅速抓人破案的方式感到不滿。為了讓自己出名，這位警官四處打聽，發現自從謀殺案發生後，麥克萊恩就像末日將至似的一直揮金如土。李奧諾菈打電話給那名工友，用了假名隱藏自己的身分，並聲稱在案發後看到他離開基伊家。她要求對方交出十英鎊來換取她的沉默。

透過電話來欺騙他，就像他曾欺騙她的父親，這激發了她的正義感。再一次，一個簡單的詭計奏效了。麥克萊恩出現在集合點——約克的一間空倉庫——但他帶來的不是裝滿鈔票的信封，而是一把圓頭鎚。她說服了年輕警員和她一起進入倉庫，他在對麥克萊恩造成更多傷害之前讓對方嘗了嘗他警棍的滋味。

李奧諾菈・基伊避開了公眾的目光。這個故事理應擁有一個有著金色鬈髮、酒窩和紅潤臉頰的女主角，而不是一個舉止唐突、討厭媒體推定她父親有罪的普通年輕女子。記者們原本希望她和警員之間會出現一段迅速發展的愛情，但這個希望落空時，他們的沮喪情緒更為加深。年輕警員贏得了嘉獎並獲得公眾關注，但他對她來說已經沒用了。李奧諾菈再也沒跟他見面。

她父親去世時，她的情緒崩潰了。雅各能找到的最後一筆資料是，她住院兩星期後，去和一位年邁的姨媽住在一起。所有採訪請求都被她拒絕。那位老太太把記者視為魔鬼的後代。他們像獵犬一樣追著基伊不放，她絕不允許他們折磨他生病的女兒。

麥克萊恩在牢房裡用鞋帶勒死了自己，這害得媒體連報導行刑的機會也沒了。各大報社對這件案子已經沒什麼可說的。幾乎沒有人哀悼普芮希拉・基伊，她的丈夫也沒幾個朋友。今天的轟動大案成了昨日舊聞，李奧諾菈・基伊也從公眾視野中消失。雅各找不到更多關於這個名字的資料。

直到一九一八年，她才重新露面，並宣布訂婚。李奧諾菈・史萊特貝克小姐將與莫特曼莊園的菲利克斯・多貝爾先生結婚。沒有任何跡象表明這件事與戰前的一件具爭議性的事件有任何關聯。普芮希拉和休伯特・基伊死了，被埋葬，被遺忘。

* * *

「布萊斯，我們私下談談。」

一隻有力的手抓住了大都會警察局犯罪部門助理局長韋斯利・布萊斯瘦骨嶙峋的肩膀。他剛剛才趁警場暫時沒有事要忙的時候，溜去羅德板球場打了半個小時的板球。是人就需要休息一下，他將其比喻為清潔味蕾。遺憾的是，英格蘭的投球手被澳洲人打得落花流水。

抬頭看著海明斯上校冰冷的藍眼睛，他覺得自己就像一個逃學的小學生。懷疑上校出現在板球場的長室裡，正是因為知道能在這裡找到他，這種猜測是否荒謬？

「午安，上校。」他指向球場。「非常精采的比賽。」

「我們對澳洲人太溫柔了。」上校拒絕被轉移注意力。「有個報社記者，名叫弗林特。」

「為《號角日報》寫文章。」韋斯利・布萊斯喜歡被視為是消息靈通、瞭解最新情況、工作出色的人。現任委員退休時，他對自己的前景充滿希望。「我們警場的人聽說過他。奧克斯探長……」

「我記得，今年早些時候那起案件。」

布萊斯皺眉。「你知道那件事？」

「我們喜歡保持消息靈通。」上校臉上從不洩漏任何祕密。這是布萊斯討厭他的原因之一。「弗林特正在給自己惹麻煩。」

「很遺憾得知。」布萊斯說道，語氣中沒有絲毫歉意。「他在問問題？寫報導？我猜記者就是得做點什麼來打發時間吧。」

就像彈丸從坦克上彈開，諷刺之詞完全打不進上校的金剛之身。「他在翻開舊煤炭，這麼做很不明智。這還是可能害一些人燙傷。」

「什麼樣的舊煤炭？」

上校瞇起眼睛。「不說出名字，就不會有人遭殃。」

「什麼線索都沒有，我這樣很難……」

「他是報導犯罪案的記者。正如你也清楚知道的，這個城市有很多犯罪行為可以讓他報導。人們說走在倫敦的街道上很不安全。」

布萊斯咬牙。「我們的人力……」

「在任何傷害造成之前阻止這件事，好嗎？這樣才上道。」

上校的語氣很輕鬆，彷彿在評論球場上的三柱門的狀況。儘管長室在六月的最後一天很溫暖，布萊斯卻突然感到一陣寒意。

「這是個自由的國家。」該表明立場了。「我們不能控制媒體。」

「這是個自由的國家，是因為我們竭盡全力捍衛國家利益。」上校輕聲道：「叫奧克斯跟他談談。」

「弗林特是記者。他沒有……」

「我就把這件事交給你這個人才了。」一名戴著寬鬆綠帽的擊球手再一次長打得分時，他們周圍響起了無可奈何的掌聲：「我要回辦公室了。你最好也回去吧。我相信你有很多待辦事項。而且這場球賽已經輸定了。」

「現在就斷言結局恐怕為時過早。」布萊斯反駁。「我們不應該放棄。」

「有時候……」上校說：「人就是需要意識到自己已經輸了。」

＊　＊　＊

「我詢問了律師協會。」楚門來到大夥所在的溫室。

「有成果嗎？」瑞秋問。

「比我期待的多。我和一位非常樂於助人的年輕女士談過。」

海蒂呻吟。「你總是遇到非常樂於助人的年輕女士，克里夫．楚門。」

「這倒是。」瑞秋說：「他這身粗獷的外表很容易誤導人。他其實能像扭開水龍頭一樣魅力四射。」

「妳們到底要不要讓我講話？」他質問。

瑞秋大灌一口檸檬水。「我洗耳恭聽。」

「那家事務所裡頭有兩個合夥人。穆克林主持大局，出了名的謹慎，妳不會從他身上挖到太多情報。一年前，他的合夥人摩根斯在自己兒子加入公司後不久就去世了。小摩根斯是完全不一樣的人。一開始，他拒絕遵循家族傳統、從事法律執業。他聽起來是頹廢的類型，成天幻想自己是個作家。」

「聽了真讓人難受。」瑞秋說：「他都寫些什麼？」

「詩詞之類的。」克里夫對詩詞的品味僅限於紐波特的《生命燈火》。「直到他父親生病後，他才被迫開始進入這一行。穆克林可沒時間容忍他的業餘行為，或是他喜歡亂聊八卦的傾向。」

「一個舉世公認的真理是——」瑞秋說：「擁有一大筆財富的單身女性，一定會想要法律諮詢。我覺得我該拜訪年輕的摩根斯，我們一定能聊些精采的八卦。」

電話響起，海蒂接聽。她聽了一會兒，用脣形宣布：「雅各．弗林特。」

「讓我跟他談。」瑞秋接過聽筒。「喂，雅各。功課做完了嗎？」

「我對吉爾伯特．佩恩做了一些調查。」他聽來氣喘吁吁，興奮不已。

「隱密氏族俱樂部呢？」

「我會盡快去拜訪。至於亨利．羅蘭，從字裡行間來看，李奧諾菈．多貝爾懷疑他謀殺了菲比・艾維。正如她暗示希爾維婭・戈里跟她丈夫的死有關。」

「李奧諾菈喜歡玩火。」

「更重要的是，我發現她的娘家姓不是史萊特貝克，而是基伊。」

「做得好。」瑞秋說：「恭喜。」

「我猜妳已經知道了？」他難掩失望。「妳也知道她的父親被判謀殺罪？」

「沒錯。」

「我不確定我能不能告訴妳什麼妳不知道的事情。」他悶悶不樂。

「我只是比你更早調查。」她說：「我住在島上的時候，福伊爾每個月都會送來一大包書。老法官一直都在跟進關於犯罪和法律的所有內容。他還保留了自己的詳細文件。他後來腦子糊塗得不再在乎時，我繼續讀他那些書。他的圖書室就是他送給我的唯一一份禮物。沒有哪一所大學能為我提供更好的教育。幾年前，我得知了基伊案。直到最近，我才發現這跟李奧諾菈・史萊特貝克有關。」

「她為什麼改名？這不合理。多虧了她，休伯特・基伊才獲得平反。他其實和他的妻子一樣都是受害者。」

「你是說被老法官害慘的受害者。但你還不明白？李奧諾菈迫切希望把那場謀殺案和審判拋在腦後。難怪她父親去世後，她的健康狀況每況愈下。誰能忍受那些回憶的糾纏？如果我是她，我也會改名字。」

楚門露出警告的眼神，海蒂一手摀嘴。瑞秋吐舌頭。

「後來——」雅各說：「她嫁進了多貝爾家族。」

「大戰期間，莫特曼莊園被改造成軍事醫院。李奧諾菈在那裡擔任志願援助支隊。菲利克斯・多貝爾在法國受了重傷，以病患身分回家。他妻子去世後，他轉向李奧諾菈。」

「你見過她？」

「是的，但她要回約克郡過週末。她邀請我參加一場家庭聚會。」

「在莫特曼莊園？」

「沒錯，不是我自誇，但那份嘉賓名單很短而且很特別。其他名字都是你知道的：希爾維婭・戈里、亨利・羅蘭、克萊夫・丹斯金。」

他吐口氣。「她在玩什麼花樣？」

「一切可能會在週末揭曉。」

「小心點。薩弗納克法官做出的庭審總結害慘了她的父親。」

「你認為我有危險？」瑞秋發笑。「英雄所見略同。瑪莎已經警告過我留意腳步。」

「妳接受邀請了嗎？」

「我怎麼能拒絕？」

「可是……」

「我能照顧自己。我主要是擔心你。」

「我？」

「尤其如果你跑去隱密氏族俱樂部。」

「妳對那裡瞭解多少？」

「不夠多。但我知道吉爾伯特．佩恩發生了什麼事。」

＊＊＊

「最近有看到弗林特的報導嗎？」菲利普．奧克斯探長正要走出韋斯利．布萊斯的辦公室時，後者問道。

奧克斯在門口停步。他被叫來這裡，表面上是為了向布萊斯通報法國毒品走私調查的最新情況。奧克斯在警察當中是罕見的類型，他是凱斯學院的畢業生，而不是社會大學的畢業生。他的富裕出身、英俊的外表和敏捷的才智並沒有讓他在同事中受歡迎，但他對努力工作的渴望和取得成果的能力，贏得了所有人心不甘情不願的尊重，只有長期受到偏見的那些人例外。

「這陣子沒有。他報導了丹斯金庭審。我讀了他的報導。他顯然和我們一樣對結果感到驚訝。」

「你讀了《號角日報》？」布萊斯相信，當一場困難的談話即將來臨時，對下屬的一點點放鬆態度將創造奇蹟，只要對方不會因此變得跟你太哥兒們就行。「我一直以為你只讀《泰晤士報》。」

「那家的我也看，長官。我喜歡跟進時事。」

「很好。」布萊斯鼓勵的笑容消失了。「但糟糕的是，弗林特正在惹一、兩個大人物不高興。我被告知他正在翻開舊煤炭。不知道你能不能稍微給他一個提醒？」

「稍微提醒，長官？」奧克斯面無表情。

「好吧，我就有話直說了。」布萊斯說：「有人要我確保他收到警告、懂得收手。」

「就算我們不知道要警告他什麼？」

布萊斯表面上的幽默感很快就消失了。他的薄唇抿得幾乎看不見。「該死的，我已經把我知道的都告訴你了。去處理一下吧，好嗎？」

「遵命，長官。」

＊　＊　＊

雅各才剛和瑞秋說完話，蘇格蘭警場就打來電話。在例行寒暄後，奧克斯表示希望能再次見面聊聊，一起吃個飯，他請客。雅各好奇對方有什麼目的。野心勃勃的刑警不會為了樂趣而忍受與犯罪記者共進午餐。

說到這個，李奧諾菈．多貝爾究竟在玩什麼把戲？在莫特曼莊園為無罪釋放的凶案嫌犯舉辦家庭聚會？他真想變成牆上的一隻蒼蠅。那女人絕對沒有看上去那麼簡單。而且隱密氏族俱樂部是怎麼回事？瑞秋的警告只是激勵了他。

回到資料室，他拿起《名人錄》，查找了李奧諾菈的丈夫。他的條目很簡短：

菲利克斯．多貝爾，地主，出生於莫特曼，一八七九年，已故的奧斯溫．多貝爾的獨生子，育有一子。（已歿），娶艾絲佩．巴恩斯（已歿），一九〇六年，李奧諾菈．史萊特貝克，一九一八年，教育：吉格斯威克公學。嗜好：拼圖。地址：莫特曼莊園，約克郡。

拼圖！這是適合殘障病患打發時間的一種方式，雅各心想。被困在一棟冷颼颼的老宅子裡，年老虛弱，唯一的孩子已死，這種日子一定很乏味。難怪李奧諾菈逃來倫敦。他好奇他們的婚姻是什麼樣子。與另一個人共度餘生，這種決定對他來說是一場豪賭。他自己的父母一直享受著美滿的婚姻，直到他父親死於戰爭，但很少有夫妻生活得如此和睦。雅各喜歡女人的陪伴，但離找到一個他想永遠一起生活的人還很遠。

書中關於多貝爾家族的資料非常稀少。該往另一個方向調查了。他打算去諮詢桂瑟妲．法夸森，《號角日報》關於貴族流言蜚語的專家。與這種強勢又健談的女人交談並不適合膽小鬼，但桂瑟妲在社交圈打滾了一輩子，對上流社會有著無與倫比的瞭解。號角報社大多數的員工都對她敬而遠之，但雅各還挺喜歡她。她的勢利和虛榮帶有諷刺意味。

簽完當天的信件後，他漫步來到大廳。號角報社的櫃檯來了個漂亮的新女孩，是蘇格蘭人，她捲曲的頭髮、天使般的容貌和厚顏無恥的幽默感讓他聯想到喜劇演員芮妮・休斯頓。他喜歡和她調情，也想過邀請她出去喝一杯。她這時正在戴上帽子、穿上外套，這才讓他意識到現在已經五點半了。

「我不想耽擱妳，瑪姬，但如果妳不介意，能不能在離開前幫我一個忙。」

「為了你，弗林特先生，什麼忙我都幫。」她挑眉。「而且我可不是對每個人都這麼說喔，尤其在我真的很趕時間的時候。」

「妳真好心。而且我得告訴妳多少次？叫我雅各。」他露齒而笑。「妳有沒有桂瑟妲・法夸森的電話號碼？」

她咯咯笑。「你這是貪多卻嚼不動吧？就算她可能已經一百歲了，但他們說她還是能把小鮮肉吃得骨頭都不剩。」

「別擔心，我能照顧自己。」

「挺大的口氣呢，雅各。」她檢查了記事本，用一隻大手潦草地寫下一串數字。「拿去。我真的很想留下來跟你聊天，但我不能遲到。」

「謝了，瑪姬。妳這麼急著去哪啊？」

「我的年輕男人要帶我出去吃晚餐，然後去萊塞姆劇院。」又一陣咯咯笑。「猜猜他選擇了哪場表演？」

「我非常不擅長猜答案。」

「胡說八道！你是記者，不是嗎？總之，答案是《新娘來了》。超受歡迎。你一定知道裡頭的歌曲吧？」她五音不全地哼唱了幾小節，雅各覺得完全聽不懂她在唱什麼。「你發誓別說出去啊，但我覺得他今晚會提出『那個』問題。」

他擠出笑容。反正她也不算是他喜歡的類型。「祝妳有一段美好的時光。」

「我會的！」

說完，瑪姬飄然離去，留雅各獨自在埃克斯茅斯市場度過另一個晚上。

第十四章

穆克林和摩根斯家族世世代代守護著富人的祕密。他們的辦公室不顯眼，這完全符合該事務所著名的謹慎態度。事務所的入口藏在雅寶街的一條通道裡，牆上古老黃銅牌上的字體褪色得幾乎難以辨認。門板漆成灰色，通向門的臺階破舊不堪。門扉沒有門鈴，只有一個古老的鑄鐵門環，上面裝飾著一隻梟臉貓頭鷹。

足足過了一分鐘，門才隨著瑞秋的敲響而打開。一張乾癟的臉探了出來，它的主人看起來像古希臘神話中的特伊西亞斯，散發的神祕感讓獅身人面像看起來像是一張橡膠臉。

「我的名字是瑞秋·薩弗納克。我約了中午來這裡會面。」

特伊西亞斯用一隻長滿老年斑的爪子示意她去等候室。裡頭的簡樸裝飾，是事務所已故合夥人的泛黃專業證書。《泰晤士報》擺在桌上，牆面的架子上擺滿了《名人錄》、《德倍禮》、《康羅克福德》以及《法律名錄》。

門開了，一道洪亮的嗓音詢問：「薩弗納克小姐？」

一個五十多歲的胖男人，一頭試圖掩蓋禿頂的橫向稀疏沙黃色頭髮，戴著金絲夾鼻眼鏡看著她，就像一位鄉村醫生在檢查病人的症狀。瑞秋回視著他，眼睛眨都不眨。他咳嗽了一聲，聽起來像是認輸。

「容我自我介紹。」他滿面笑容，擺出最好的態度。「安格斯・穆克林，資深合夥人。很高興見到妳。」

瑞秋站起。彼此握手時，他因她握得太緊而皺眉。

「我以為摩根斯先生會跟我見面。」

「啊，是的。」他又咳嗽一聲：「或許妳願意給我一點時間？」

沒等她回應，他搖搖晃晃地走過一條短走廊，進入一間大房間，他的私人領地。一堵牆的架子上，放著一排按日期排列的法律報告。家具是謝拉頓風格，地毯是波斯風格。

穆克林引導她坐在一張椅子上，然後在自己的辦公桌後面坐下。他身後掛著一幅油畫，畫上是一個禿頭男人，留著誇張的沙黃色小鬍子，戴著金色夾鼻眼鏡。十九世紀的祖先；看來這副夾鼻眼鏡是穆克林家族的傳家寶。

「很榮幸見到妳，薩弗納克小姐。令尊的長期患病和隨後的死亡，是英國法律界的重大損失。」

「很多人對我這麼說。」

「遺憾的是，我和他未曾有過交集。他在刑法領域嶄露頭角，而我只是遺囑法、信託法和遺囑認證法領域的一個卑微律師。」

穆克林給瑞秋的印象是，他的謙虛程度跟她見過的所有其他職業男士一模一樣。「莫特曼莊園的李奧諾菈．多貝爾讓我知道你們事務所的名字。我相信你已經為多貝爾家族服務了很多年。」

他露出討好的微笑。「當然，身為律師，評論客戶的任何相關事宜都是不專業的，但我可以告訴妳，我們非常重視任何推薦。」

楚門說得沒錯，穆克林確實致力於保密。瑞秋再給他一次上鉤的機會。「她對你讚譽有加。」

「感謝，感謝。我很高興盡我所能為妳提供幫助。有什麼是我能……？」

「請見諒，穆克林先生。我不是有意顯得粗魯或忘恩負義，但我確實安排要見你的夥伴，我不想給你帶來不必要的麻煩。」

穆克林的沙色眉毛抽動。這可能是他最接近驚訝的表情。「當然，親愛的女士，當然。但讓我先解釋一下我自己。請容我自誇，我已經在『衡平法』這個葡萄園裡辛勤工作了三十年。我們這家事務所，為本國一些最顯赫的家族提供服務。路易斯．摩根斯的父親和我屬於第三代合夥人。路易斯在漢弗萊．摩根斯英年早逝的不久前加入了事務所，但他很年輕而且……」

「摩根先生缺乏經驗，這並不讓我擔心。如果有需要，他隨時能向你尋求明智建議。」

「這當然，親愛的年輕女士。可是——」

「以律師的遣詞用字來說，薩弗納克法官的遺產『並不是小數目』。他的身後事，是由今年早些時候離世的加百列．漢納威負責的。」

「啊，是的，很令人難過的悲劇。」穆克林的遺憾顯然只是敷衍了事。

「我需要考慮跟哪家事務所長期合作。因此，在做出決定之前，和事務所裡的年輕成員交談才是正確的做法。我相信你能明白。」

他的眉毛再次抽動。「妳的意思是，妳想……拿我們這家事務所和其他事務所的專業同行做比較？」

瑞秋一手摀嘴。「如果我顯得不禮貌，請原諒我，只是我缺乏男人的經商經驗。我真的希望你能配合我。」

安格斯．穆克林在葡萄園裡辛勤勞作了三十年，看到「既成事實」時就一定認得出來。他咳了很長的時間，來為不可避免之事做好適應。

「妳的方法確實新穎，薩弗納克小姐。既然妳這麼肯定……」

「我是很肯定沒錯。」她甜甜一笑，交叉雙臂。

「好吧。」又一聲咳嗽。「也許妳的……非正統手法會引起路易斯的共鳴。」

瑞秋確信穆克林渴望盡可能挽回局面。照顧薩弗納克財產所賺取的律師費，這個數字可不容小覷。他按了一個鈴，路易斯．摩根斯走了進來。

穆克林做了介紹，然後說：「我相信你們兩個會相處得很熱烈，就像著了火的房子。」

瑞秋實在忍不住傻笑。「喔，我確實如此希望。」

＊　＊　＊

「薩弗納克法官，欸？」路易斯・摩根斯問：「老天，這可真讓人意想不到。他早在我出生前就坐在了法官椅上，但我聽過一些故事。他就跟韃靼人一樣暴戾，欸？」

兩人被安頓在初級合夥人的小辦公室裡，完全沒有穆克林的領地那麼大。今天很暖和，辦公室裡的空氣很悶；摩根斯打開推拉窗，讓巷子裡垃圾箱的氣味飄進室內。辦公桌每一寸可用的表面都堆滿了用粉紅絲帶綁著的紙；瑞秋推斷，摩根斯每次遇到法律問題需要思考時，就會向博學的律師說明情況，來採取一切必要的措施，擺脫困境。

瑞秋以一種告密的方式傾身靠向他。「偷偷告訴你，他是個老骨頭恐怖分子。」

他為她說出的祕密而露出竊笑。「父母都一個樣，欸？」

路易斯・摩根斯膚色蒼白，睡眼惺忪，下巴無力，握手更沒力。長長的棕髮和耀眼的黃色領帶象徵著波希米亞主義。他慵懶的姿勢表明，他現在寧願斜靠在沙發上，一手拿著雪茄菸嘴，另一隻手拿著琴瑞奇雞尾酒。瑞秋推測，他的性格是母親對他的寵愛和父親對他的蔑視所塑造的。

她向房間角落裡一堆裝在紙箱裡的契約揮揮手。從上面數下來的第二個箱子，上面寫著「多貝爾」的姓氏。「李奧諾菈．多貝爾告訴我你們事務所的名字時，我很高興。」她說：「我必須承認，我發現自己對法律事務感到困惑。」

「說真的，薩弗納克小姐，我完全能感同身受。」他對她投以無禮的竊笑。「相信我，它們比大多數的事情都無聊得多。」

「請叫我瑞秋。」她的語氣十足風騷。

「沒問題！那妳也叫我路易斯。」他又露出竊笑。「所以妳想要有人指導妳，欸？」

「如果不麻煩。」

「怎麼可能麻煩！妳完全不用為法律細節傷腦筋。妳父親去年去世了，是吧？遺囑認證獲得批准之類的？」

「那些手續都處理好了。我想向前看，不是向後看。」

「為妳服務將是我的榮幸，瑞秋。讓我向妳保證，我會為妳提供我最密切的個人關注。」

「你真好心，路易斯，這會讓我輕鬆許多。」

「別謝，我非常樂意幫忙。」他揮舞一隻指甲修剪整齊的手。「這樣吧，妳願不願意改天一起共進晚餐？當然是我請客，我不會把用餐時間也拿來算律師費，只是想讓我們能更好地瞭解彼此。」

「你真好心！我樂意之至。」

他從抽屜裡撈出一本皮革封面日記，說道：「妳什麼時候方便？」

「說來也巧。」她說：「我明天晚上有空。」

他揚起眉毛。「好極了！七點如何？」

「你的願望就是我的使命。」

有那麼一瞬間，瑞秋以為自己說得太過分了，但路易斯・摩根斯的笑容清楚表明，他把別人對他的「順從」視為他應得的。

「妳知不知道蘇活區的佛伊布斯餐廳？我會叫我的祕書預約一個私人包廂，這樣我們就可以……不受打擾地交談。巧的是，我和那家餐廳的領班和侍酒師關係都很好。」他靠向椅背。「這就是祕密，瑞秋，『有關係就沒關係』。」

「我相信。」她溫順地說：「這是你這輩子最真誠的一句話。」

＊　＊　＊

克里弗德・楚門開車送她回到岡特屋後，瑞秋換上了一套新的詹珍牌泳衣，是一種迷人的胭脂紅色調。她在屋頂泳池游了十幾圈，然後加入楚門一家。她用毛巾擦頭髮時，向瑪莎和海蒂講述了她造訪雅寶街的經歷。

「明天晚上，我會向摩根斯詢問關於李奧諾菈和她丈夫的事情。與此同時，克里夫可以闖闖空門。我想看看多貝爾的契約箱裡頭有什麼東西。」

「妳知道箱子收在哪嗎？」瑪莎問。

「就在摩根斯辦公室裡很顯眼的地方。那裡的推拉窗很容易被撬開，就算摩根斯在離開前關上它也一樣。」

「妳覺得摩根斯會談論李奧諾菈的事？」海蒂問。

「如果我的個人魅力還不足以讓他鬆口，那麼高額律師費的前景應該能解決這個問題。我也會問起吉爾伯特·佩恩。誰知道呢，搞不好他們對詩詞的共同熱愛可能有讓他們有交集。」

「在隱密氏族俱樂部？」瑪莎問。

「不然還有哪？」

* * *

「讓我問清楚。」雅各用一口淡啤酒把最後一塊小牛肉火腿派沖下肚。「我的字帖弄髒了某個權威人士。你不知道那個人是誰，也不知道我是如何得罪了那人。但我被指控『翻開舊煤炭』，天知道這是什麼意思。」

奧克斯放下湯匙。他們正在潘頓街的史東豬排屋吃午餐。雅各之所以選擇這個地點，一個原因是他聽說這裡的菜品很豐盛，啤酒也很棒，另一個原因是為了看看這裡的服務生是否真的穿著棕色燈籠褲和紅色背心，也發現確實如此。

「基本上是這樣。」奧克斯打量夥伴。「你會知道他們在說什麼。」

「也許我會知道——」雅各說：「也許不會。」

「我相信你一定會知道。能不能向我稍微透露內幕？」

雅各揉揉下巴。「我報導了丹斯金庭審。這引起了我對以前的司法不公的興趣。」

「我聽說的是……」奧克斯厲聲道：「丹斯金被無罪釋放才是司法不公。」

「話可不能亂說喔，探長。」雅各咧嘴笑。「他是無辜之人，不是嗎？」

「法庭是這樣判的。」奧克斯搖頭。「雖然這不是我的案子，但專家們在道德上確信他是有預謀的惡意放火燒車。但『確信』不等於能證明。『排除所有合理的懷疑』是很高的門檻。」

「一百個有罪之人被釋放，也好過一個無辜之人被定罪。」

「如果有罪之人殺了我在乎的人，那你得用更強力的方式說服我。」

「但如果你是無辜之人就不用了？」

「也許吧。」奧克斯用湯匙敲敲桌子。「你介不介意告訴我，你正在調查哪些案件？」

「一點也不介意。」雅各言不由衷。他並不打算提到吉爾伯特・佩恩以伯特倫・

瓊斯的形式復活。「只要你保證不會洩漏給《證人報》或《小號手報》知道。」

「如有違誓，不得好死。」

「威勒爾平房謀殺案是其中之一。戈里審判是另一個。」

奧克斯皺眉。「你回溯得也太遠了吧？麻煩提醒我一下那些案子的內容。」

「一名利物浦商人因在愛巢中勒死情婦而被捕。但警方及時發現，被戴綠帽子的丈夫才是罪魁禍首。至於戈里太太，她的男朋友謀殺了她的老公，但她也被起訴。明明是她慫恿她的情人下殺手，她卻被無罪釋放。」

奧克斯犀利地看了他一眼。「就這樣？」

「所以你轉告給我的那個抱怨，我聽得莫名其妙。」

「總之，我已經把訊息轉達給你了。接下來會怎樣就不關我事了。」奧克斯招手要帳單。「瑞秋・薩弗納克小姐最近怎麼樣？」

「我很少見到她。」

「你讓我很驚訝。她是如此非凡的女人。」

「想更瞭解她並不容易。」

「我能想像。」奧克斯狐疑地看著他。「妳想更瞭解她？」

「她富有、聰明又美麗。」雅各發笑。「你自個兒想吧。如果我有錢、聰明又英俊，也許就有機會。」

「搞不好她很寂寞？」

「在擁有數百萬人口的倫敦？」

「特別是在倫敦。」

雅各向前傾身。「我能不能問個問題？」

「儘管問。」

「你對隱密氏族俱樂部知道多少？」

奧克斯皺眉。「問這個做什麼？」

「隨口問問。」

「記者不會隨口問問，正如警察也不會。」雅各一言不發。「這和你翻開的那些舊煤炭有關係嗎？」

「希爾維婭・戈里和亨利・羅蘭？」雅各還是不想透露自己在調查吉爾伯特・佩恩。「就我所知，他們跟隱密氏族俱樂部沒關係。」

「那你幹麼問？」

「我聽說過那個地方，但對它一無所知。就當作是無辜的調查吧。」

「隱密氏族俱樂部一點也不無辜。」

「你激起了我的好奇心。你對隱密氏族知道什麼？」

「你的姑媽會把那個地方稱之為罪孽深淵。」

「這下我更感興趣了。」

奧克斯呻吟。「你會在蘇活區一個煙霧繚繞的地下室裡找到這個氏族，離這裡走路不到十分鐘。門上沒有名字，也沒有官方電話號碼。只有熟客才進得去。」

「警方為什麼沒抄了它？」

奧克斯怒目相視。這兩人都知道，針對蘇活區的俱樂部，倫敦警察廳的警官曾有過視而不見以及收受賄賂的黑歷史。

「那個氏族並不是傳統的罪惡巢穴。人們經營夜總會，是為了洗劫顧客來輕鬆賺錢。他們缺乏耐心和紀律，所以走捷徑，違反規則。有時候我覺得這些地方之所以被稱為『雜亂屋』，是因為管理人員太無能了。他們藐視售酒法，窩藏罪犯和妓女，允許隨便哪個張三李四成為會員。然後他們還有臉大聲抱怨，因為某個李四其實湊巧是個便衣警察。」

「可是隱密氏族俱樂部是合法商家？」

「那兒是有錢的頹廢人士的避風港，但謝天謝地，我並不負責監管蘇活區的夜生活。偷偷告訴你，我很高興氏族不歸我管。」

「不過？」

「我嗅到腐臭味。就當作是我的直覺吧。」奧克斯嘆氣。「不然就當作是我老古板。」

「如果那間俱樂部吸引了一些問題人物，你的同事為什麼不找個晚上去臨檢一下？抓幾個人，殺雞儆猴？」

「沒這麼容易。就跟丹斯金案一樣，『合理的懷疑』是一個問題。想按照刑事標準來證明某人有罪，這就像爬高山一樣困難。道聽途說、流言蜚語、八卦謠言……這就是我們的慣用伎倆，就跟你們一樣，但這還不足以把案件告上法庭。」

「我從沒在媒體上看過有關那個地方的報導。」

「其他夜總會是靠宣傳而吸引生意，無論宣傳是好是壞。但隱密氏族就名副其實。」奧克斯長嘆一聲：「沒有人向《世界新聞報》透露任何消息，也沒人報導過該場所的犯罪行為。這家俱樂部成立於十年前，而大部分的對手因為客戶基數太少而倒閉時，它倖存了下來。遊手好閒的富人算是瀕臨絕種的物種。」

雅各露齒而笑。「看來華爾街崩盤至少帶來了一件好事？」

奧克斯沒心情開玩笑。「我聽說克魯格餐廳的用餐價格比克萊特里昂餐廳便宜。那裡的成員沒有在經濟上遭到剝削。那些人不是一般常見的雜碎人物。」

「那他們是誰？」

「有錢、出身良好、有背景的人。當然，還有對……異國情調的愛好。」

「這是你的看法。」

奧克斯疲憊地聳個肩。他們走到門口。「你提出了問題，我只是試著給個誠實的答覆。」

「謝了。」雅各說：「氏族的老闆是誰？」

「我真希望我知道。那背後是一個由控股公司、子公司和領軍人物組成的錯綜複雜的網路。至於誰掌握著錢袋，我不知道。無論他們是誰，一定消息靈通。警察上門搜查的權力其實並不像大家想的那麼大。」

「也不像蘇格蘭警場宣傳得那麼大？」

探長的苦笑不言而喻。他們走進了街道。太陽高掛，沒有一絲雲彩。「在沒有任何不當行為的證據的情況下，我們能做什麼？」

「所以你已經放棄了？」

奧克斯掃視周圍。附近沒人聽得見他們說話。「你不會把我說的刊登出來？」

「你可以相信我。」

他發出苦笑聲：「我對你的信賴程度就跟我對其他記者一樣。」

「我就把這話當讚美了。」

「別得意忘形，我對其他記者都是絲毫不信。C分局的警員們曾一、兩次試過闖進去，但總是事與願違。氏族的掌管者比我們領先一步。我那些朋友向局長發出一封措辭強硬的信，威脅要頒布禁令以及天知道還有什麼別的東西時，他就嚇得半死。」

「他不是明年要退休了？」

探長的嗓音裡帶著罕見的苦澀：「他只想要平靜的生活。」

「我們不都一樣嗎？」

奧克斯看著他的眼睛。「你跟我不一樣。祝你對隱密氏族的調查順利。你會需要好運。」

雅各握了對方的手。「我沒說我要進行調查。」

「當然。」奧克斯給他一個陰鬱的微笑。「湊巧的是，沒人要我警告你遠離隱密氏族。」

「謝了。」

奧克斯思索片刻。「你明天有空嗎？那好，交給我。」

「如果那裡經營得這麼好，我不是會員要怎麼進去？」

「如果好奇心確實控制了你，請記住，氏族背後的人是殘酷的。好好照顧自己。」

第十五章

「雅各寶貝，真高興見到你！」

桂瑟妲．法夸森的問候之吻和她翻騰的黑色鬈髮、塗著眼影的眼睛和撲了粉的豐滿臉頰一樣熱情洋溢。亮眼的粉色口紅與她的雪紡連身裙相配，裙裾從她的肩膀上垂下來。她的薰衣草香水太刺鼻，熏得雅各眼眶泛淚。他這輩子只見過她六次，但她用她豐滿的曲線擁抱他時，彷彿他是一個失散多年的兒子。

她的擁抱壓得他喘不過氣。她如此熱情洋溢的行為，與「海格特文學科學研究所」的莊嚴環境格格不入。這間閱覽室原本應該是一片寧靜的綠洲。壁龕裡有一尊半身像，門邊的牆上裝飾著歷代所長的肖像，畫作下面立著一個巨大的地球儀。房間後側有一條臺階通向圖書管理員的辦公室，門旁邊有一個鈴。

門上有一個窺視孔。雅各不禁好奇，圖書管理員在進來這裡之前是不是用它來確認桂瑟妲已經離開。在場的成員們都埋首於書本和報紙中。沒人對他們倆的聲響提出責備，也沒人試圖要桂瑟妲安靜下來。任何想強迫她順從的企圖都註定會失敗。桂瑟妲自己就是法律。文雅卻又粗魯，虛榮卻又逗趣，勢利卻充滿生活樂趣。宛如大自然的洪荒之力。

雖然她的外表實在稱不上自然。他看不出她是不是戴了假髮，還是僱了一個古怪的理髮師，也完全不知道她究竟年紀有多大。六十五，七十，七十五？不可能八十吧？透過非凡的狡猾，她讓任何人都無法猜測她的年齡。

「您真好心，願意給我半小時的時間。」他恢復呼吸後，咕噥道。

「我的榮幸，親愛的雅各。這是我至少能為同行的文員做的。」

桂瑟妲為《號角日報》每週的社會專欄撰寫了二十多年。對於一份針對工薪階層和中下層階級的報紙來說，有關慵懶富人的八卦，或在股市崩盤後還剩下的慵懶富人，幾乎就跟默劇中出現聖詩一樣不合時宜。然而，讀者們對她對上流社會生活的描述欣然接受，沃特．戈默索爾也不可能停止這個專欄。頑固的記者們抱怨桂瑟妲是個笑話時，他指出他們怎麼沒有對《號角日報》的惡搞漫畫提出同樣批評。如果有人認為她在缺乏素材時會胡謅軼事，戈默索爾會說有些事實本來就比虛構小說更離奇，尤其涉及英國上流社會的時候。

「謝謝，抱歉打擾您的研究。」

桂瑟妲就住在海格特研究所裡。在電話上，她宣布她將利用一切空閒時間在研究所裡研究她的家庭背景。他只知道她埋葬了三個丈夫。嘴巴比較壞的同事說他們是被她操死的。

「別謝！我一直在翻閱舊目錄。你知道，我是海格特女孩，土生土長。我母親當年是一名女傭，在大別墅裡工作。我正在試著判斷這裡哪位主人是我的父親。」

「真的嗎？」雅各不知道還能說什麼。

「天哪，別臉紅嘛！你一定知道我是私生女吧？身為私生子女並不可恥，只有正經八百的人才會覺得可恥。在上流家庭裡，有一、兩個私生子女是必要的，你不覺得嗎？」

雅各對上流家庭沒什麼經驗，只是無奈地點點頭。

「媽媽當年年輕漂亮，我的顴骨和鼻子的形狀都是來自她那兒，你知道。我出生六個月後，她嫁給了西班牙旅館的一個酒保，我就成了艾德娜・布拉特。這個名字實在不算特別，但我在內心深處是個浪漫派。我從小就想像自己是桂瑟姐・法夸森，英格蘭最古老的家族之一的後裔。」

「現在您在試著尋找您的根源？」

「親愛的雅各，在過去的日子裡，我比較喜歡我的幻想，它們比現實生活更有營養，你不覺得嗎？但最近，我開始產生懷疑。我並不是說我希望對大筆財產提出任何所有權，我完全沒這個念頭。法律對非婚生子女的偏見是一種恥辱。我會自豪地在我的盾徽上炫耀一個斜形條紋。」

她滔滔不絕吐出的洪流非常容易讓人被淹沒其中。雅各從沒見過有誰能如此完美地回憶起無關緊要的瑣事。

「正如我所說，我想聽聽您對多貝爾家族的看法。」

「我很樂意幫忙，親愛的雅各。我們邊喝茶邊談好嗎？」

桂瑟妲和她的粉色裙裾湧出房間，留下他跟在她身後。五分鐘後，他們在大街上的「威廉森小姐的茶室」裡查閱菜單。她像迎接女兒一樣跟女侍寒暄，儘管兩者的年齡差距大概有五十歲。

「我喜歡甜食。」點了一大鍋大吉嶺茶和一盤仙女蛋糕後，她吐露了心聲：「切爾西曾經有一家很棒的小咖啡館，提供最美味的蛋白霜和棉花糖……」

「關於多貝爾。」雅各堅定地說，試圖將桂瑟妲變成人型蛋白霜的形像從腦海中趕走。

「啊，是的。很倒楣的家族。」

「倒楣？」

「悲劇接二連三。」桂瑟妲愉悅地說：「真的很慘。」

「他們來自約克郡，我的家鄉。我原本不確定您知道他們是誰。」

「啊，遼闊的縣城！勃朗特三姊妹的老家。勃朗特博物館，《咆哮山莊》！真浪漫。狂野又神祕。」桌子底下，桂瑟妲的肥腿與雅各的腿友好地彼此摩擦。「當然啦，我其實沒去過那麼遠的北方。」

「當然沒有。」雅各說：「您是怎麼認識多貝爾家族的？」

桂瑟妲的眼裡閃現出夢幻般的神色。「我很早就結婚了，雅各。我的第一任丈夫，願上帝保佑他，當時老得能當我爺爺了。他跟不上年輕的新娘。我喜歡派對，也和一群快節奏的人混在一起。就這樣，我遇到了一位迷人的單身漢，名叫奧斯溫．多貝爾。」

「奧斯溫？」雅各想起菲利克斯在《名人錄》中的條目。她指的應該是一八七〇年代的事情。

「他來到倫敦，是為了進一步實現他作為一名藝術家的抱負。他父親阿拉里克在致力於收藏藝術之前是一位業餘水彩畫家，曾委託米萊等人繪製約克郡的風景畫。奧斯溫分享了他對前拉斐爾派的熱愛，但他更喜歡女士們。」

「您愛上他？」

桂瑟妲給了他一個淘氣的微笑，然後輕敲自己的鼻子一側。「我們每個女孩都愛上他。愛神之箭落在了一位漂亮閨女身上。她發現自己懷了孕時，奧斯溫做了一件體面的事，向她求了婚，但她體弱多病。她流產了，在結婚一個月前死在他懷裡。那可憐的小羊傷心欲絕。心情平復後，他娶了一名准將的女兒為妻，並將她帶回莫特曼。我自己的丈夫在六個月後去世了。我常常會想，如果事情當時不是那種走向——」

「奧斯溫那個兒子呢？」雅各說：「您認識他嗎？」

「他有兩個兒子，不是一個。莫里斯和菲利克斯。」茶送來了，連同兩個堆滿糕點的盤子。「他們的母親在他們很小的時候就死了。那時我已經再婚了，所以我和奧斯溫之間不可能——」

「關於他的兩個兒子。」雅各語氣堅定。

「啊，是的。他們是由幾個女管家照顧。那些年輕漂亮的女孩子也照顧奧斯溫。」她咯咯笑。「最後一個女管家成了他的祕書。這是一個令人愉快的委婉說法，你不覺得嗎？最終她成了他的第二任妻子。讓我想想，那是一九〇〇年，就在阿拉里克去世之前。」

「他的兩個兒子那時都成年了。他們發生了什麼事？」

「莫里斯離開了桑赫斯特，加入了擲彈兵衛隊。他母親那邊的親戚都是軍人。他非常喜歡當阿兵哥。」

「菲利克斯呢？」

「文藝青年，比哥哥溫柔。他追隨了奧斯文的腳步，搬到了倫敦。我見過他一、兩次。他和一個女演員搞上了，她給他生了孩子。她屬於神經衰弱型，容易歇斯底里。」

「啊。」

雅各不知道還能說什麼。桂瑟妲把注意力轉向仙女蛋糕。它們是巧克力口味，還放了杏仁糖。

「菲利克斯說他會支付瓦倫丁的撫養費，但結婚是不可能的。這完全能理解。那女孩算不上理想人選，出身不好。」

「真可惜。」

「人們就是該知道自己在世上屬於哪個位置，你不覺得？否則社會要如何運轉？這可憐的女孩當時情緒非常不穩定。她訂了布魯姆斯伯里一家酒店，然後從四樓窗戶跳了下去。就在維多利亞女王葬禮當天！」桂瑟妲又吞下一塊仙女蛋糕。「她這麼做極其自私，因為當時的人們只想向女王陛下表示悼念。雖然從長遠來看，我猜這也算是最好的安排啦。」

雅各忍不住說：「對那位女演員來說不是。」

「也許對她來說也是，親愛的孩子。她留下了一張紙條，說一切都讓她無法承受。值得慶幸的是，她很客氣地明確表示，她不追究菲利克斯的責任。不然他可能會自責。」

「可不是嗎？」雅各吸一口氣。「關於菲利克斯的婚姻……」

「我正要說到這個。」桂瑟妲朝他搖晃沾滿杏仁糖的手指。「男人總是這麼猴急。永遠別催促女士，雅各。我記得一個相當帥氣的年輕——」

「真的很抱歉。」雅各口氣有點焦急：「但您讓我對多貝爾家族非常好奇。您剛談到他們很倒楣？」

「那真的很悲慘。」她用餐巾擦擦嘴。「可憐的奧斯溫的第二任妻子難產而死，孩子也是死產。之後，他日漸憔悴。至於菲利克斯呢，他沒錢了。阿拉里克對他有諸多不滿，但父親死後，浪子又回來了。有其父必有其子。他和奧斯溫確實有許多共同點。唯一的區別是，菲利克斯娶了一位警察局長的女兒，而不是一位准將的女兒。艾絲佩是個傲慢的女人，但家裡有錢，這才是最重要的。」

「所以，這位波希米亞藝術家，為了經濟安全和鄉村尊嚴而犧牲了雄心壯志？」

桂瑟妲嘆氣。「那是非常無聊的人生，你不覺得？菲利克斯很有魅力，但相當自私。不過他並不缺乏勇氣。大戰宣戰後，他立即參戰。奧斯溫這時已經非常虛弱，艾絲佩則掌管一切。法國有數千人受傷，普通醫院和療養院不堪重負。像莫特曼莊園這樣的鄉間別墅被強迫徵用。艾絲佩把它改造成軍事醫院。」

雅各鬆了一口氣。她終於要說到重點了。

「對整個多貝爾家族來說，大戰的最後一年非常悽慘，一系列災難連綿不絕。」

「發生了什麼事？」

「莫里斯被狙擊手的一顆子彈打死。這已經夠糟了，但這只是序幕。在法國的第一個星期，菲利克斯的可憐私生子就遭受了彈震症和失憶症。他逃了兵，幸運的是沒有被槍斃。你瞧，他是個膽小鬼，就跟他母親一樣。菲利克斯休假回家後被告知此事，也因此斷絕了給兒子的金援。那孩子還不如死在前線。」

桂瑟妲發出一聲低沉的漫長嘆息。「要是菲利克斯也是膽小鬼就好了！他後來直接回到了戰壕，結果被炸傷。他再次回到莫特曼時，只剩一條腿和一副空殼。而事情還沒結束。」

「這樣已經夠慘了吧。」雅各覺得自己好像也被砲聲嚇成彈震症。

桂瑟妲搖頭。「就在收到他受傷的消息後，艾絲佩病死了。」

「西班牙流感？」

「應該是胃炎。然後，不到一個月，可憐的奧斯溫的心臟終於跳不動了。你能相信嗎？對於菲利克斯來說，他等於被滅了全家，彷彿莫特曼莊園和與之相關的每個人都受到了詛咒。」

雅各用一種平靜而戲劇化的語氣說道：「多貝爾家族的詛咒？」

桂瑟妲嚴肅地點頭。「菲利克斯活了下來，但一切都不再一樣了。」

「但他確實找到了一些安慰。」他終於可以把話題轉向李奧諾菈了。「他找到了第二個妻子。」

桂瑟妲悶哼一聲：「他的看護。」

「李奧諾菈．史萊特貝克。」

「這是她的名字？」桂瑟妲皺起鼻頭。「多貝爾家族的事情我可能有點記不清了。我已經好幾年沒聽聞他們的消息。那些承諾都化為烏有。悲劇啊。」

「所以您沒辦法告訴我任何有關李奧諾菈的事情？」

「沒辦法，親愛的。她好像是出身平民。這就是那場戰爭對這個國家造成的影響，一切都被掀得底朝天。」

其實，桂瑟妲已經告訴了他一些關於李奧諾菈的事情。改變姓氏確實有用。她守住了自己的祕密。如果桂瑟妲不知道她與基伊案的聯繫，那麼其他人也不會知道。搞不好菲利克斯根本不知道她的真實身分？他如果知道，會在乎嗎？

桂瑟妲戳戳他的肋骨。「我在這裡喋喋不休，你卻從沒告訴我你為什麼對多貝爾家族如此感興趣。」

「菲利克斯的妻子邀請我認識的一個人去莫特曼度週末。」

「天哪，家庭聚會嗎？真好。」桂瑟妲拿走了最後一塊仙女蛋糕。「如果有什麼我可以用在我的專欄的情報，請務必給我。這年頭的局勢實在很糟。大家都沒錢，而且世界如此淒涼。人們很喜歡因一睹上流生活而感到振奮。」

「我相信他們都喜歡。」

「務必請你的朋友代我向菲利克斯問好。他可能不記得我了。」

雅各露出英勇的微笑。「怎麼可能有人不記得您？」

＊　＊　＊

「快到了！」彭寧頓興奮地喊道。

他是一輛「布加迪三十八型」旅行車的忠實車主，這輛旅行車是為了像風一樣飛翔而設計。他們驅車前往約克郡時，雷吉·維克斯擔心這輛車遲早會撞成碎片，因為他們在每個彎道上都是高速通過。彭寧頓吹噓說他們這樣飆車已經省下了兩個多小時的時間，但雷吉的神經所遭受的損傷使他的壽命縮短了更長的時間。他發現自己根本無法在車上小睡，不只因為引擎的轟鳴聲，更因為彭寧頓喋喋不休地談論布加迪的工法。雷吉根本不知道什麼是單頂置凸輪軸，更不知道什麼是三重滾珠軸承曲軸。

「真讓人高興。」雷吉咬牙道。

至少他還有一場板球比賽可以期待。他的上級對這項運動的熱情，是他工作中最有吸引力的福利，其實也是唯一的福利，如果不考慮「沒人在乎他每天處理多少文書工作」這一事實。他很高興能離開倫敦，把杜德、路路和那個討厭的薩弗納克女人從他的腦海中拋開。彭寧頓踩下油門時，雷吉唯一關心的是自己能完好無損地到達目的地。

「這裡一定就是圖尼克利夫球場！」彭寧頓猛踩煞車，雷吉因此渾身打個顫。汽車拐進一座門樓下方的拱形入口，其頂部是一座鐘樓。「呼，差點錯過了！」

「謝天謝地。」雷吉淡然道：「我很需要來一杯。」

「你很幸運。我聽說我們的東道主有一個儲藏豐富的酒窖。」彭寧頓咯咯笑。「我們這麼早到，在其他慢郎中到達前我們一定已經吃飽喝足了。」

他們疾馳時，陽光籠罩在圖尼克利夫的土地上。車道兩旁矗立著一排長長的白楊樹，就像哨兵組成的儀仗隊。這裡有一個橢圓形的湖，雷吉瞥見了白色的板球視野擋板和一個茅草屋頂的板球館。一棟房子赫然出現在他們面前，是一座詹姆士一世時期風格的巨大紅磚建築。大戰結束後，這裡的前業主陷入困境，被迫將圖尼克利夫球場賣給了薩姆爾·達金斯爵士。

薩姆爾·達金斯創立了一家企業，後來成為歐洲最大的肥皂製造公司之一。五十歲時，他賣掉了公司，並用所得收益退休，去世界各地探索，然後買下圖尼克利夫球場，全身心投入莊園領主的生活。作為一個熱血的約克郡人，他的第一項行動就是建立自己的板球隊，由他的莊園工人們組成，並任命自己為隊長。

彭寧頓說，達金斯很高興接受惠特洛少校提出的與易容者隊比賽的提議，然後開玩笑地補充道：「如果少校有右手，一定會被他咬掉。」

布加迪跑車急速拐過一座華麗的石砌噴泉，繞過車道的最後一個彎道，然後搖晃晃地停在了門廊下。雷吉鬆了一口氣。

「到了！」彭寧頓歡呼。「感謝你的陪伴，維克斯。我們在那該死的辦公室裡埋頭苦幹時，很難正確地瞭解一個人。這就是板球之旅的美妙之處，非常有助於建立團隊精神。很高興有機會能這樣好好跟你聊聊。我現在才知道原來你也是愛車人士。」

雷吉爬下車，在一旁等候，彭寧頓輕鬆自在地拿出手提箱和板球裝備。他身高六呎，肩膀寬闊，穿粗花呢夾克和法蘭絨衣服的時候，覺得比穿白廳的細條紋西裝更自在。

遠處的吼聲打破了寂靜。

雷吉抓住彭寧頓粗壯的手臂。「那是什麼聲音？」

「八成是獅子吧。」

「彭寧頓，拜託你。我們開了很長的車，我沒心情聽蠢笑話。」

「你應該稍微更相信我，老朋友。達金斯深愛動物，他像關心板球一樣關心牠們，這就表示他有多愛牠們。他年輕時在比屬剛果住了好幾年。棕櫚油對肥皂業的重要性，你知道的。發出這種喧鬧聲的生物，一定是他帶回英國的。」

「這裡可不是最黑暗的非洲。我們在約克郡，他不可能在這兒養一頭獅子。」

彭寧頓哈哈大笑。「你說得大錯特錯，老兄，而且達金斯才不會滿足於只養一頭獅子呢。他還養了豹、長頸鹿，一整個該死的動物園。圖尼克利夫擁有這個縣最好的私人動物園。」

又一聲咆哮傳來，這次更大聲。這個傍晚雖然很溫暖，雷吉卻還是瑟瑟發抖。

第十六章

雅各剛回到辦公室，電話就響了。一名信差送來了一份特別快遞，並堅持要親自將信封交給雅各。

一個身材魁梧的年輕人在大廳等他。要不是這個人穿便服，雅各一定會覺得對方是警察。

「弗林特先生？」

「特別快遞？我今天還真幸運。誰寄來的？」

「我只能告訴您，弗林特先生，我被要求確保它送到您的手上，其他人都不行。」

年輕人把一個淡黃色的小信封塞到雅各手裡，然後轉身要走。

「稍等一下。誰派你來的，你在哪工作？」

他回頭一瞥。「抱歉，弗林特先生。我沒被告知要回答任何問題。我唯一要做的就是把信封交給您。祝您有個愉快的下午。」

「嗯……」信差把門在身後關上時，瑪姬開口：「聽起來還真刺激。」

「來自一位祕密崇拜者的私信。」他咧嘴一笑，指向她的訂婚戒指。「順便說一句，看來妳的晚餐和看戲都進行得很順利。希望你們倆都會非常幸福。」

回到辦公室，他撕開信封。裡面只有一塊長方形的紙板，紅底黑字，上面寫著一個在杰拉德街的地址，看起來像一張會員卡，但沒有俱樂部的名稱或電話號碼。雅各敢打賭，如果檢查上面的指紋，一定不會有任何發現。信封裡沒有其他訊息。但他毫不懷疑這張卡片是從哪來的。

奧克斯永遠不會承認，但他給了雅各一個通往祕密俱樂部大門的鑰匙。

* * *

佛伊布斯餐廳離沙夫茨伯里大街僅有一箭之遙，牆壁上掛滿了華麗的戲劇海報。一位講話油腔滑調的領班帶領瑞秋和路易斯．摩根斯就座。包廂座位有著橡木鑲板，軟墊是紅色天鵝絨，有著高靠背。這種座位被宣傳成「親密」，說穿了其實就是「狹窄」。

餐廳後側唯二的食客，是一位年輕的金髮女郎，和一位身穿完美細條紋西裝的銀髮男子。這個地方顯然是倫敦的失業女演員及其「乾爹」經常出沒的地方。也許是因為這個夜晚太溫暖，這女人才會穿著如此暴露的禮服。瑞秋自己的桃色真絲雪紡連衣裙，則給人留下了更多的想像空間。

「我推薦全熟的野生高地馬鹿。」摩根斯一邊研究菜單一邊說道：「妳喝什麼酒？相信我，一九二〇年的木桐酒莊相當不錯。」

「就交給你決定了。」

摩根斯點了菜，然後點燃一支菸。「妳真是個很特別的女孩，完全跟我想像的不一樣。我的意思是，妳的老爸……」

「我們就別談起老法官了。」她說：「我想更瞭解你，路易斯，當然還有你的公司。李奧諾菈・多貝爾對你讚譽有加。」

「過去一百年來，多貝爾家族一直是我們事務所的客戶。我負責的可以說是麻煩事，填寫表格、日常信件往來，說真的無聊死了。安格斯不喜歡讓我用自己的方式對待客戶。」

「我很高興你對我破了例。」

「那老傢伙很不高興妳堅持要見我。」他咯咯笑。「他擔心妳會覺得我粗魯得不值得信任。」

「我這個人心胸很寬廣的。」瑞秋說：「至於穆克林先生，我猜他能理解李奧諾菈為何需要出售多貝爾家族的畫作收藏。」

「我們對此並不在乎。由於賦稅沉重到具有懲罰性，鄉村大宅的業主們感到手頭拮据。考慮到菲利克斯是個需要護理的殘障人士，多貝爾一家的處境已經好過許多人。可憐的病人。要是當年德國佬直接給他一個痛快，搞不好對他來說更仁慈。」

「我擔心菲利克斯死後會發生什麼。」瑞秋嘆氣。「需要支付遺產稅還有……」

「那老姑娘處之泰然。」路易斯說：「就和我老爸一樣，願上帝安息他的靈魂，他以前常說光是嫁進豪門是不夠的，更需要嫁進一個願意花錢的家族。對她來說幸運的是，老奧斯溫・多貝爾是自由自在的類型。這筆家族財產讓繼承人的遺孀享有終身的所有權。等李奧諾菈離世後，莫特曼莊園可能會被拆除或改建成公寓之類的，但就目前來說，甕裡的錢足以讓她安享天年。她可能還能再活三、四十年。她其實沒看上去那麼老。」

「所以你見過李奧諾菈？」

他的眼中露出警惕的神色。「是的，稍微見過。但我們就別談工作了吧。跟我說說妳自己的事，瑞秋。」

「我一直過著很安逸的生活。」她說：「所以能說的事情太少了，我更想聽你講話。」

「妳很低調，瑞秋。我喜歡這種女孩。我向來不喜歡時髦女郎，女孩子家實在不該唐突莽撞。」

「我們應該被視姦而不是被傾聽？」

「哈！說得真好！」他大笑。

「我聽說你是個作家，嚴格來說是詩人。真厲害！」

「這個嘛，我完全比不上羅伯特·格雷夫斯那種大詩人啦。」

這項免責聲明伴隨著一陣謙虛的笑聲，他接著對有關英國詩學以及他渴望對此做出的貢獻的論述做了序言。這場談話中，他們享用了開胃小菜、主菜和兩瓶木桐酒莊葡萄酒。瑞秋限制自己只喝了一杯，拒絕了每一次的填滿，也拒絕了甜點。

「我對詩學不太瞭解。」送上咖啡時，她說道：「但我知道我喜歡什麼。幾年前有一個人，好像叫吉爾伯特·佩恩。你認識他嗎？」

「佩恩？」他放下湯匙。「他死了。」

「真讓人難過。所以你認識他？」

「他是個出版商，靠賣垃圾書發了財，冒險故事之類的。」摩根斯小心翼翼地說話，似乎想避免口齒不清。「但和我們其他人一樣，他渴望……嗯，有點不一樣的東西。」

「不一樣？」

他撥開眼前的一綹頭髮，那雙眼睛因酒精而渙散，但他盡力對她投以充滿穿透力的視線。「妳為什麼問起老吉爾伯特？我已經好久沒聽過他的名字了。」

「我只是感興趣。他的名字跟一個俱樂部有關……呃，叫什麼來著？」她故作思索。「想起來了，叫隱密氏族。」

摩根斯掙扎著站起，環顧四周，然後跌跌撞撞地來到她這邊，在她旁邊的天鵝絨長椅上坐下。瑞秋感覺到他的體溫，以及他大腿壓在她大腿上的壓力。

「隱密氏族，欸？」他竊笑道：「我不太確定妳是不是真的像妳表現的那樣無辜。像妳這樣的年輕姑娘對隱密氏族俱樂部瞭解多少？」

「怎麼，難道它有什麼……不太體面的地方？」

他咯咯笑。「不太體面？說得好。是誰跟妳說了那個地方？」

「我剛剛問的是吉爾伯特．佩恩的詩作。我很遺憾得知他死了。發生了什麼事？」

他甩甩長髮。「妳是不是知道什麼，瑞秋？我開始懷疑我看到的妳只是冰山一角。」

「喔，我也如此希望，路易斯。」狡猾微笑。「其實，好像是雷吉．維克斯提到了隱密氏族。他說吉爾伯特．佩恩……」

「妳也跟雷吉見過面？」他把臉湊近她的臉。他的鼻息充滿酒精、菸草和煮太老的肉的味道：「妳這麼一個文靜的小東西，卻吃得那麼開。我敢打賭，妳沒從他身上問到任何消息。」

「我不確定你是什麼意思。」她說：「我只是……」

他把一隻手放在她的膝上。「忘了吉爾伯特．佩恩和該死的雷吉．維克斯吧。妳找錯人了，我跟他們不一樣。」

她移開他的手。「路易斯，別這樣。那邊那個女人一直盯著我們。」

他把一根手指壓在她的嘴脣上。「噓……我不在乎。我已經摸透妳在玩什麼遊戲了，雖然花了一點時間，但我還是看清楚了。雖然我並不討厭啦，真的，一點也不討厭。」

「我只是好奇。」

「噓……」他把手放回她的膝蓋上。「妳不必告訴我妳好奇什麼。妳喜歡異國情調的東西，是吧？妳從小都住在杳無人煙的荒島上，現在妳來到了倫敦，想要一點刺激，補償昔日。」

「我只是好奇吉爾伯特．佩恩是不是──」

「我對他所知甚少。」他打斷她。「來吧，我們該離開了。我很樂意帶妳去隱密氏族。然後，帶妳去稍微看看妳喜歡的東西。」

「謝謝，不用了。」

「別跟我玩欲擒故縱了。」他掐了她的大腿。「這麼做沒用……」

瑞秋抓住他的手腕，猛地掙開時，他痛苦地叫了一聲。

「讓開。」她呢喃：「在你受傷之前。」

他試著站起時，她把他壓回長椅上。

「妳這婊子就愛搞得男人心癢癢。」他痛得眼眶泛淚。「一個真正的……」

她俯身靠向桌面，用鋒利的指甲插進他的手掌，嘶吼道：「忘了這場對話發生過。」

看著自己皮膚上的血跡，他嘟囔：「妳在說什……？」

「你一個字都不記得了。」瑞秋的酒杯放在桌子邊緣。她用手肘輕推杯子一下，紅酒灑在他的腿上。「是不是？」

他摀住自己的嘴，強忍自憐的抽泣，蒼白的左右兩邊臉頰浮現紅斑。

「是不是？」她重複。

他試著怒瞪她，但他的臉因憤怒和困惑而皺成一團。

「不記得了，」他沙啞道：「我們從沒見過面。」

隔壁包廂的年輕金髮女子用毫不掩飾的好奇心看著他們。領班匆忙過來。

「摩根斯先生，是不是出了什麼事？我能幫忙嗎？」

「完全沒事。」瑞秋指向摩根斯被酒弄髒的大腿。「這位先生出了點小意外，僅此而已。順道一提，我覺得鹿肉有點太硬了。祝晚安。」

一到街上，她環顧四周，看到了楚門。他穿著司機制服，坐在二十碼外的幻影轎車的方向盤後面。他用戴著手套的手向她豎起了大拇指。

她爬進他身邊的座位時，他開口：「比預計的晚了十分鐘。妳捨不得從他身邊離開？」

她一拳打在他的肋骨上。「我是想確保你有充足的時間。你找到多貝爾的文件了嗎？」

「小菜一碟。窗上沒有鐵窗，也沒有鎖。太大意了。他們大概覺得，除了保險箱裡的現金之外，沒有什麼值得偷的。」

「你已經把文件帶回屋裡了？」

他點頭。「我們三人複製了授權李奧諾菈出售那些畫作的樣本信件，還有該家族的財產處分契據，看起來都跟真的一樣。文件上通篇廢話；明明寫一個字就夠，但律師一定要寫二十個字。我在來到這裡之前，差點沒時間再回去摩根斯的辦公室、把所有東西放回去。」

「做得好。」

「妳還是認為李奧諾菈可能會詐騙遺產？」

瑞秋搖頭。「這看起來像是障眼法。她在出售畫作這件事上其實相當公開。」

「這並不意味著她沒有邪惡的理由引誘妳去她在約克郡的巢穴。」

「你講話真讓人安心。」

「妳查到了什麼？」

「摩根斯認識佩恩，也認識雷吉．維克斯。」

「那兩個是一丘之貉。」

「摩根斯還邀請我陪他去隱密氏族。」

楚門斜眼瞥她。「別跟我說妳不想去。」

「我當然想去。但你我都一致認為這麼做會是個錯誤。」

「天使不敢踏足之地，傻子會毫不猶豫地闖進去。」他咕噥。

她發笑。「我們來看看雅各．弗林特會不會闖進去。」

第十七章

雅各拐進杰拉德街時，把帽子拉得更低。他珍視自己這頂最好的軟呢帽，並堅持用一個瀟灑的角度戴著它，就像弗利特街對威爾斯王子的回應。不過王子殿下的帽子是用兔毛氈做的，內襯是布，但太陽已經落在了蘇活區的地平線底下，在暮色中就算……犯下了謀殺也能脫身。

一段臺階通向隱密氏族俱樂部沒有標記的地下室入口，這裡沒有門鈴，甚至連門環也沒有。一樓是一間裁縫店，晚上已經打烊。

雅各猶豫了。他曾多次報導倫敦這一區的夜間毆打事件，因此知道自己正在冒險。但看到一個濃妝豔抹的女人，雙腿赤裸，穿著一件皮草大衣，沿著街道搖搖晃晃地向他走來時，他就下定了決心。他快步走下臺階，敲了門。

毫無反應。他再次敲門。

門開了兩吋。一個低沉的嗓門問：「什麼事？」

看到雅各舉起會員卡，那人就開門讓他進去。在裡頭，雅各發現面前是一個六呎五吋高、肌肉發達的男人。他穿著晚禮服，但看起來好像軍士長制服會讓他更自在。

「晚安，先生。」他豎起一根大拇指。「我能不能幫您保管您的帽子？」

「謝謝你。」

雅各告別了珍貴的軟呢帽，跟著男子下了另一段短短的樓梯，進入一個狹小的房間。幾個衣著光鮮的男女在一個小酒吧裡。一位年老的鋼琴師正在敲擊琴鍵，彈奏著稍微跑調的《夏麥妮》。

雅各向帶有倫敦腔、體格只有保鑣一半的酒保點了一杯琴通寧雞尾酒，然後打量周圍。牆壁上鋪滿了粗麻布，唯一的裝飾是破舊花盆裡的乾枯棕櫚樹。酒吧裡其他人喝著雞尾酒，眼神都有些茫然。雅各不確定他們是毒蟲還是只是半睡半醒。

他心裡湧出一股「其實這裡也沒什麼特別嘛」的感覺，強烈得就像桂瑟妲・法夸森的香水味一樣難受。如果警察沒能清理蘇活區的罪惡深淵，那麼「經濟衰退」顯然已經代了勞。

鋼琴師接著彈奏《在西班牙小鎮》，一名五十多歲的禿頭男子和戴眼鏡的年輕同伴走向了構成舞池的方形空間。雅各猜想，那是一名高級職員及其祕書。也許前來隱密氏族，象徵著不倫激情之夜的前奏。從那兩人的表情來看，他們都沒有對這個前景感到興奮。他只能假設他們是在壓抑心中的興奮。

他自己根本沒有任何激情之夜的前景。這裡只有另外三對情侶。沒有尋找冒險的單身女性。為了安慰自己，他喝完了琴酒，然後回到了酒吧。

「今晚這兒很安靜。」他對酒保說。他是不是該把吉爾伯特·佩恩的名字丟進談話裡，看看是否會引起反應？

「晚點也許會熱鬧些，但也可能不會。」

雅各給了大方的小費，叫酒保自己也來一杯。

「非常謝謝您，先生。您是個上流人。」

「我已經好久沒來這裡了。」雅各希望自己在如此昏暗的光線下看起來比實際年齡要老。「跟以前很不一樣，是吧？讓我想起我和一個朋友來這裡的時候……」

「這個嘛，先生。」酒吧打岔：「我覺得這裡和以前完全一樣。在這個地方，一切無須言明，心照不宣——如果您明白我的意思。」

「完全同意。」雅各舉杯。他其實根本聽不懂這傢伙在說什麼。「敬你這句話。」

「那麼，我猜您會想下樓吧？」酒保說。

雅各以為自己已經下樓了。但一不做，二不休……「確實想。」

酒保向軍士長揮手。「這位先生想去樓下。」

大隻佬來到酒吧。「抱歉，先生。我以為您只是進來喝一杯。」

雅各揮手要對方別在意。「漫長的一天後喝幾杯琴酒提神，不會對任何人造成任何傷害，不是嗎？」

「所言甚是，先生。」

他帶雅各經過舞者們，拉開一道天鵝絨隔簾。他們進入了一個鑲有桃花心木鑲板的小前廳。保鑣觸摸鑲板時，鑲板滑到一邊，露出一扇木門。他從一個大口袋裡掏出一把鑰匙，打開了門，示意雅各進去。

他發現自己站在一段蜿蜒的長臺階頂端，臺階上的蠟燭照亮了磚牆上的壁龕。鑰匙在鎖中轉動，發出果斷的咔嗒聲。雅各感覺胸腔緊繃。但既然選擇來這裡，就必須堅持到底。

下去的路上，他注意到空氣中瀰漫著一股淡淡的甜膩味。數了二十步後，他到達了底部，發現自己面對著另一扇門，這次是鋼製的。他轉動把手，但門絲毫不動。

他告訴自己，如果他走進了陷阱，就必須靠自己的三寸不爛之舌擺脫困境。他以前經歷過更糟的。也許這一切只是一套精心設計的安全預防措施的一部分。難怪隱密氏族俱樂部能躲過警方的檢查。

他現在除了敲門之外別無他法，所以就這麼做。門無聲無息地打開了。一個穿著晚禮服、衣冠楚楚的矮小男子站在他面前，笑容滿面地表示歡迎。

「晚安，先生。」

「晚安。」雅各因為沒遇到持刀刺客而鬆了口氣，差點想張開雙臂擁抱這傢伙。

「我是……」

「別著急，先生，也許您已經很久沒來了，但您會想起來的。我們不提名字。」

「對對，當然。」雅各感覺信心回來了，儘管這裡空氣中的噁心氣味更濃烈。「完全不提。我只是想說我很高興能回來。」

「啊，是的，先生。我能不能看看您的卡片？」雅各以花稍的動作從口袋裡拿出來。「好極了。請進，把這兒當自己家。」

男子指著一塊竹葉圖案的珠簾。窗簾的另一邊傳來女人的性感低吟聲，唱著《今晚妳寂寞嗎？》。

「非常謝謝你。」

雅各推開珠簾，發現自己身處一個擠滿人的洞狀空間。一曲終了，全場爆發熱烈掌聲。他前方一座長型吧檯忙碌不堪。這裡悶熱難耐，儘管密室很深，卻沒有一絲潮溼的跡象。燈光昏暗，二手菸瀰漫，刺痛他的眼睛。

牆壁和天花板都覆蓋著異國情調的織物。橙色、緋紅色、黃色、紫色。這裡沒有米色的粗麻布或垂死的棕櫚樹。人們懶洋洋地躺在紅色的毛絨沙發上，或在房間另一端的舞臺前貼著臉跳舞。冰桶裡的香檳酒瓶和半空的杯子占據了六張小桌子。

一位穿著長袍晚禮服的高個子女人和一支四人樂隊一起在舞臺上。她開始唱起《她很可愛吧？》。

雅各凝視躺在沙發上的人們。幾具肉體彼此糾纏。有些男人親吻女人，有些臉上塗了胭脂的男人們彼此愛撫。兩個穿著夾克、長褲、打了領帶的女人熱烈地擁抱在一起。一對穿著情侶服的情侶以諷刺的口吻跟著唱起這首歌。至於空氣中那股氣味，可能是大麻。

他自認是個有世界觀的人。實際目睹《號角日報》譴責的放蕩行為，這並不會讓他感到徹底震驚。「共生共存」是他的信條，儘管他在辦公室裡對此保持沉默。但他在這方面也有原則。有一次，一位前同事誘騙他去一家夜總會，那裡的男人都在和其他男人打情罵俏，所以他找個藉口離開了。但他以前從未遇過如此猖獗的淫蕩場面。他不確定該看向哪裡。

眼睛還在適應缺乏光線的環境時，他看了一眼離他最近的沙發椅。一個穿著男式西裝、打著領帶的女子正在模仿這首歌來逗弄一位年輕得多的女人，她的苗條身材被一件大膽的晚禮服襯托出來。她的手搭在女孩裸露的肩膀上。

女孩的頭髮是一團金色鬈髮。她玫瑰花蕾般的嘴唇和圓碟般的眼睛讓他聯想到克拉拉·鮑，他最喜歡的女演員之一。看著她，這讓他分散了對她同伴的注意力。他花了幾秒鐘才認出那個年長的女人。恍然大悟的那瞬間，他的目光與她的目光相遇，而她正在唱出歌曲中「非常私密地」這句歌詞。

他盯著他曾經以為是巫婆的女人。

李奧諾菈·多貝爾。

＊　＊　＊

一看到雅各，李奧諾菈急忙轉過頭去。為了掩飾自己的尷尬，他衝進了酒吧的人群中。他花了五分鐘才得到服務，而當他喝得夠多，鼓起勇氣環顧四周時，沙發上已經空了。李奧諾菈不見蹤影。

「你把她嚇跑了。」一個嗓音咕噥。

剛剛和李奧諾菈在一起的那個女人來到他身邊。即使在二手菸和毒煙中，他還是聞到一股甜甜的香水味。近距離看，也許她並不完全是克拉拉．鮑，但她嬌小的五官有一種精緻的魅力。

他清清喉嚨。「抱歉，我不確定……」

「喔，請別道歉。我只是吃了一驚，僅此而已。上一秒她還在竭盡全力地逗我開心，下一秒她看到你。她決定離開。她跳起來，說她得走了。」女孩發笑。「你對陌生女人總是產生這種效果？」

「恐怕是這樣沒錯。只要一看到我，她們就會落荒而逃。」

她畫得很細的眉毛揚了起來。「乍看之下，你並不算非常可怕。看來你是真人不露相。」

「是的，我很會隱藏。我能不能請妳喝一杯？」

她點了一杯「花花公子雞尾酒」，雅各甚至從沒聽說過這種飲料，但酒保答應了，幾分鐘後，他和她一起坐在沙發上，喝著當晚的第三杯琴通寧。

「我應該自我介紹。我叫雅各。」

「我們不該告訴對方自己的真實姓名。」她說：「這就是這個俱樂部的意義，不是嗎？所以叫隱密氏族。」

「我很樂意為妳破例。」他說：「就算妳比較想繼續當個神祕的女人。」

她試喝了一口雞尾酒，微笑表示滿意。「那好，我叫黛希。」

「很高興認識妳，黛希。」

兩人交換了害羞的微笑，但沒有握手。周圍的男男女女都以最放蕩的方式嬉戲時，他們倆這種拘謹顯得荒謬。

「其實……」她用微弱的嗓音說：「我沒什麼神祕的。事實上，我就是『平凡』的定義。我以前從沒來過這裡。」

「真的嗎？」他感到失望。他原本希望她能提供更多關於李奧諾菈和這家俱樂部的情報。「可是這裡僅限會員。」

「還有嘉賓，只要你認識對的人。」黛希說：「但和我一起來的人，恐怕並不是我的真命天子。」

「妳不是和李奧諾菈一起來的？」

「她叫李奧諾菈？她跟我說她叫李奧。我才認識她五分鐘後你就出現了，把她嚇跑了。」

他傾身靠向她。「我能不能問一下，妳是和誰一起來的？」

「你可以問。」她假裝嚴肅地說：「是一位上校。」

「這讓我印象深刻。」他說。

「我那時候還以為我的好運來了。」她嘟起嘴。「我曾經是『歡樂劇院』的合唱團成員，但幾星期前我被解僱了，從那時起我就只能勉強糊口。」

「很遺憾得知此事。」他說：「但倫敦還有其他合唱團。」

「我沒這麼肯定。其中一個明星對我行為不當，當我向音樂總監抱怨這件事時，那個明星很不高興。擺脫我要比擺脫一個演員容易許多。更容易的做法，就是四處說我是個麻煩精。在戲劇界，每個人都彼此認識，而接下來發生了什麼，你都已經猜到了。欲加之罪，何患無辭。」

舞臺上的歌手開始唱起《星塵》。雅各又喝了一點琴酒。歌詞很到位：旋律縈繞在他的遐想中。他的想法開始充滿哲理。

「人生很不公平。」

「他媽的一點也沒錯。請原諒我的表達方式。所以，今天下午，當我在海德公園與一位可敬的紳士交談時，他邀請我共進晚餐，我不該拒絕，不是嗎？就算他老得可以當我父親了。」

「晚餐後他帶妳來這裡？」

「他說他好幾年前就是這裡的會員。我甚至從沒聽說過這個地方，儘管我就住在街角。這裡聽起來很神祕，不過也讓人覺得刺激。連續三天只有麵包、乳酪和白開水後，我真的很需要一些刺激。」

她喝完了雞尾酒，他又買了一輪飲料。奧克斯說得對，這裡的價格非常合理。回到沙發上，他在她身邊坐了下來。她的香水跟酒精一樣醉人。

「那位上校有告訴妳他的名字嗎？」

「他說他叫湯姆。」她又嘟起嘴。「我敢打賭他不是真正的上校，可能只是某個已婚商人想擺脫他老婆。」

「妳來到這裡後，發生了什麼？」

「門口的大隻佬把要不要放我通行這件事搞得大驚小怪。他似乎以為我是『在賣的』——真過分！湯姆跟他解釋了清楚，但這場爭論讓他心情惡劣。我們一下來這裡，他就給我買了一杯雞尾酒，但他沒辦法冷靜下來。我看著這一切發生，覺得如魚得水！」她向兩呎外互擁的兩個紅脣男人揮手。「這就是我們在《世界新聞報》中讀到的那種事情，不是嗎？可是更糟。或更好。也不知道為什麼，看起來就是不太真實。湯姆說他有事要處理，然後消失在人群中。那是我最後一次見到他。」

「他就這樣拋棄了妳？」

「我的人生就是這樣，雅各。我的麻煩在於，男人都覺得我像糞土一樣平凡，一樣沒價值。我承認，我喜歡跟男人調情，但我並不是輕佻的女人。他們失望的時候，就會惱羞成怒。」

歌手開始唱起《藍天》。黛希啜飲雞尾酒時，他感覺到她的腿壓著他的腿。既然她很早就吃了晚餐，想必已經喝了不少了。

「妳是碰巧遇到李奧諾菈？」

「她說我看起來失落又寂寞，問我怎麼了。聽我解釋後，她說一個男人竟然拋棄像我這樣的漂亮女孩，真是令人震驚。她請我喝了花花公子雞尾酒。」她又啜飲一口。「我當時應該拒絕，我看得出來她想要什麼，我認為這很恐怖，但我那時候很難過，所以……總之，什麼也沒發生。你及時出現，把她嚇跑了。」

「我幾乎不認識那個女人。」雅各說：「我跟她只見過一次，因為工作。我猜她因為被我在這裡撞見而感到尷尬。」

「你是說她打扮得像男人？」

「是的，我完全沒想到她其實是……呃，妳懂的。」

他正要告訴她李奧諾菈已經結婚了，但及時咬住了舌頭。她私人生活中的所作所為與他無關。現在他明白她為什麼在倫敦待了這麼長的時間。在這座人人無名的巨大城市裡，她可以以一種在約克郡的鄉村莊園裡根本不可能的方式自娛自樂。

「你做什麼樣的工作？」

「我是記者。」

她的眼睛瞪得跟餐盤一樣大。「天哪，好厲害。哪家報紙？」

「《號角日報》。」

「那麼，記住這個！」她咯咯笑。「下次你評論一部音樂劇時，就說副歌部分應該交給黛希．史密斯！」

他是不是說得太多了？他說服自己相信，到了早上她就會忘記他們大部分的談話。那雙美麗的大眼睛裡有一絲朦朧。不用多久，她就會打起瞌睡。

「我覺得我該走了。」他說。

黛希打呵欠。「我也是。這裡沒有什麼值得我留下，我也喝夠了雞尾酒。」

他站起。今晚的成果還算不錯：他雖然對吉爾伯特．佩恩還是一無所知，但對李奧諾菈的瞭解卻超出了預期。

「很高興見到妳。」

「謝謝你趕走了那個女人，我自己會很難把她拒之門外。」她掙扎著站起來。「你能不能幫我一個忙？」

「儘管說。」

「你介不介意送我回家，就送到我家門口？離這裡只有五分鐘路程，但在晚上這個時候，路上會有一些粗人。他們如果看到一位女士獨自走動，就會以為自己中了獎。」

有何不可？他並不介意日行一善。而且她長得還挺像克拉拉．鮑。

「好的，黛希。」

「謝謝，我就知道你是顆好蛋。」

門口衣冠楚楚的男子熱情地向他們道了晚安，讓他們出去。他們爬上樓梯，敲了頂樓的門。軍士長輕快地點點頭，向他們打招呼。

「您想必會想要您的帽子。先生，還有您的外套和包包，夫人？」

雅各拿回軟呢帽，給了軍士長一點小費，然後走到夜色中。黛希和他一起站在建築外的樓梯頂端，一同仰望星空。

「真美，不是嗎？」她說：「能讓你記住人生大概還是值得過下去的，不僅僅是『藍天』。」

「人生當然值得過下去！無論發生什麼問題，總會有另一天、另一個機會。」

「你很幸運。你有工作，可能還有個好太太或好女友，銀行戶頭裡有幾塊錢。不是每個人都這麼好命。」她挽住他的胳臂。「抱歉，我並不是想表現得多愁善感。」

穿過迷宮般的街道時，他思考她的話。也許有一天，他拿起《號角日報》，會看到一則簡短報導，描述一位被合唱團開除的女孩因為繳不起帳單而把腦袋探進煤氣爐？他希望自己能幫她找到工作。

「我沒老婆，沒女朋友——」他說：「也沒有男朋友，如果妳在好奇這個。」

她帶他繞過一家理髮店，走進一排髒兮兮的狹窄馬廄屋的狹窄入口。左右都是一層樓的工作坊，大多都廢棄了。他們前方矗立著一排狹窄又骯髒的黃磚房，窗戶都沒透出燈光。在街上一盞燈投射的微弱黃綠光芒中，他看到一隻老鼠跑過鵝卵石地。

「你的工作就是你的老婆？」她問。

「可以這麼說。」

「小心腳下，有些鵝卵石是鬆動的。」她在盡頭一間房子旁邊的一扇門前停下來。「我們到了。非常謝謝你，雅各。無論幸運與否，你都是一位紳士，而能被我這麼說的人並不多。」

她踮起腳尖，在他的臉頰上啄了一下。他再次聞到她的香氣。

「晚安，黛希。」

克拉拉．鮑的眼睛凝視著他。「我想你不會想來杯睡前酒吧？」

「我明早還要上班。」

「別害怕。我會完好無損地保全你的貞操。只喝一杯，然後我就趕你走。我保證。」

他不知該如何是好，琴酒更是幫了倒忙。「我並不是不覺得妳很有魅力。」

「我不是妓女，如果你是在害怕這個。」她的嗓音裡第一次出現激烈的語氣。「一杯睡前酒，就只是一杯睡前酒。你怎麼說？」

答應又何妨？事實是，他確實想要有個人陪伴。而且，如果他們在睡前小酌後天雷勾動地火，那麼……他們都是成年人了，也只能怪自己。

「好吧，我是說，好的，我很樂意。謝謝。」

她從包裡拿出一把鑰匙，說道：「我住閣樓。冬天風大，夏天熱得像燒開水，不過至少我還負擔得起幾星期的房錢。」

她帶他爬上兩段沒有鋪地毯、陡峭得令人眩暈的樓梯，來到一個很小的平臺。天花板低矮，雅各不得不低下頭。

「無論多麼簡陋……」她以歌唱般的輕柔嗓音說：「沒有比家更好的地方。」

他跟著黛希進去，一股霉味撲鼻而來。她彎下腰去劃一根火柴。他就在她身後時，突然有什麼東西重重擊中了他的頭，一切都化為黑暗。

＊　＊　＊

他醒來時，感到後腦杓一陣抽痛。發生什麼事？難道有小偷闖進了閣樓？他的大腦無法正常運轉。他感到失去方向感。他用力睜開眼睛，眨掉淚水。

他躺在床上。一股令人作嘔的霉臭味充斥他的鼻孔。房間一片漆黑。

而且他全身赤裸。

他小心翼翼地抬起手，用食指拂過後腦杓。頭皮上乾掉的血摸起來黏黏的。

他呻吟著，換個姿勢，卻擦過一具光滑而冰涼的肉體。他並不孤單。床是一張雙人床，他旁邊躺著一個人。同樣一絲不掛。

看在上帝的份上，黛希在他昏迷不醒的時候把他抱到了床上。

不，不對，事情非常不對勁。他困惑得無法理解這是怎麼回事。他撫摸黛希裸露的背部。冰冷。他把手放到她身側，把她拉向自己。

他虛弱得無法尖叫，而是發出一聲低沉的恐懼抽泣。

他弄錯了。黛希並沒有躺在他身邊。

他是和一具屍體同床共枕。

一具赤裸男屍。

第十八章

雅各從床上滾下來，摔在堅硬的地板上。地板吱嘎作響以示抗議。他的骨頭痠痛。他站起時，疼痛的腦袋差點撞到低矮的天花板。他覺得噁心想吐，腦子裡天旋地轉。他使勁眨眼，試著集中注意力。月光透過窗簾縫隙而入。他向前邁了一步，赤腳踩到一根從地板上伸出的釘子。他雖然發出一點叫聲，但幾乎不再感到痛苦，不再在乎。他一瘸一拐地走到窗前，一把拉開窗簾。

一輪新月照亮了荒涼的馬廄屋。透過窗戶上的蜘蛛網，他可以看到通往街道的路。在陰影中，他察覺到動靜。一個男人的黑暗形狀。有人在看守這間馬廄屋。

房間的盡頭是唯一一扇門。他跟著黛希進來時，一定有人站在門後面。他的襲擊者當時就埋伏在那裡。這一切一定都是計畫好的。那女孩與隱密氏族俱樂部的人勾結。她把他引誘到這裡，就是為了讓他被打昏。然後，在他昏迷的時候，她和襲擊他的人把他和一個死人放在同一張床上。

看著屍體時，他覺得膽汁上湧。這張臉孔很可怕，扭曲的表情傳達了震驚和背叛。棕色的頭髮很長，臉頰蒼白，肩膀狹窄。他很瘦，肌肉一點也不發達。看起來只比雅各大幾歲。

他的胸口有一道裂開的傷口。床邊的地板上放著一把木柄牛排刀。刀刃上的汙漬不言自明。

他敢打賭，上面一定沾滿了他的指紋。

他感到胸口緊繃。他必須逃走，別無選擇。如果留在這裡，他將任憑幕後黑手宰割。他們允許他活下來，只可能有一個原因：他們打算把這起命案嫁禍給他。死者是他從未見過的人。

他怎麼可能有動機犯下如此卑鄙的罪行？怎麼可能會有人相信他殺了一個素昧平生的人？

他強迫自己仔細觀察屍體。嘴巴周圍的汙漬給了他答案。

死者塗了口紅。

雅各焦急的頭腦猜到幕後黑手的安排。一定就跟他想的一樣。這個男人在隱密氏族俱樂部遇見了他，把他帶回這裡。他被引誘上床後，一場爭吵就開始了。也許他被羞恥感占據腦海。或是憤怒？也可能兩者皆是。他拿到了刀子。在一陣缺乏理性的憤怒中，雅各將刀子深深地插進他剛認識的這個人的心臟。

床頭櫃上放著一個空的琴酒瓶和兩個玻璃杯。一幅放蕩的景象。雅各腦海中浮現出《證人報》頭版的大標題，幸災樂禍又花稍。

恐怖屠殺之屋——《號角日報》記者被捕

《證人報》一定會愛死這個新聞，一定會推出一個又一個專題報導。他的腦海中浮現出海頓．威廉斯在「喜鵲與樹樁」餐廳裡演講，搖頭說他一直覺得這個小夥子怪怪的。雖然說不出哪裡怪，但……

不不不。他壓抑著不斷飆升的歇斯底里。他如果不離開這裡，最好的下場就是被嘲笑和毀滅，最糟的下場就是腦袋被套上頭套，脖子上被套上絞索。

他試著開門。果然上了鎖。木材品質很差，而且腐爛了。他用肩膀應該很容易把它撞開。但一樓的門依然是個問題。他如果撞門，聲響就會引來門衛。

那麼，窗戶？考慮到閣樓離地面的高度，從窗戶逃走的希望渺茫，但他願意冒一切風險逃離屍體。窗戶用螺栓鎖著，看起來好像很多年沒有打開過。螺栓布滿鏽跡。試了半分鐘後，他放棄了。又少了一個選項。打碎玻璃會發出巨量聲響。

他抬頭一看，發現天花板上沒有艙口。即使有通往屋頂空間的通道，他也出不去，除非屋頂有缺少瓦片。雖然在這個潮溼的地獄裡，也許什麼事情都有可能。

他後退一步，踩到了什麼東西。這次不是釘子。他彎下腰，拿起一把木鍾。他一定就是被人用這東西打暈。他的傷口疼得要命，但狀況不算太糟。如果他是被全力擊中，這一擊就可能要了他的命。

現在隨時可能有人打電話去蘇格蘭警場。黛希，不管她的真名是什麼，有著這樣的表演天賦。她可能會用顫抖的嗓音解釋說，她在這個被遺棄的馬廄屋裡聽到驚恐的叫聲，懇求警察來最後這間聯排屋。警察會認為她是一個有公益精神的妓女。一旦等了一段合適的時間，等雅各甦醒過來，她就會打電話。但她不會太早打；警察闖入這個破舊的茅屋時，他不能還處於昏迷不醒的狀態。

等警察真的到達時，他頭部的傷口就需要解釋。有經驗的刑警能推論出事件的來龍去脈。他們會判定，在一次爭吵中，一個人用一把舊的家用錘子打了他，但沒完全命中。這足以激怒雅各，並刺激他殺人。

他們的衣服呢？黛希不可能拿走他們的衣服。如果警察衝進去發現兩個裸體男人，但沒發現衣服，就會得出明顯的結論：有第三方曾經在場。

他在床底下翻找，發現了自己的衣服。他的軟呢帽也在這裡。它們和屍體的東西一起被扔在那裡。每件物品都散發著琴酒的臭味，甚至連他的襪子也是，彷彿酒瓶傾倒在它們上面。誰在乎？雅各不在乎。穿衣服的這個簡單動作提醒他，他仍然屬於人類。但時間已經不多了。黛希一定很快就會報警。也許她已經打了電話給他們。搞不好這時候一輛警車正飛速駛向這間馬廄屋。

他又看了窗外一眼。沒有門衛的蹤跡，陰影中沒有任何動靜。街角那家理髮店的入口有遮篷，不是嗎？那傢伙會在那兒閒逛，抽菸打發時間。門衛不會盯著馬廄屋。

他敢不敢冒險打破玻璃？受到誘惑，他掂了掂手中的錘子。可惜襲擊者用的不是扳手，否則他就能解決生鏽的窗戶螺栓。然而，情勢所逼，不得不然。他覺得自己別無選擇，只能嘗試用蠻力摧毀螺栓，並祈禱在這個過程中不會打碎玻璃。

他猛烈一擊。沒反應。又一擊。玻璃嘎嘎作響，但螺栓牢牢地固定在原位。他覺得想吐，但還是繼續動手。做什麼都好過溫順地坐在這裡、等自己的人生被毀掉。如果橫豎都是死，轟轟烈烈絕對好過懦弱嗚咽。

木窗框已經潮溼腐爛。他吸了一口氣，用食指試了一下，摸起來像糊狀。他再次舉起錘子。第六次打擊使螺栓裂開。他只需要再揮兩下，就能將其破壞。他的肩膀痠痛，但想像著警車飛速駛向蘇活區，這給了他繼續敲擊窗框的力量。腐爛的木頭碎裂了。

快成功了。他用雙手抓住木頭，拚命一扭。窗戶和窗框一起脫落。玻璃破裂碎開，但聲響並沒有他擔心的那麼大。他站在他在牆上挖出來的洞旁邊。夜風讓他的臉龐變得冰涼。下面的馬廄屋裡，沒有任何動靜。

接下來呢？窗戶下面是一個外部窗臺。那裡雖然狹窄，但應該夠讓他立足。他只能希望它不會在他的重壓下崩潰，否則他就會摔死。一條排水管沿著房子的一側延伸，伸手可及。假設他沿著管子爬下去，也許他可以爬到隔壁工作坊突出的平屋頂上。既然已經走到這一步，他要抓住機會。

他閉上眼睛，默默祈禱。風險巨大，但時間緊迫。無論做什麼，都好過被指控他因為某種情侶爭吵而刺死一個他從沒見過的男人。他如果被抓到，後果將不堪設想。他必須放手一搏。如果看守馬廄屋的人向他發起挑戰，他將拚死抵抗。

現在必須鼓起他最後的勇氣。他不是運動員，也不是雜技演員，只是一個好奇心過剩的笨拙年輕人。如果他能順利擺脫這個困境，他會……好吧，等活下來再說。

他撕開死者的一件襯衫，擦拭門把和錘子，以及他記得接觸過的任何表面。現在可不是緊張不安的時候，他也擦拭了刀柄。他不敢把自己的軟呢帽留下，所以戴上了它。接下來，他把床拖到窗邊，當成讓他爬出去的平臺。隨著床的移動，屍體從另一邊滾落，重重摔在地板上。等警察終於抵達時，會發現犯罪現場一片混亂。

他開始把自己從窗子裡鑽出去，用腳後跟試了一下窗臺。一些碎石剝落，但窗臺沒有解體。他緊緊抓住凹凸不平的牆壁，將身體的其餘部分從開口處拉出來。

一，二，三。他右手抓住排水管，但腳下一滑，差點失去平衡、墜樓身亡。沒時間思考，沒時間望向下方的庭院。再試一次。這次他先用一隻手，然後用另一隻手緊緊抓住生鏽的鐵桿，將身體從窗戶上移開，開始下降。

排水管被他的體重壓得挪移，將管子固定在牆上的螺栓正在鬆脫。只有瘋子才會在這裡逗留、看管子會不會帶著自己一起往下墜。他閉上眼睛，身體向右扭，跳了下去，祈禱雙腳能落在工作坊的屋頂上。

祈禱得到了回應。他的腳重重落在屋頂上，衝擊力震得他的脊椎骨劇烈顫抖。他屈膝跪下，而不是摔在地上。而且排水管沒鬆脫。

目前為止一切順利。他慢慢移向另一條排水管，但把腳踩進了一塊腐爛的毛氈。在黑暗中，他不可能確定前方最安全的路線。在他從屋頂掉進裡頭的古老機器的鋸齒上之前，他最好趕緊下來。

他蹲在屋頂邊緣，測量高度落差。雖然完全不像從閣樓上一路摔到地上那麼可怕，但還是很可能會摔斷腿，甚至更糟。他的運氣來了：一座破舊的招牌從搖搖欲墜的建築前面伸出來。這給他提供了一個能用手指施力的機會。他小心翼翼地從一邊慢慢爬過去，利用招牌幫助他下降。不久後，他的雙腳就接觸到了地面。

他的軟呢帽在哪？他在爬出窗外時把它弄丟了。他急忙環顧四周，發現它在通往閣樓的門旁邊。他撿起它，一把將它戴回頭上。這個動作表達了他的反抗心態。

某人咳嗽。沉重的腳步聲響起。門衛正過來再次查看馬廄屋。

雅各撿起兩塊鬆散的鵝卵石。和任何有自尊的約克郡人一樣，他也打過不少板球賽。雖然他的平均表現向來不值一提，但他是一個很好的掩護野手，也有一條不錯的投球臂。

他把較小的一顆鵝卵石扔過馬廄屋，打在遠處角落一個舊車庫的木門上，撞擊聲在密閉的空間裡迴盪。對雅各來說，這聽起來就像子彈齊射。停頓一秒後，門衛大步走進了視野。他是個魁梧的男子，一手拿著鐵棍，一手拿著手電筒。他小心翼翼地移動，用手電筒照向聲源。

雅各把較大的鵝卵石扔向門衛時，離對方只有二十碼，不到一個板球場的長度。那人轉身時，被石頭擊中了太陽穴，他整個人像九瓶保齡球一樣擊下。男子的龐大身軀撞到地面時，雅各聽到一聲震驚和痛苦的吼叫。他拔腿就跑。

他逃離馬廄屋，沿著人行道飛奔。他的腳和頭都在痛，全身痠痛，但他的步伐非常兇猛。他在逃命。他轉過下一個拐角，進入了毗鄰的街道。兩家餐廳之間有一條通道。兩家餐廳都已打烊，他不禁好奇現在幾點了。凌晨一點？兩點？他失去時間感。他一路狂奔，打賭這條小巷不是死胡同。跑了五十碼後，他進入一條主街。

奇蹟中的奇蹟：一輛計程車正在駛近。他揮手要它停下來，而令他驚訝的是，它停在了他身邊。他緊張地摸了摸夾克口袋。黛希和她朋友沒偷走他的皮夾。他鬆了口氣，差點哭了出來。

「要去哪啊，老闆？」

雅各說出了腦子裡想到的第一個詞彙：「岡特屋。」

* * *

「你能不能等兩分鐘？」雅各給了計程車司機一大筆小費。廣場一片寂靜，房子一片漆黑。「我需要看看我的朋友們是不是還沒睡。」

司機盯著他。「你還好嗎，老闆？」

「我沒事，謝謝。」

司機狐疑地嗯了一聲。雅各不敢想像自己現在是什麼模樣。他大概就像個刻意打扮得時尚的年輕人，渾身布滿瘀青，散發琴酒的臭味，頭皮沾滿血。他的身體受到重創，大腦一團亂。他敲門時，突然意識到自己根本不知道為什麼要來這裡。

如果沒人應門，他也不敢回去埃克斯茅斯市場。如果他用鵝卵石擊中的那名門衛出現在那裡、尋求報復？如果他們知道他住哪？如果……好吧，這種「如果」真的是沒完沒了。他再也沒辦法確定任何事。

他不安地輪流用單腳支撐體重。先前踩到釘子的腳底傳來刺痛。他必須在傷口被感染之前盡快檢查。他第一次意識到自己有多疲憊。他很想睡上一個星期。

就算岡特屋裡有人，也沒出現任何跡象。他聽不到任何聲音，也看不到一絲燈光。但這也是意料之內。岡特屋非常安全。一樓的房間都有隔音，窗戶以鋼製百葉窗遮蔽。翻新這棟建築的前屋主，那個詐騙犯，有理由確保自己免受入侵者的侵害，而瑞秋．薩弗納克將這裡變成了一座堡壘。

門上的一塊面板滑開，露出格柵。楚門的嗓音傳來：「啥事？」

「我需要跟瑞秋談談。」雅各討厭自己聽來如此絕望。「我被捲入了一起謀殺案。」

「在那兒等著。」

雅各向計程車司機點個頭，車子就駛進了夜色。面板滑回原位，再次變得幾乎毫無縫隙。門開了。

楚門站在他面前，穿著長袖襯衫。他看著雅各的眼神，就像審視一隻自取其辱的狗。

「進廚房裡，海蒂很快就會見你。」

雅各照做，在廚房中央那張巨大的松木桌旁坐下。他想交談的對象是瑞秋，但他知道最好不要與楚門爭論。威爾斯梳妝檯上的時鐘指向兩點半。瑞秋大概已經躺在床上了，儘管她有一次罕見地私下暗示自己患有失眠症。

他靠向椅背，閉上眼睛。他的衣服因為躺在閣樓地板上而髒兮兮，但他累得無暇在乎。他快睡著的時候，一隻手拍了拍他的肩膀。

「你的腦袋被割傷了。讓我仔細瞧瞧——」

海蒂．楚門的嚴厲嗓音喚醒了他。她穿著圍裙，似乎正要做飯，但她拿出一瓶碘酒、一碗水、一條毛巾和敷料，開始工作。她處理完他頭皮上的傷口時，他告訴她自己的腳被釘子割傷了，所以她也處理了這個問題。她會成為一個粗魯的好主婦，不允許嬌生慣養的那種。有一、兩次，碘酒刺痛得讓他尖叫，但她毫無反應，直到忙完。

「好了。」她檢查自己的成果。「你會活下去。」

「謝了。」他不假思索地說：「妳是天使。」

海蒂發出嘲諷的聲音：「而你是一天到晚調皮搗蛋的孩子。從你這副模樣來看，晚上最好有人盯著你。你看起來就像被貓叼進家裡的死老鼠。天知道你攪和了什麼鬼事情。你需要好好洗個澡，而且你的衣服亂七八糟。血滴在夾克領子上，而且到處都沾滿了琴酒。說起來，你的鼻息聞起來就像你在釀酒廠過了夜一樣。」

「除此之外——」他說：「妳會不會同意我還算體面？」

他察覺到一絲微笑，但它轉眼間就消失了。「我已經盡可能照料了你。我原本想請你喝白蘭地，但我猜你喝了會吐出來。你別無選擇，只能忍耐疼痛。」

他吸一口氣。「瑞秋還醒著嗎？」

「你也知道，我們不鼓勵客人不請自來。」海蒂向來毫不婉轉。「尤其當正派的人已經躺在床上的時候。」

「瑞秋是正派的人？」即使經歷了這麼多痛苦，他還是沒辦法阻止自己耍嘴皮子。

她板起臉。「我就假裝沒聽見這句話，你這厚顏無恥的小惡魔。」

「抱歉，我今晚過得很辛苦。容我換種說法。也許她願意好心破例？就這麼一次？」

廚房門打開，瑞秋跟楚門和瑪莎一同走進。

瑞秋手裡拿著一疊文件。她穿著一件藍色絲綢和服長袍，上面裝飾著花卉圖案；瑪莎穿著一件緞面家居服。即使在昏昏沉沉的狀態下，他還是覺得她們倆看起來很迷人。

「晚安，雅各。」瑞秋把文件放在梳妝檯上。「看來你的調查不算順利？」

＊　＊　＊

雅各試圖解釋時，瑞秋舉起一手。「欲速則不達。這真是一團亂。有人被刺死了，而你被捲了進去？你逃離司法？」

「才不是！」他怒火中燒。「我什麼也沒做錯。我沒犯罪。」

「現在不是為你的辯護之詞排練的時候。」瑪莎已經為大家煮了咖啡，瑞秋舉起自己的瓷杯。「別介意那些聳動的頭條新聞，給我們講講整個故事吧，過去二十四小時內發生的每一件事。微小的細節也可能至關重要。你有極佳的記憶力；別遺漏一個字，也別誇大其辭。你不是來這兒推銷報紙的。」

他吞下幾口咖啡。「要說的有很多。如果把每一個細節都說出來，會需要很長的時間。」

她看了一眼時鐘。「我們有一整晚。你慢慢來。我們洗耳恭聽。」

「如果妳堅持。」

儘管感到疲倦、痛苦和沮喪，他還是必須執行瑞秋的命令。她的強勢態度折磨著他，但他需要她站在他這一邊。只有她能幫他弄清楚發生的事情……還有避開個人災難。

「我確實堅持。」

在瑪莎大量優質咖啡的幫助下，他講述了事件的來龍去脈，煞費苦心地描述細節。他與桂瑟妲・法夸森進行了漫長而漫無目的的談話，與奧克斯探長的會面，會員卡的到來，以及他對隱密氏族俱樂部的訪問。直到他說到李奧諾菈・多貝爾的那一刻，其他人才開口說話。

「真有意思。」瑞秋思索。「我確實曾對此感到好奇。」

「好奇李奧諾菈是不是那家俱樂部的會員？」

「沒錯。」

「妳怎麼會早就懷疑她可能是會員？」

「我突然想到，她說她在研究吉爾伯特・佩恩時聽說過這個地方。隱密氏族俱樂部跟莫特曼莊園是完全不一樣的世界。她的理智被好奇心戰勝了。」

「她是已婚婦女。」

瑞秋呻吟。「唉，雅各，我這輩子大部分的時間都在一個小島上度過，但有時候我覺得你好像比我更與世隔絕。」

「我讀過的書確實比不上妳的一半。」他厲聲道。

她和瑪莎交換一個微笑，對方幾乎難掩笑意。「很高興看到你的鬥志尚未耗盡。繼續說故事吧。我們等不及了。」

雅各板起臉，但沒爭辯。在經歷了從閣樓逃出來的戲劇和興奮之後，他感到溼冷的沮喪感。接下來，是他這個故事中棘手的部分。在燈火通明的廚房裡，他對那個眼如茶碟的漂亮女孩的同情，似乎並沒有他當時想像的那麼無私。

瑞秋面無表情地聽他講述他與黛希的談話。他說到那女孩邀請他喝杯睡前酒時，瑞秋問了一個問題。

「描述一下她的穿著。」

雅各眨眼。「我記得她的衣著很暴露。」

「我相信你記得這個。多說一些。」

「抱歉，我不太懂女人的衣服。」

「如果你分辨不出什麼是浪凡、什麼是弗洛麗韋斯特伍德，也別擔心。她的衣服是什麼顏色？」

「我會說是一種藍綠色。」

瑞秋嘆氣。「那讓我幫你一把。它是天藍色，雪紡製成的嗎？裸肩，大方地露出乳白色的胸脯？」

「應該是。」

「她有一頭金髮、像被蜜蜂螫過一樣的豐脣，指甲油的顏色和她的禮服一樣？」她停頓。「而且與窮人版的克拉拉·鮑有一絲相似之處？」

他目瞪口呆。「妳是怎麼猜到的？」

「就當我有超能力吧。至於那位上校，她沒有告訴你任何關於他的事？」

「她只有說他年紀比她大很多。」他思索片刻。「她不認為他是真正的上校。」

「也許稱他為『上校』可能是口誤？」

「也許是。大多數的時候，她叫他湯姆。雖然這也不是他的真名。他搞不好根本不存在。」

「喔，放心吧，他存在。」瑞秋說：「但我必須道歉。你正要開始描述這場冒險中最刺激的部分。」

他皺眉，但知道還是早點說完比較好。瑞秋和楚門一家默默地聽著他滔滔不絕地講故事，解釋她是如何誘騙他上樓，還有他在恢復意識後發現自己赤身裸體躺在床上，旁邊有一具男屍。

「那個敲了你腦袋的惡棍不該把你關在房間裡。」瑞秋說。

「我真高興妳這麼認為。」雅各帶著一絲嚴厲口吻。「如果……」

「我的意思是，如果警方發現你和一具屍體關在一起，他們會怎麼想？也許他打算在他們抵達之前打開門。但我覺得這有點太複雜了。」

「我不……」

「描述一下那個死人。」瑞秋說。

雅各臉紅。「這個嘛，正如我剛剛說的，他全身上下只有口紅。妳還需要什麼細節？」

「先從他的年紀開始。」

「他大概三十幾歲。棕髮，滿長的，但頂部開始稀疏。灰色眼睛。體型瘦削，快六呎高。除了刺傷之外，他的一隻手上還有一道嚴重的刮痕。」

「瞭解。」瑞秋思索。「你發誓你沒謀殺這個人？你不是處於解離性失憶狀態？」

他驚恐地睜大眼睛，提高嗓門質問：「妳不相信我？我當然沒刺死那個人。我根本不認識他。那女孩騙了我。我已經盡最大努力對妳完全誠實。我……」

她微笑。「我只是想確認。」

他怒目相視。「妳似乎對黛希十分瞭解。我是說那個女孩。」

「我確實挺瞭解她。今晚我在一家餐館看到她，她身邊有一位年長男人。」她嘆氣。「當時我正和你的床伴一起吃飯。」

「什麼？」他瞠目結舌。「就是被刺死的那個男人？」

「沒錯，他名叫路易斯・摩根斯。他是一名律師，其事務所為多貝爾家族服務。」

她打個呵欠。「我恐怕非常不喜歡他。他的離世對法律界來說不會是巨大損失。」

第十九章

瑞秋拒絕回答雅各的任何問題，直到他描述自己如何從閣樓逃脫。講完他的悲慘故事後，他靠向椅背，她則簡短地講述了她與摩根斯共進晚餐。她沒提到楚門闖空門。

「你看起來很崩潰。」瑪莎說。他心想，只有瑪莎表現出任何同情心。「也難怪啦，畢竟你經歷了那些事。」

「指紋，我擔心指紋。」他嘀咕道：「我有試著擦掉它們，但我確信漏掉了一些。」

瑪莎轉向瑞秋。「警察會怎麼想？」

「雅各說得沒錯。」瑞秋突然說：「那女人很可能報了警。現在這時候，警方已經找到那具屍體了。」

「妳認為他們會來敲我的門嗎？」雅各沙啞道。

「擦掉額頭上的汗吧。你逃了出來，這讓一切變得不同了。假設你確實留下了指紋，警察怎麼知道那是你的指紋？沒人跟他們提到你的名字。」

「為什麼沒有？」

「你想想。報警說廢棄的馬廄屋裡傳出神祕叫聲，這當然沒什麼問題。但辨識某個特定記者的身分是另一回事。這引起的疑問會和答案一樣多。而且恕我直言，你並不是一個家喻戶曉的名字或臉孔。你的案子具有我們的美國親戚所謂的『栽贓』的所有特徵。」

「奧克斯給了我一張氏族的會員卡。」雅各說：「他知道我打算去蘇活區。如果我的名字被交給警察，而且他們想採集我的指紋，我就有麻煩了。」

瑞秋搖頭。「就算你確實去過那間閣樓，誰能說那是昨晚去的？沒有人見過你和還活著的路易斯．摩根斯在一起。」

「那我什麼時候進去過那裡？而且為了什麼理由進去？」

「不管那棟房子的主人是誰——」瑞秋說：「警方會認為閣樓是用來賣淫的。你可能是在其他時候進去過那裡。沒錯，不道德，但並不違法。」

「可是我從沒……」

「噓……」瑞秋把一根手指壓在脣上。「試圖嫁禍給你的那人失敗了。現在想把謀殺罪歸咎於你，這麼做的麻煩大於其價值。」

「就算他們付出了這麼多努力？帶我去那個馬廄屋，殺死了摩根斯？」他抓抓頭髮。「不合理。」

「你認為摩根斯被刺死，只是為了讓你被指控謀殺？」瑞秋挑眉。「你也太臭美了。今晚的活動具有『即興發揮』的所有特徵。他們有一個受害者，而你成了一個樂於助人的替罪羔羊。一石二鳥。」

「即興發揮？」他大聲吐口氣。「荒謬！涉及謀殺的時候，哪有人搞即興發揮？」

「因為謀殺是如此嚴肅又莊重？」她搖頭。「錯了。正因為要處理一些不尋常的事，才需要即興發揮。殺人犯可沒有說明書可供參考。」

「警方不會善罷干休。」他沒辦法放下這件事。「摩根斯是律師，是社區中一位受人尊敬的成員。」

瑞秋發出輕蔑的聲響。「你這麼認為？」

「他們不能忽視他的謀殺案。這和哪個可憐的惡棍被殺不一樣。」

「在我看來完全一樣，但這不重要。警方的想法會是這樣：摩根斯是在情人爭吵中被殺，或是在酒後爭吵後被男妓或妓女殺害。這種犯罪在蘇活區並不是聞所未聞。警方將會進行一個沒多大幫助的調查，並向媒體發表一份平淡的聲明。英國民眾將安心地知道，這種犯罪行為是偶發事件，而且調查正在進行中。奉公守法的老百姓沒什麼好怕的。摩根斯自己愛玩火，所以手指被燒傷。既然你不會成為替罪羔羊，加上調查陷入死胡同，人們就會失去興趣，蘇格蘭警場也是。」

因為說了很久，他的喉嚨有些乾，他有氣無力地說：「如果他們真的盤問我呢？」

「給他們一個不在場證明。」

「我沒有不在場證明。」

「又錯了。」瑞秋和楚門一家交換眼神。

「什麼意思？」

瑪莎清清嗓子。「別跟我說你忘了？」

「忘了什麼？」

「雅各，不會吧！我明明還讓你留下來過夜。」

「你最近都住在這兒。」楚門輕聲道：「我們原本以為你感興趣的對象是瑞秋，想不到是我妹。」

雅各下巴掉了下來。他想問他們是不是認真的，但又怕聽起來忘恩負義或造成冒犯。他們為他提供了一條生命線。就像骯髒馬廄屋的那條排水管一樣，他必須抓住它。

「雖然我們並沒有同床共枕啦。」瑪莎溫柔道：「我還沒那麼信賴你。我們就只是一直聊啊聊，然後你就來不及回家了，所以我在我們的一間空房間裡整理了床鋪。」

「你洗個熱水澡後就會睡在裡頭的那個房間。」海蒂說。

雅各看著他們平靜的臉孔。如果說他的腦海在這奇怪而可怕的夜晚早些時候有些混亂，那麼現在已經徹底一片空白。他感覺自己已經死了，而不是活著。但他必須相信他們。

「妳真好心，瑪莎。」他用咳嗽來掩飾自己的尷尬。「準備好……像那樣幫我。謝謝妳。」

「你們兩個還真登對。」瑞秋說。

＊＊＊

「你說得沒錯。」雅各離開後，海蒂對丈夫說：「謝天謝地，你立刻把那個文件夾放回去摩根斯的辦公室了。一旦確認了屍體的身分，警方就會四處嗅探。」

「我確保他的房間是我剛進去時的模樣。」克里夫・楚門說：「雖然我沒料到他會被謀殺。」

「先是佩恩，現在是摩根斯。」海蒂說：「這種事什麼時候才會結束？值得冒闖空門的風險嗎？」

「我看了你們三人複製的副本。」瑞秋說：「瑪莎的字跡比你的好多了，謝天謝地。」

「妳對那些信件有什麼看法？」楚門問：「如果妳有看懂我的潦草字跡？」

瑞秋嘆氣。「李奧諾菈每次想出售一幅畫作時，都會小心翼翼地獲得許可。沒有任何欺詐的跡象。」

「至於財產處分契據？」

「我原本好奇她在丈夫去世後有權留在莫特曼莊園這件事上是否撒了謊，但摩根斯證實了她的認知，也證實了契據。房產歸奧斯溫・多貝爾的兒子或孫子所有，無論有沒有血緣關係。現任繼承人的倖存遺孀有權享有終身權益，因此下一代只能慢慢等。」

「意思就是，奧斯溫寫的遺囑比大多數立遺囑人要隨意得多。」

「他慷慨得過頭了。」

「所以，即使菲利克斯・多貝爾在與李奧諾菈結婚後的第二天就死了，她也能一直擔任莫特曼莊園的終身地產保有人，直到死亡？」

「一點也沒錯。」

「這是相當充分的殺人動機。」

「只是她的動機非常明顯。結婚十二年後，菲利克斯仍然活蹦亂跳。李奧諾菈打算走自己的路。她老公由看護照顧時，她隨心所欲地跑去老貝利街或隱密氏族俱樂部自娛。何必冒險殺掉菲利克斯？這麼做有什麼好處？」

「除非……」克里夫緩緩道：「她想殺了他，純粹為了個爽，只是想看看她能否犯下完美的謀殺。」

＊　＊　＊

「這是你的房間。」瑪莎示意三樓平臺上一扇開著的門。雅各看到了一張四柱床，床單上鋪著許多白毛巾。

「謝了。」他說：「我也很感激妳為我提供的不在場證明。」

她的笑容露出堅硬的白牙。「我的榮幸。左邊第一間是浴室，已經放了熱水，你可以好好泡個澡，這會對你有好處。別在浴缸裡睡著了喔。你好不容易活到現在，如果現在淹死在浴缸裡，那就太可惜了。」

他回以苦笑。「妳真好心。」

「如果你想要我幫你擦背，按鈴就行了。」厚顏無恥的咯咯笑。「不過我只幫你擦背啦，別亂想。」

趁他還臉紅的時候，她帶著一陣銀鈴般的笑聲飛快下樓。

＊　＊　＊

九點半，他們把他叫醒，在溫室裡一起吃一頓較晚的早餐。

他一看到時間就驚慌失措，語無倫次地嚷著要趕去號角報社，但被瑞秋用一隻手按住了手臂。

「瑪莎打去你的辦公室了，說你今天會晚點到。」

「她打了電話？」他能想像同事們被告知他和瑞秋的女傭一起過夜。「她說了什麼？」

「我擅作主張地自稱是你的房東太太。」瑪莎說：「我告訴他們你正在追蹤一起剛剛報了案的謀殺案，他們很能體諒。」

他瞪大眼睛。「謀殺案？」

楚門指向堆在椅子上的報紙。「昨晚在蘇活區發現了一具男屍。死因是刺傷。有隱晦的跡象表明案情很不單純，而且死者是個上流人。目前為止，他的名字還沒有被公布。」

「他們用不了多久就會查出他的身分。」瑞秋在吐司上抹奶油。「我猜那女人和她的共犯沒拿走他的錢包。正如他們也沒拿走你的錢包，雅各。」

「妳認為打了我的那個人，就是妳在佛伊布斯餐廳看到的那個人？黛希身旁那個傢伙？」

她搖頭。「不，他太老，也太有尊嚴，不會親自使用暴力。那種男人會把髒活兒委託給雇工。」

「這些人到底是誰啊？他們為什麼要這麼做？」他吞下一些橙汁。「而且他們為什麼挑上我？」

「不管他們是誰——」瑞秋說：「其權力都大到能透過蘇格蘭警場一名探長來警告你收手。他們不是說你在翻開舊煤炭？」

「妳懷疑這與吉爾伯特・佩恩有關？」

「沒錯。」

「還有路易斯・摩根斯？他在這其中是什麼處境，而且為什麼被謀殺？」

「問得非常好，雅各。」她給自己倒了一杯咖啡。「我真希望我有所有的答案。」

「會不會跟李奧諾菈・多貝爾有關？難道她也捲入了這樁黑事？」

「我一開始對此抱持懷疑態度。」她說：「但麻煩的是，無論我們走到哪，那女人都會蹦出來。」

「有些地方不對勁。」海蒂說。

「妳真擅長輕描淡寫。」瑞秋揉揉下巴。「這感覺簡直就像……」

「像什麼？」雅各問。

她思索片刻。「就像我們在看一幅塞尚的作品，卻注意到高更的筆觸。」

這種比喻對他來說太難懂。「還有，李奧諾菈為什麼要安排這場家庭派對？」

「只有一個地方能找到答案，雅各。」

「哪裡？」

「我們得去一趟莫特曼莊園。」

＊　＊　＊

「你可終於出現了。」在號角報社的走廊看到雅各時，戈默索爾故意看了看手錶。

「您收到了我的訊息？」雅各試著表現出「正在追蹤獨家新聞」的低調興奮。

戈默索爾皺眉。「從你的黑眼圈看來，你好像一夜沒睡。你是蠟燭兩頭燒，小夥子？」

「都是為了履行職責，長官。」這或多或少算是實話。「發生在蘇活區的一起謀殺案。」

「很骯髒的案子。」戈默索爾哼了一聲：「這真的是我們的讀者早上想拿來配燕麥粥的新聞？一個小夥子在一家黑暗夜店被某個娼妓或皮條客刺死？我們是家庭取向的報紙，雅各，永遠別忘了這點。」

「這當然。」

「怎麼殺人犯不再是中產階級了？」

雅各的腦海中浮現一幅畫面。《可敬的謀殺案》的女作者，打扮成男人，對一個適婚的年輕女子唱著《她很可愛吧？》。「可敬」的表象底下經常令人驚訝。

「一個山窮水盡的專業男士。」戈默索爾很喜歡自己想出來的標題，聽起來幾乎有些懷舊。「除了犯下令人震驚的犯罪之外看不到別的出路。克里彭、阿姆斯壯……」

「丹斯金？」

「辯護律師越來越精明。」戈默索爾咕噥：「這就是這個國家的問題所在。」

「讓我跑蘇活區的新聞，長官。一旦確認了受害者的身分，我會立即寫一篇報導。我得到了一條一流的線索，我想看看它會帶我去哪裡。」

戈默索爾聳肩。「你是首席犯罪記者，發球權在你手上。」

「交給我處理。」雅各嘴上的信心大過心裡的。「到了星期一，我可能拿得出來獨家新聞。」

＊　＊　＊

「你們一定要看看我的動物園。」薩姆爾・達金斯爵士的命令不容爭論。「來吧！球賽開始前還有充足的時間。」

易容者隊的成員們在圖尼克利夫球場的舊穀倉裡一張長桌旁享用了豐盛的早餐，主人則向他們講述了他在商業、叢林探險和鄉村板球方面的成功故事。他解釋說，每個領域的努力都需要同樣的勇氣和毅力。

他帶領客人們來到莊園後面爬滿常春藤的涼廊下，沿著一條色彩繽紛的草本邊界旁的小路前進。夏日空氣瀰漫著玫瑰芬芳。達金斯遮住刺眼陽光，認為這是非常適合打板球的一天。惠特洛少校簡短地點頭表示同意。

經過一間小教堂和一片更小的墓地時，他們聽到鳥兒的鳴叫聲和猴子的尖叫聲。雷吉和彭寧頓交換一個眼神，彭寧頓紅潤的臉頰幾乎因壓抑的笑意而爆開。他們來到馬廄前面時，喧鬧聲變得更大。達金斯停下來，舉起一隻手。一行人在他面前圍成半圓形，就像遊客們圍著湯瑪斯庫克旅行社的導遊。

「我改造了馬廄，好容納較小的動物還有我收集的長尾小鸚鵡。」他宣布：「聽牠們嘰哩呱啦，你就知道牠們有多喜歡這兒。」

在查看了鳥類和猴子，並發出了必要的讚賞後，板球員們進入一個柵欄，裡頭有一個企鵝池和幾個大型動物的籠子。一頭獅子在他們面前徘徊，亮牙打招呼。

「這裡有這麼多危險的動物，村裡的人不害怕嗎？」一個叫特納的熱心小夥子問道。他三十歲左右，不過稀疏的頭髮和焦急的神態讓他看起來老了十歲；他在離雷吉的辦公室兩扇門外的一間辦公室裡擔任統計員。

「一、兩個心懷不滿的人可能會在喝醉後這樣抱怨。」達金斯說：「哈！從傻乎乎的動物身上可以看到比英國工人更多的理智。那些該死的農民最愛抱怨，說獅子會逃出去咬死他們的羊。太虛偽了。請問他們深愛的羊最後是什麼下場？還不就是躺在餐桌上，成了羊排和羊肉？」

特納性格溫順但堅持不懈，這種個性非常適合他的工作，也適合投出經濟型的變化球。「難道沒人抱怨圈養野獸是很殘忍的行為？」

達金斯嗤之以鼻。「那邊有一條峽谷，就在板球場後面，首席飼養員讓牠們在那裡自由奔跑。別擔心，我有設下圍欄，牠們不可能逃走。那裡就跟房子一樣安全，或者該說比在野外更安全。他們說『大自然就是染血的牙齒和爪子』，這完全是事實。有沒有看過一頭獅子被一群鬣狗活活咬死？」

特納緊張地搖頭，薩姆爾爵士帶大夥來到野貓的籠子前。一隻成年母老虎搖著尾巴，大步朝鐵柵欄走來。雷吉忍不住盯著母老虎的黑虹膜黃眸。儘管這個早上很溫暖，他卻感到一陣寒意。

母老虎那副微笑中的威脅，讓他想到瑞秋・薩弗納克。

＊　＊　＊

惠特洛少校贏得了拋擲硬幣，選擇在晴朗的藍天下擔任擊球方。在他宣布本局比賽結束前，易容者隊已經拿下了一百三十分，兩隊在茅草亭裡喝茶休息。雷吉開始吃起雞蛋番茄三明治；他在場上跑了十五次，後來錯過了一記直球，聽到了三柱門在他身後傾倒。他已經取得了兩個賽季以來的最高分，而且胃口大開。

彭寧頓喝了一大杯啤酒。在迅速拿下五十分後，他沉浸在隊友的讚賞之中。特納幾分鐘前離開了雷吉右邊的位子，現在又在他身邊坐下，給自己倒了一杯啤酒。雷吉感到驚訝。與易容者隊的其他成員不同，特納的酒量不大，在比賽結束後通常只喝半杯。

「想借酒壯膽？」看特納喝了一大口，彭寧頓以一貫的愉快態度問：「別擔心，你的慢球會迷惑他們的擊球手。他們不知道究竟該把球打到能拿四分，還是六分的距離。」

看特納皺眉，他對自己的機智哈哈大笑。「我回去換衣服的時候，聽到了收音機的新聞。我在學校的一個同學被謀殺了，聽起來死得很慘。」

彭寧頓拍拍肚皮。「別跟我說，有個瘋子已經開始在消滅世界上的老哈羅主義者了。」

「你在哈羅念過書，特納？」雷吉問。

矮小的男子點頭。「而你不是？」

「不不，只是……我認識一、兩個念過哈羅公學的傢伙。」

「你跟比你上流的傢伙攪和？」彭寧頓是伊頓公學的畢業生。

特納的臉色是天生蒼白，但他的嗓音明顯在顫抖：「不好笑，彭寧頓。有個男人在倫敦市中心被屠殺，在蘇活區某個聲名狼藉的地方。這會讓你好奇這個世界將會變成什麼樣子。」

「他叫什麼名字？」雷吉問。

特納嘆氣。「路易斯·摩根斯。」

「莫特曼？」斯卡布羅車站的計程車司機重複道，挑起濃眉。「多貝爾酒館？」他的語氣暗示，雅各想去的地方就像個遙遠而荒涼的星球。

「你一猜就中。」雅各開心地說，爬進後座。

* * *

經歷了前一天晚上的不幸之後，他已經恢復了冷靜。他從一場醒著的夢魘中逃了出來，發現自己安然無恙，只有幾處擦傷和瘀傷。現在天氣暖和，他回到了家鄉，路上也睡了一會兒。

最重要的是，他剛拿到熱騰騰的《號角日報》。在衝向國王十字車站趕火車之前，他在創紀錄的時間內寫下了十幾個簡潔有力的段落。掌握的情報比警察更多，這讓他的工作輕鬆許多。他唯一要擔心的，是不能在報導中透露太多內幕。他的作品占據了頭版。篇幅很大。

蘇活區謀殺案受害者被發現是傑出律師

的確，「傑出」一詞誇大了事實，但比「可憎」一詞更吸引讀者。標題下有一張路易斯·摩根斯的微笑大頭照，幾乎完全不像雅各在那個地獄般的閣樓看到的屍體。圖片編輯找到的是一張攝影室肖像。乍看之下，摩根斯確實像個受人尊敬的專業人士。

「去莫特曼的乘客並不多吧？」車子朝海岸公路前進時，雅各問道。

男人吸一口氣，聽起來似乎患了鼻炎。「那裡很偏僻，沒什麼好看，也無事可幹，只有幾處懸崖和一群煩人的鳥兒。」

「那裡不是有一棟大宅？莫特曼莊園？」

「那是老陵墓。」司機說：「在同一個家族手上保有了很多年，但他們從沒拿它做些什麼。」

「是多貝爾家族吧？我聽說他們擁有很多名畫。」

司機又吸口氣，沒在寶物收藏這個話題上多談。「我不懂藝術。」

「你知道多貝爾酒館嗎？那裡是我的第一站。」

這家當地旅館，是莫特曼莊園附近唯一可以投宿的地方。瑪莎已經打了電話幫他訂房間。為了自娛，她在電話上假裝是他的妹妹。

「我從沒進去過。」他重重地吸口氣。「看來你不是本地人？」

「其實，我就是約克郡人。」雅各對司機暗指他來自柔軟的南方感到惱火。「我來自約克郡西區，不是北區。在阿姆利土生土長。」

「是里茲嗎？」

司機的口氣，彷彿那裡跟海參崴一樣遙遠而且不可知。他陷入了沉默，雅各也沒再打擾他。

對雷吉・維克斯來說，剩下的比賽在一片模糊中度過了。記分牌喀啦作響，但他不予理會。當獅子覺得有必要提醒每個人自己的存在時，他甚至沒注意到從涼亭遠側那個看不見的峽谷偶爾傳來的咆哮聲。

* * *

薩姆爾爵士的球隊，依靠的是一位如鐵匠般強壯的園丁做出的侵略性擊球。他把球打到球場的四個角落，而儘管三柱門經常崩塌，但他還是帶領球隊取得了勝利。雷吉在外野徘徊，不小心讓一記猛烈的擊球穿過自己的腿間、到達邊界，這讓惠特洛少校很不高興。

路路・摩根斯的死徹底撼動了他。他們是在氏族俱樂部認識的，而他們的最後一次互動是以不愉快的方式結束。路路和杜德一樣不守信用，他們還曾因為杜德愛上雷吉而發生爭吵。摩根斯被謀殺，這可能純屬偶然。也許他只是在錯誤的時間出現在錯誤的地點？蘇活區到處都有壞人，很容易被他們盯上。但雷吉擔心這起犯罪事件另有隱情，暗藏著一些他不明白的事情。他知道的程度已經夠讓他害怕了。

「接住！」

特納的投球一直遭到嚴厲懲罰，他投出的一記美味的慢球被園丁以一貫的活力擊出。球被他的球棒上緣擊中，並沒有飛過邊界，而是誘人地以高拋物線墜向中場。

易容者隊的外野手們已經分散，雷吉最適合接球。彭寧頓的怒吼把他從沉思中拉了出來。他在紅球下方調整位置。球花了很長的時間才從天上掉下來。他以傳統方式捧起雙手，但球擊中了他的手時勁道過猛，結果他把球掉在地上。他隊友們的不悅驚呼勝過言語。他撿起球，扔回給守門員時，他的手掌感到刺痛。但他這記瘋狂投擲，害隊伍被額外拿下兩分。

「抱歉。」他喊：「被陽光刺到眼睛。」

「運氣不好。」特納淡定道：「下次接住就好。」

他們倆都知道不會再有下一次了。雷吉不只是漏接球而已，而是害球隊輸掉整場比賽。

他不敢看向隊長。惠特洛少校不是寬恕人的類型。

＊　＊　＊

一條狹窄的小路從海岸公路穿過田野和林地，通向莫特曼。這個小村莊由散落的小屋、一個小郵局和一家商店組成。多貝爾酒館是小路前的最後一棟建築，小路在一片灌木叢後面彎曲，消失在視線之外，通向莫特曼莊園。旅館的招牌上有一塊被風雨侵蝕的彩繪招牌，上面有一個幾乎無法辨認的盾徽。雅各給了司機小費，建議他去阿姆利觀光旅遊，然後大步走進旅館，手裡抓著手提箱和《號角日報》。

這家客棧裡只有一間酒吧。天花板低矮，地板塌陷。這裡有一個壁爐，裡頭堆著未點燃的柴火。除了一位在櫃檯上按鈴的顧客之外，這裡空無一人。他腳邊放著一個行李箱，一手拿著相機包，脖子上掛著一副雙筒望遠鏡，外套口袋裡露出來一張英國地形測量局繪製的地圖。

雅各原本決定不使用假名。他會告訴任何隨口詢問的人，說他正在暫時擺脫工作壓力。如有必要，他會暗指自己精神緊繃、渴望平靜。考慮到莫特曼缺乏旅遊景點，他決定說自己是來這裡賞鳥。這個地區不乏有羽毛的朋友，海鷗之類的。他帶了筆記本、筆和相機來佐證他的說詞，但沒想到會碰上一位真正的鳥類學家。看到那副雙筒望遠鏡，他不禁停下腳步。他忘了帶望遠鏡，雖然他本來就沒有這種東西。

男子轉過身，透過厚鏡片的方框眼鏡狐疑地看著他。雅各覺得臉頰灼熱。他的打扮和臉色都受到仔細檢查，並被發現有缺陷。他悶悶不樂地心想，自己看起來太平凡了。他只是個不太出名的倫敦記者。

「午安。」男子說。

他的嗓音沙啞，帶有蘇格蘭口音。他的頭髮是一種難以形容的沙色，山羊鬍也一樣。要不是現在學校還沒放假，雅各會以為他是來度假的校長。

「午安。」雅各來到男子旁邊的櫃檯前，把手提箱放在腳邊。「等很久了？」

「等了四分半。」他再次搖鈴。

這個拘謹而精確的傢伙，看起來就像那些喜歡揭發別人出軌的老學究。雅各決定不聲稱自己在鳥類學領域有任何專業知識。不賞鳥，在約克郡海岸還能看什麼？他飛快思索。這裡的景觀很古老。也許是侏羅紀？他要假裝對化石感興趣。

一個穿著襯衫的老人從吧檯後面的門裡走出來，皺眉看著他們。「好啦，好啦。誰先來的？」

「赫普頓先生？」望遠鏡男說。

「沒錯。」

「記得我嗎？」

「也許。」房東說。

「印威內斯。我叫西登斯，來自印威內斯。你可能還記得，我以前住過這裡。你的嫂子和你迷人的侄女還好嗎？」

「也許。」

「我訂了兩晚的附樓房間。」

房東把一本破舊的留言簿推過櫃檯。西登斯簽名時，雅各好奇怎麼會有人想回到這裡。多貝爾酒館的賞鳥條件想必不是最好的。也許這裡真正吸引人的是那位「迷人的侄女」。

他打呵欠。疲勞正在追上他。他把《號角日報》放在吧檯上，又偷偷看了一眼頭版上的故事。像雷諾瓦那樣的名畫家，在欣賞自己最新的傑作時，是不是感受到辛勤工作的滿足感？

房東遞給西登斯一把大鑰匙，並說客棧的門會在晚上十點四十五分準時鎖上。西登斯看了一眼《號角日報》的標題，驚呼道。

「謀殺！我的天啊。」他咳嗽。「而且竟然是律師！這個世界怎麼會變成這樣？」

雅各勉強壓住一聲低沉的呻吟。他犯了一個重大錯誤。摩根斯的報導上註明著雅各的名字。

只要他在留言簿上簽名，旁人就能看出這篇報導是他今天寫的。房東可能會因為對顧客冷眼相看而不會注意到這點，但西登斯看起來就是那種好管閒事的人。他原本還想瞎掰說自己逃來莫特曼休息放鬆。

他含糊地說在外面忘了什麼東西，然後逃出了酒吧，留下西登斯用難以掩飾的狐疑眼神盯著他。房東依然一臉冷漠。

雅各把旅館的門用力在身後關上，咒罵自己粗心大意。昨晚，過度自信差點要了他的命，他卻還是沒學到教訓。他來這裡才五分鐘，自滿情緒就已經讓他引人注目。

一個對鳥類一無所知的賞鳥者，說要來休養卻還在努力工作的人。

謝天謝地，瑞秋・薩弗納克沒在這裡看著他因自責而扭捏不安。如果他想弄清楚李奧諾菈・多貝爾有什麼打算，就最好把皮繃緊。他來回踱步，直到確定西登斯已經回到自己的房間。

他最不想發生的事情，就是被發現是一名犯罪記者，被一個愛管閒事的人抓著詢問有關路易斯·摩根斯的謀殺案。

這就是人文故事的問題，他痛苦地告訴自己。這種故事就是會引起人們的興趣。

確信旅館裡已經安全時，他又回到室內。他的手提箱還在原處，但《號角日報》不見了，西登斯和赫普頓也不見了。雅各按了鈴，但這次過了四分半多的時間，主人才屈尊回來。

第二十章

「所以，什麼風把你吹來莫特曼？」

房東的侄女露西・赫普頓給雅各倒了茶，逗留了一會兒。他是她唯一的顧客。露西身材魁梧，一頭金髮，活潑開朗，有著迷人的微笑，而且喜歡廉價香水。他很快發現她喜歡八卦，尤其和一個年輕男人有關的八卦。她說，多貝爾酒館從沒有過任何貿易路線，因為沒有人在去某個地方的途中會經過這裡。這條小路在莫特曼海角結束，那裡只剩下坐落在懸崖頂上、陰暗古老的莫特曼莊園。

「我想放鬆幾天。惠特比和斯卡伯勒太多人了。我想要一點平靜。」

「你在這裡確實會得到平靜。你也是賞鳥人士？」

「不是。」他急忙道：「西登斯先生才是專家。」

那位鳥類學家沒出現，這讓他鬆了口氣。他最不想做的就是談論鳥類的生活。

露西嘆道：「他非常喜愛我們的羽毛朋友，他只在乎牠們。如果看到一隻黑喉鴝棲息在一小片金雀花上，他就會欣喜若狂。他告訴我，牠們的交配叫聲聽起來就像兩塊鵝卵石撞在一起。我告訴他，這叫做什麼人玩什麼鳥。」

她給了他一個暗示性的眨眼。雅各推斷，西登斯並沒有像她希望的那樣給她足夠的關注。他同情地嗯了一聲。

「他應該留意自己的腳步，而不是一直仰望天空。他在一小時前回來，一瘸一拐，像大老粗一樣呻吟，然後上床睡覺了。他在莫特曼海角的懸崖邊緣被絆倒，扭傷了腳踝。多貝爾先生的看護剛好在外面，所以幫他包紮了傷口。他真該感謝他的幸運星。他在那處懸崖原本可能摔斷脖子，或墜崖淹死，或摔斷脖子後再墜崖淹死。那裡離海面有相當的高度。」

「那些懸崖很危險？」

「如果走路不看路就很危險。懸崖上雖然有小徑可走，但你必須像山羊一樣小心下山。」

「我在這兒打算尋找化石。」

露西發笑。「那你可以從我的老叔叔身上開始找起。」

＊　＊　＊

薩姆爾爵士的部下慶祝自己的光榮勝利，啤酒在穀倉裡暢快地流淌，易容者隊則借酒澆輸球之愁。雷吉狂飲得好像今天是世界末日。大夥拍拍他的背，要他振作起來。每個人都會漏接球，這是球賽的一部分。但他們誰也沒意識到，他的痛苦並不是因為那個讓易容者隊付出慘重代價的失誤所造成。

他感到困惑失措，完全不知道下一步該怎麼辦。他認識的兩個男人在一星期內相繼被謀殺。他們的死怎麼可能是巧合？他知道吉爾伯特・佩恩有生命危險，這就是為什麼他尋求薩弗納克那女人的幫助。突如其來的第二起謀殺徹底撕裂了他的神經。自從杜德拋棄他後，他就沒有可以傾訴的對象。他不敢對任何同事透露祕密，更別提警察。他拒絕與瑞秋・薩弗納克交談，這是不是個錯誤？

問題是，這女人是個謎。他是在一場晚宴上聽聞她的名字。他乾爹的一個朋友，倫敦警察廳的局長，曾談起一位法官的女兒，說她的偵探技巧非常出色。不過葛弗雷爵士並不贊同外人干涉警方的命案調查。但瑞秋・薩弗納克並不是差勁的私家偵探，而是一名法官的女兒，擁有數不盡的財富，而且對謀殺案深感著迷。

發現吉爾伯特・佩恩還活著但有生命危險時，他便想起了她的名字。如果向警方討論這個問題，對他和吉爾伯特來說都太危險。他找到了薩弗納克那女人，並盡可能鼓起勇氣告訴她真相。聽完他不可思議的故事時，她的冷靜讓他感到既欽佩又反感，但她問了相當多問題，讓他相信她會盡力挽救吉爾伯特的性命。

他喝掉了剩下的啤酒，好奇自己是否太快避開她。一股邪惡而強大的勢力正在運作。瑞秋・薩弗納克能否以光明驅逐黑暗？

他能相信她嗎？

「你在想啥？」某人問他。

「我剛想起我忘了一件事。」

彭寧頓咯咯笑。「你的用詞自相矛盾啊，老頭。」

「我稍微失陪一下。」雷吉從椅子上起身。「內急。」

「下一場比賽是星期六，別忘了。你最好抓緊時間做一些接球練習。」雷吉擠過人群時，彭寧頓還在笑個不停。

＊　＊　＊

「多貝爾太太是個怪女人。」

「妳不喜歡她？」

露西清理完陶器後，回來拉了一把椅子坐下。雅各把話題引向了莫特曼莊園及其居住者。

「不是這個原因。」露西說：「而是她給我太多關注。」

雅各想起李奧諾菈在隱密氏族俱樂部唱著《她很可愛吧？》。「真的嗎？」

「你無法想像。」露西似乎想分享一個祕密但改變了主意。「而在這段期間，莫特曼莊園持續破敗。總之，她現在大部分的時間都在倫敦。」

「她在那裡做什麼？」

「聽說她在寫書。」露西陰暗地說。

「老天。」雅各說：「什麼樣的書？」

「竟然是謀殺案的審判。我媽說那些書很糟糕。我的鮑伯叔叔也討厭那些書，說多貝爾先生應該站穩立場，」她露齒而笑。「就算他只有一隻腳。」

「妳常見到他嗎？」

她搖頭。「他在戰爭中受了傷，那可憐的靈魂。他們說他不太像個男人，如果你明白我的意思。他有看護照顧他，但那些看護都待不了多久。莫特曼沒有任何東西會讓人想留下來。」

「妳留了下來。」

「二十二年。」她如夢似幻地說：「一輩子。因為我永遠不可能丟下我媽，所以我只能盡量在這裡找樂子。」

她把椅子移到他旁邊。清楚意識到她的存在，以及她令人窒息的香水味，他說道：「多貝爾夫婦是不是……？」

「你不會想聽我批評多貝爾夫婦。」她把一隻手放在他的膝蓋上。「那些上流人不是你我這種人，雅各。」

客棧的前門打開。雅各抬頭一看，看到兩個老人一瘸一拐地走向吧檯。他差點安心得鬆了一口氣。

「妳有客人。」他說。

「又有兩塊化石供你收藏了。」她咕噥。

他笑道：「今天累了一天，我眼睛都快睜不開了。」

她站起來，疑惑地看了他一眼。「你這樣健壯的年輕人也會累？你只是需要新鮮空氣。你只要打個盹兒，就能生龍活虎了。」

＊　＊　＊

雷吉注意到，薩姆爾爵士前一天晚上招待客人的撞球室裡有一臺電話機。他查看皮夾裡是否有拿張寫有瑞秋號碼的紙條，但沒找到。時間緊迫得令人惱火。他不希望自己的缺席引起評論。他打給接線員，要求接通。這花了很長時間，他在等待的時候，特納把頭探進了門。

「原來你在這兒，維克斯！少校在找你。」

雷吉滿頭大汗，摀住了話筒。「他有什麼事？」

「你不用對我發脾氣吧。」特納的口吻聽來受了傷。「不是跟板球有關。」

「抱歉，老頭。我還是因為漏接了那一球而有點緊張兮兮。」

「少校在亭子裡撿到了你的東西，至少他認為那是你的。他要你過去。」特納瞥向手錶。「如果你動作快點，就能在他們把湯送上桌之前回來。」

「我的東西？」

「好像是你弄丟的東西。」特納意有所指。

雷吉放下電話聽筒，低聲咒罵了一聲。少校撿到那張寫著瑞秋・薩弗納克的地址和電話號碼的紙條？他的字跡又大又稚氣，任何熟悉它的人都認得出來。也許他在換上白色板球服時，它從口袋裡掉了出來。可是少校為什麼要他去亭子裡見他？

答案只有一個：他想要一個遠離其他人的地方，一個他們不會被打擾的地方。少校打算盤問他關於瑞秋・薩弗納克的事情。

* * *

露西為化石送上啤酒時，雅各成功逃脫。他那狹小的房間在樓梯頂端。他打個呵欠，告訴自己他沒有對女孩撒謊，他是真的累了。外面天還亮著，時間尚早，但蘇活區那次冒險的餘波還在影響著他。

他脫得只剩背心和短褲，並鎖上門，以防萬一。露西對他來說很有吸引力，所以在理論上，與一個健康的年輕女子「嬉戲」的前景也對他來說很有吸引力。但他需要時間才能從蘇活區的倒楣事件中恢復過來。他躺在床上，很快就睡著了，直到臥室的門被敲響。

敲門聲持續了整整半分鐘，然後有人徒勞地震動門把。這都沒能吵醒他。

＊　＊　＊

雷吉從圖尼克利夫後側的落地窗溜了出去。這是個舒適的七月傍晚，陽光不再刺眼。他匆忙走向板球場，想著如何才能安撫少校，並希望自己沒有喝得太多。酒精帶來的短暫安慰已經被昏昏欲睡所取代，他的大腦即使在最佳狀態也很遲鈍，現在更是一片昏沉。

遠處，他瞥見那條車道，它蜿蜒穿過樹林，通往主幹道。他該不該逃跑，選擇懦夫的出路？活下來擇日再戰不是更好嗎？問題是，他無處可逃。他沒有別的辦法，只能靠一張嘴來擺脫困境。如有必要，他會跪下來請求原諒。他提供了多年的忠誠服務。任何人都可能犯錯。人都會犯錯。

他最好振作起來。少校很討厭等人。雷吉的呼吸變得急促，他加快腳步，越過山巒疊翠的杜鵑花叢。板球記分牌映入眼簾，接著是涼亭，它的茅草屋頂在斜陽下顯得格外美麗。一個高大挺拔的身影出現，從臺階上走下來。他站在界線邊緣，抱著雙臂，看著雷吉跑來。

「我如果遲到了，請原諒。」他喘氣。

惠特洛少校用完好的那隻手高舉著一張紙。果不其然，就是雷吉寫著薩弗納克那女人詳細資料的筆記。

「我們得私下談談，維克斯。」

「當然，長官。我完全明白。」他除了阿諛奉承之外還能怎麼辦？「私下談，遠離吵雜的人群。」

少校簡短地點個頭。雷吉心想，少校是不高興，但還沒氣到拔羽毛。他還有希望。他跟著少校沿著一條遠離亭子的草地小徑行走，穿過一片紫杉樹林，然後沿下坡道來到一塊岩石地。他們前方是一堵及膝的磚牆，俯瞰這片景觀的一角。少校大步向前，坐在矮牆上，面對雷吉。他揮手要雷吉坐在一旁。

「我熟悉薩弗納克小姐的名字。」他以閒聊的口吻說：「但我對這個女人知之甚少。跟我說說你和她的關係。」

「其實並不多，長官。」雷吉以輕鬆的口吻說道，畢竟他們倆都是飽經世故之人。「她出身良好，是個法官的女兒，而且說真的，貌美如花。我乾爹的一個朋友跟我提到她。」

「原來如此。」

雷吉並不是個老練的騙子，所以說真話才是最安全的路線。但麻煩的是，他不知道少校知道多少，或可能猜到多少。如果其實有人看到他進入岡特屋，那麼「否認見過那個女人」就是危險的做法。雖然他相當確定他去岡特屋的路上沒有被跟蹤，但小心駛得萬年船。

「她有一次邀請我去她家。她其實是很宅的類型，不是喜歡閒逛、聚會之類的女孩。我們喝著茶，聊這聊那……」

「你們聊了什麼？」

雷吉撫摸下巴。「偷偷告訴你，我發現跟她聊天其實很不容易。她不喜歡閒聊。而且事實證明，我跟她之間很少相似之處。她最熱衷的東西竟然是藝術。她的牆上裝飾著最駭人的現代藝術品。至於板球，我猜她八成分不清慢球和觸身球的區別。」

他大膽地做出了男人對男人露出的那種竊笑，但少校的表情沒有任何變化。這傢伙完全沒有幽默感。

「有沒有提到吉爾伯特・佩恩？」

「佩恩？」雷吉吐口氣。「老天，當然沒有。她才剛來倫敦不久，他的名字對她來說毫無意義。」

「你們完全沒提到他？」

「真的沒有，長官。」雷吉不喜歡直接撒謊，但別無選擇。「永遠不要公私不分，這是我的座右銘。而且偷偷告訴你，跟瑞秋・薩弗納克的會面並不是很有趣。我無意誹謗一位女士，但她是一條冰冷的魚。我決定不再和她往來。」

惠特洛少校皺眉。「我不相信你。」

「說真的，長官，你這話有點武斷了吧？」雷吉開始站起。「俗話不是說『君子一言九鼎』？」

「坐下。」雷吉乖乖坐下。「那麼路易斯・摩根斯呢？你在他身邊也同樣謹慎嗎？在隱密氏族俱樂部和天知道什麼地方？」

雷吉感到反胃。他原本希望少校對他生活的這一面一無所知。該死的，一個人在私人時間裡做什麼應該與別人無關吧。

對他而言，這只是宣洩壓力的方式而已。總有一天，他會安定下來，過著乏味而體面的生活。

他會娶個好女人，或盡他所能娶個好女人，養幾個孩子，讓他們接受良好的教育。他只需要別人給他一個機會。

他是放浪過沒錯，但可以從頭來過。就因為犯了一、兩個錯而被迫害，這是不公平的。任何人都可能在正路上摔一跤，正如任何人都可能漏接球。

瞥一眼惠特洛少校冷漠的表情，他就知道自己早就猜到答案。發脾氣不會對他有任何好處。向少校的慈悲心求饒也無濟於事。少校根本沒有慈悲心。

「我跟摩根斯幾乎不認識，長官。」

「聽說他死了的時候，你的臉色蒼白如紙。」

「這個嘛，當然……」

「別虛張聲勢，維克斯，這對你沒好處。」少校用鐵爪輕敲雷吉的膝蓋。動作輕柔，但鋒利的指尖刺痛了他。「你跟瑞秋・薩弗納克說了什麼？」

他不知如何是好。「我……我可能有提到佩恩，長官。」

「他是你在隱密氏族俱樂部的老朋友吧？你聽說他還活著並計畫返回英國時，你擔心他的安全。」

「我當然會擔心，長官。」雷吉勇敢地試著恢復自己的尊嚴。「我當時希望……」

「你的工作或許平凡，卻是高度機密。」少校的語氣變得強硬。「你有沒有違背神聖的信賴？」

「長官——」雷吉陷入困境。「我沒有提及名字，也沒有透露任何實質內容。」

少校的眼睛盯著他。

雷吉徒勞地尋找一絲憐憫。他困惑地看著對方突然彎腰從地上撿起一塊鵝卵石。他把它拋向身後，越過了牆。它掉落時發出微弱的喀啦聲。

下方傳來一陣憤怒的咆哮。

雷吉調整位置，看到牆壁將草地小徑與懸在山溝上方的一塊厚岩石隔開。野獸回到陰影中時，他瞥見了牠蓬亂的鬃毛。牠被打擾了睡眠。看來這就是野生動物被允許自由漫步的地方。感謝老天牠們逃不出去。

「你在說謊。」少校說：「你不覺得嗎，彭寧頓？」

雷吉再次猛地轉頭，看到彭寧頓龐大的身軀從樹林中出現。他肥大的右手裡拿著一把活動扳手。

「他恐怕一直在睜眼說瞎話，長官。」彭寧頓的和藹可親徹底消失。他的冷酷像扳手一樣擊中雷吉。

山溝裡，獅子再次咆哮。

「我……我會告訴你一切。」雷吉結巴。「我很喜歡吉爾伯特，非常喜歡。當我發現……他如果回到英國就會有危險時，我很不安。我真蠢。」

「非常蠢。」彭寧頓說。

「我當時非常想救他。我沒跟警察談過，我發誓。但我以為薩弗納克那女人……無論如何，這是一個錯誤。她什麼也沒做，而吉爾伯特死了。」

「他從火車上掉了下來，不是嗎？」彭寧頓說：「純屬意外。」

「如……如果你這麼說。」

「意外確實會發生。」彭寧頓說：「而且你喝太多了，雷吉。你大意了。你今天下午的漏接只是其中一個。」

雷吉驚慌失措。

他從牆上跳下來，打算逃跑，但少校動作更快，鐵爪砍中他的後頸。雷吉倒地，因震驚和痛苦而嗚咽。

「別擔心，長官。」彭寧頓說：「鐵爪的痕跡看起來會跟獅子造成的痕跡差不多。來吧，維克斯，堅強點，不要讓這件事變得不必要地麻煩。」

他把雷吉舉起來，輕鬆得就像卸下布加迪跑車裡的行李。

「救命啊！」雷吉尖叫。

他試著掙脫彭寧頓肌肉發達的手臂。但這裡沒人聽見他的聲音或幫助他，只有少校、彭寧頓和山溝裡的動物。

彭寧頓把他舉過突出的岩石，丟了下去。

雷吉撞到陡峭山溝時尖叫，然後他的腦袋撞到底部崎嶇不平的石地上。

獅子從陰影中出現時，他已經失去知覺。

第二十一章

「真美好的一天。」雅各說。

陽光透過多貝爾酒館的窗戶照射進來，可惜早餐很平淡。西登斯是唯一的另一位客人，獨自坐著。他把雙筒望遠鏡、地圖和手杖放在小桌子對面的椅子上，以阻止任何人加入他。

他用脾氣暴躁的咕噥來回應雅各的客氣寒暄，然後喝完了咖啡，掙扎著站起來。他把體重壓在受傷的腳踝上時皺起眉頭，然後他一瘸一拐地走向後門，門外通向一間很小的附屬建築。

出去的時候，他經過了赫普頓太太，她是一位身材矮胖、金髮已經變白的女人。她說出一聲愉快的「再見」，但沒能得到回應。她遞給雅各一盤肥香腸、油膩的雞蛋和炸麵包。

「睡得好嗎？」

「睡得跟木頭一樣沉，感謝關心。」

他並不後悔自己的決定：不對露西給他的關注做出熱情回應。在蘇活區經歷過那一夜之後，一場漫長、不間斷而且無夢的睡眠讓他受益匪淺。

「這是你第一次來莫特曼？」

他邊吃邊解釋說他想離開塵囂幾天，沒說他究竟想遠離什麼樣的塵囂。赫普頓太太說，她聽說他打算去尋找化石。

「菊石。」他輕快地說，暗自祈禱赫普頓夫人對化石的瞭解甚至比他還少。「很……呃……令人著迷的東西。」

赫普頓太太含糊地笑了笑，他向她詢問了多貝爾夫婦的情況，但沒獲得任何新情報。她問起他今天的計畫時，他說他會在村裡買一份報紙，然後在半島上走走。

「如果你願意的話，可以看看我們的報紙。」她殷勤地說：「是《證人報》。」

「謝了。」他試著不對她的品味表達蔑視。「這對我來說挺新奇的，因為我平時是看《號角日報》。」

他很慶幸沒透露自己是一名記者。赫普頓一家對客人並沒有表現出多少好奇心。他猜他們都沒看他昨天放在櫃檯上的那份報紙上的報導。對莫特曼的人來說，蘇活區的一起謀殺案大概就跟夏威夷的颶風一樣無關緊要。

過了一會兒，她回來把報紙遞給他。她那張悅、憔悴的臉龐顯得陰沉。

「圖尼克利夫發生了很糟糕的事。這個世界怎麼會變成這樣？好可憐的人。竟然被獅子吃掉了！」

雅各瀏覽頭版，胃裡一陣翻騰。他的清晨睡意徹底消失。狼吞虎嚥地吞下油炸早餐是一個錯誤，他現在覺得反胃。

得知鄉村莊園裡有一群獅子遊蕩，這已經夠令人吃驚。但獅子吃了雷吉・維克斯的這個消息，更是讓他想吐。

《證人報》對這人的命運的血腥描述，幾乎完全缺乏新聞報導應該為讀者留下的想像空間。要不是他知道《號角日報》也會以同樣方式描寫此事，這份報導的驚悚程度會讓他萬分震驚。

看來，那個告訴瑞秋關於吉爾伯特・佩恩的事情的人已經死了。他悲傷的朋友們告訴《證人報》，他們在一場板球比賽後都喝了酒。雷吉比任何人都更熱情地慶祝，儘管他是輸掉的那一邊，但這只是更加表明這傢伙是多麼優秀的運動員。悲痛的球隊隊長對雷吉的熱忱和忠誠發表了感想。

那位隊長是惠特洛少校。雅各最後一次見到那人的時候，對方在老貝利街作證。克萊夫・丹斯金的救星。

丹斯金將於今天晚些時候抵達莫特曼，與李奧諾菈・多貝爾和瑞秋・薩弗納克一起參加家庭聚會。

儘管整個早上都很溫暖，雅各還是感到一陣寒意。

＊　＊　＊

「維克斯昨晚死了。」楚門說。

瑞秋和楚門一家很早就出發了，儘管天氣晴朗引發出遊人潮與交通堵塞，但他們在「北方大道」這條公路上還是取得了出色的進展。這對他們來說是一次難得的郊遊，大夥心情都很輕鬆。瑞秋和瑪莎都穿著短得大膽的背心裙。海蒂說她們倆可能會被以為是姊妹，瑞秋回答說瑪莎對她來說不僅僅是姊妹。他們在約克附近的一家路邊小酒館停下來休息，楚門出去找到報紙後回到他們的桌位。

瑞秋放下刀叉。「他們對他做了什麼？」

他舉起頭版，亮出標題：**板球員在動物園慘案中被發現死亡**。

「這是一起令人震驚的事故——如果當局的說詞能信。」他說。

「能信才怪。」瑞秋說：「說下去。」

「事情發生在昨天晚上，在圖尼克利舉行的一場板球賽結束後。他當時為易容者隊效力。他向妳提到的那支隊伍，隊長是惠特洛少校。球場湊巧離莫特曼莊園不算遠。」

「幾週前，圖尼克利夫的主人在《每日電訊報》上吹噓了他的私人動物園。我猜易容者隊的靈感來自於將工作與娛樂相結合。板球與謀殺。」

楚門假裝拍手。「警方認為我們那位朋友慶祝得過頭了。他晚上出去醒醒腦袋，結果掉進了獅子漫步其中的峽谷。」

「真粗心。」

「酒精是主要的罪魁禍首。他的朋友們意識到他失蹤後，組成了一支搜索隊。他們發現他時，他身上已經沒多少能辨認的肉塊。」

瑞秋皺眉。「他們想必已經向他表示悼念？」

「很悲悽。維克斯是一位一流的公務員，將被深深緬懷。」

「換句話說，他是一個已經失去用處的棋子。」

「他們取消了與圖尼克利夫隊的復仇賽，以示尊重。」

「挺大的犧牲。」

「他們究竟在玩什麼遊戲？」瑪莎問。

「我們很快就會知道。」瑞秋說：「在莫特曼莊園。」

＊　＊　＊

他們約好在莫特曼郊外兩哩處與雅各見面。幻影轎車停下時，他坐在草地邊。太陽已經下山了，他剛剛結束了一場即興的野餐。

「你聽說了維克斯的事？」瑞秋問。

雅各點頭。「我原本打算僱一輛計程車去圖尼克利夫，為《號角日報》寫篇報導，然後……」

「你忘了一件事。」她說：「維克斯的死據說是一場意外，但你是報導犯罪案件的記者。」

「這能給我一個四處嗅探的機會，看看惠特洛少校和他的朋友們在搞些什麼。」

「你在蘇活區已經惹夠多麻煩了，別再給他們拿動物當刺客的藉口。你最後搞不好會被犀牛刺穿，或被大象踩扁。也可能先被刺穿再被踩扁。」

「或是被蟒蛇咬。」瑪莎如夢似幻地說：「也可能被鱷魚嚼碎。」

雅各吐口氣。「我可能還是待在莫特曼比較好。」

「很好。」瑞秋說：「你還是有些學習能力。接下來，你有沒有蒐集到關於莫特曼莊園和多貝爾夫婦的任何新情報？」

「不多。」他大致說明了自己最近的狀況。「李奧諾菈不太受歡迎，她的丈夫也是一個被人可憐的對象。這其實都算是在預料之中。我去尋找化石的時候會留意周圍。」

「腹足類還是雙殼類？」

他眨眨眼。「我是業餘愛好者，不是專家。」

「初學者。」她一瞥手錶。「我們該走了。我很想看看莫特曼莊園。」

「我的尋找化石之旅肯定很快就會帶我走那條路。」他輕快地說。

瑞秋搖頭。「總之小心別從懸崖上掉下來。」

＊　＊　＊

「莫特曼莊園。」

楚門駕駛幻影轎車繞過最後一個彎道，慢慢停下來；車轍痕跡伸向一個大門，其兩側是兩根古老的石柱，上面是歷經風吹雨打的鳳梨造型裝飾。這趟漫長的旅程快結束了。他們正在接近半島的頂端，莫特曼海角。

通往莫特曼莊園的道路是一條椴樹大道，這些樹被一百年來的強風吹彎。房子在前方若隱若現，屋頂和煙囪的稜角被燦爛藍天襯托出輪廓。維多利亞時代的哥德式盛宴，城垛、尖塔和塔樓的奇特組合。常春藤在憂鬱的灰色石頭上爬行。即使在陽光下，莫特曼莊園也顯得單調而憂鬱。

「真邪門兒的地方。」海蒂・楚門坐在車的前座，旁邊是她丈夫。「搞得我脊背發涼。」

幻影沿著蜿蜒的車道行駛，能欣賞到海角兩側的海景。他們瞥見一座圓頂圓形建築潛伏在一叢榆樹後面。那裡有一個廢棄的網球場，裡面長滿了蕨菜，還有一個高高的鴿舍，骯髒的油漆斑駁剝落。車子靠近一片雜亂的碎石停車場時，莫特曼莊園投下一片不規則的巨大陰影。

「終點。」車子停在山牆式門廊前時，瑞秋的眼睛閃閃發亮。血紅色的秋海棠從入口兩側的大甕中溢出。

「妳很興奮吧？」她的哥哥和嫂嫂爬下車時，瑪莎低聲說道。

「這就是我活著的目的。」瑞秋呢喃。

「追逐的快感？」

「這是狩獵所帶來的無可避免的快感。」她哼了《你認不認識約翰・皮爾？》的一、兩小節。「從查看足跡到發現獵物，從發現獵物到看到獵物。妳也知道結局。」

瑪莎看著她。「從看到獵物到殺掉獵物……」

＊　＊　＊

「希望妳的房間讓妳滿意。」李奧諾菈・多貝爾在老宅的前廳對瑞秋說道。

「景色非常壯麗。我們就在大海的上方。」

李奧諾菈好奇地看著她。「這裡會不會讓妳想到妳長大的那座島？」

「岡特島上沒有懸崖。」瑞秋說：「只有滑溜溜的岩石，被險惡的水流包圍。平時與大陸隔絕，除非退潮。」

「妳想念那兒嗎？」

「老法官死後──」瑞秋說：「我很慶幸能離開那裡。」

李奧諾菈帶她參觀了主要的房間。圖書室很大，藏書豐富，有一排排古老的皮革裝訂書籍，不過書架上也展示了李奧諾菈的影響力。威廉・魯希德的完整作品以及一系列著名的《著名的英國審判》都在其中。瑞秋拿出一本關於奧斯卡・史萊特案的書，迅速翻閱。

「謀殺案總是讓我著迷。」李奧諾菈說：「出於顯而易見的理由。」

「妳是在戰後才開始寫關於謀殺案的書。」

「我花了很長時間才從失去父母的打擊中恢復過來。」李奧諾菈說：「我變得孤僻。我那時候很想上大學，但那是不可能的，所以我是靠自學。」

瑞秋把書放回原處。讓這個女人敞開話匣子吧。兩人之間的相似處雖然令人驚奇，但更讓她好奇的是彼此間的差異。

「我找到了一份當老師的工作，但小孩子實在讓人難以招架。我全身上下沒一根母性的骨頭，我也討厭當老師的每一分鐘。」李奧諾菈閉上眼睛，回憶當年。「我有好幾年的時間身體很差，收入方面也只是勉強糊口。我父親的遭遇讓我對司法不公產生了興趣，於是我採用了史萊特貝克這個名字。戰後，我在這裡安頓下來，手上有時間的時候，我得以實現長久以來的抱負，開始寫一本書。」

她們穿過前廳，走進一條長廊，裡面有大理石壁爐、幾張破舊的切斯特菲爾德椅子，還有狹窄的彩色玻璃窗，只透進很少光芒。深綠色的牆壁上掛滿了鍍金框的畫作。

「我們依然擁有幾幅最美的約克郡風景畫。」李奧諾菈說：「雖然已經拍賣掉了十幾幅。」

「妳丈夫對此一定很心碎吧。」瑞秋呢喃。

李奧諾菈繃緊嘴巴。「菲利克斯的祖父在世紀交替之際去世，他父親則死於戰爭結束時。一個世代之內被徵收了兩筆遺產稅。這個國家總是以共產主義的熱忱沒收地主的資本。菲利克斯從受傷後就一直是隻家鴿。他想在莫特曼度過餘生，我也是，但做人總得務實點。我們在僱用幫傭方面盡可能節省開支，這一點在妳入住期間也將顯而易見。但這樣還不夠。我們別無選擇，只能變賣家族資產。」

「妳丈夫接受了必須出售畫作的事實？」

「他每次抱怨時，我都會提醒他，他的祖父阿拉里克是個揮霍無度的人，賣掉了大片土地。奧斯溫，他的父親，也沒好到哪去。有一段時間，本地所有農民都是多貝爾家族的佃戶。這個莊園已經縮小到只有原來規模的一小部分。我只是把古老的家庭傳統傳承下去。」

瑞秋在一幅暮色下的莫特曼莊園的畫作前停步。畫家捕捉到了這座建築的陰森氣氛和位處懸崖的偏遠，精湛的細節與生動色調的結合讓人一目了然。

「霍爾曼・亨特。」

「他曾作為阿拉里克・多貝爾的客人住在這裡，在探索約克郡海岸時為阿拉里克畫了畫，以回報對方的熱情款待。」

李奧諾菈指著一幅肖像，畫上是一個穿著長袍、高個子、鷹勾鼻的男人。他的舉止顯得出眾，但棕眼裡有一種心不在焉的神情。

「阿拉里克在晚期失了智。這個家族有精神不穩定的歷史。這幅肖像早在其他人意識到之前就暗示了他的衰落。」

「畫家的診斷。」瑞秋呢喃：「真神奇。」

李奧諾菈微微一笑。「米萊來到這裡的時候，為菲利克斯的父親畫了肖像。」

奧斯溫・多貝爾的肖像掛在壁爐對面。瑞秋看到一個中年男人靠在椅子上，有著金色頭髮和家族的眼睛和鼻子。畫家捕捉到了一種被壓抑的能量。他眼中閃過一絲惡作劇的光芒，表明他正準備斥責米萊讓他坐了這麼久。

「妳見過菲利克斯的父親？」

「我來到這裡時，奧斯溫已經年老並患有關節炎。但以維多利亞時代的人來說，他的心胸非常寬廣。我覺得我們之間好像有一些共同點。」

「例如菲利克斯？」

「我不是這個意思。」李奧諾菈冷冷地說：「不，我和奧斯溫都蔑視傳統。我們根據人們的行為來評判他們，而不是他們的出身。」

「妳聽起來很苦悶。」

「誰不會苦悶？」李奧諾菈蒼白的臉頰漲紅了。「很多時候，我告訴自己，如果我父親當年殺了我母親，而不是成為另一個受害者，我的處境也不會更糟。在我改名之前，我覺得自己像個社會邊緣人。人們在背後議論我。有時候他們就在我聽得見的範圍內聊我是非。我不知道我的人生該做什麼。然後戰爭來了。我從未夢想過從事護理工作，但它給了我一個使命。」

「在這座莫特曼莊園。」瑞秋說。

「有數以千計的人在法國受傷，普通醫院不堪重負。像莫特曼這樣的鄉間別墅因此被徵用。我住在約克郡北區，並加入了當地的志願援助支隊。我被派來這裡幫忙。菲利克斯的妻子是主婦。她是一個嚴格的人，這種個性在家族中流傳。奧斯溫身體虛弱，他的兒子們都在法國。與戰壕的生活相比，我們所經歷的一切算不了什麼，但狀況一片混亂。除了一位快失智的老醫生之外，莫特曼沒有人是醫學專家，但我發現我在照顧那些承受著巨大痛苦的人，那是我以前從沒做過的工作。後來……」

「菲利克斯成了妳的傷患？」

李奧諾菈呻吟。「和奧斯溫一樣，我不太在意別人的想法。我是外地人，村裡的人一直對我持懷疑態度。如果妳相信本地的八卦，那我嫁給菲利克斯就是為了多貝爾家族的財產，或者該說剩下的財產。不然一個女人為什麼要嫁給一個比她年長，而且殘障得無可救藥的男人？」

她雙手扠腰，挑釁地盯著瑞秋。「我向來不是一個淚眼汪汪的浪漫主義者。」

瑞秋回視她。「我相信妳不是。」

「我無法否認我對舒適生活和尊重的渴望。」她好像在自言自語。「我接受菲利克斯的求婚，是因為我必須向前看，而不是向後看。妳明白嗎？」

「沒錯。」瑞秋輕聲道：「我完全明白。」

李奧諾菈撇過頭。「如果妳想知道的話，那我告訴妳，我沒忘記妳父親對我犯下的嚴重錯誤。老法官做出的總結非常惡劣。但我很清楚妳和他很不一樣。」

「沒錯。」瑞秋重複：「非常不一樣。」

＊　＊　＊

「而這位是我老公，菲利克斯。」

莫特曼莊園的繼承人弓著背坐在浴椅上，由幾塊枕頭支撐，唯一一隻膝蓋上蓋著格紋毛毯，身上穿著一件已經過時的方格花紋睡袍。他身後站著一位戴著白帽、身穿圍裙的看護。他身體虛弱，滿臉皺紋，頭髮花白，從條紋睡衣袖子裡伸出來的胳臂瘦得令人心疼。他的臉布滿皺紋，指甲被咬得只剩一小片。這位曾經離開莫特曼、前往燈火輝煌的倫敦的花花公子早已不復當年。

瑞秋握著他爪子般的手時，注意到它在顫抖。這個人的生命還剩多久？他三十幾歲時，被那枚德國砲彈永遠改變了人生。他現在看起來像七十歲。

「很高興見到你，多貝爾先生。」

「叫我菲利克斯就好。」他無力的手揮了揮。細弱沙啞的嗓音中殘留著魅力的痕跡。「法官的女兒，嘿？和我心愛的妻子一樣對謀殺案有同樣的癮頭？」

「我對此認罪並希望獲得寬恕。」瑞秋說：「謝謝你忍受我的打擾。莫特曼莊園的位置非常好，坐落在海上。」

「哈！當我還是個孩子的時候，我們失去了花園的一角。在一片草坪上，我哥常帶著我來回走動，假裝我們是士兵。」

他的高亢笑聲變成一陣咳嗽。他擤了擤鷹勾鼻，看護拍拍他的背。

「好了，別太興奮了。」她朝他失去的那條腿的方向看了一眼。「你以前當兵也當夠了。現在好些了嗎？」

「是的，是的。」病人說：「這位是我的看護，伯妮斯・寇普。天知道她是怎麼應付我的，嘿？」

他咯咯笑，一種狂野的、不理性的聲音。看護處之泰然，毫不在意。

「妳好嗎，薩弗納克小姐？」

兩人握手。伯妮斯・寇普看似大約三十五歲，黑髮，身材魁梧。她五官平淡，表情嚴肅，手上沒有戒指。目前為止，她甚至沒看李奧諾菈・多貝爾一眼。

「這是一個美好的下午，菲利克斯。」他太太說：「你何不出去散散步？」

菲利克斯的眼皮抽動一下。看護抓住輪椅，為他做出答覆：「我們在懸崖上待了一刻鐘，不是嗎，菲利克斯？可是天氣太熱了。來吧，午睡時間到了。」

她二話不說，推他離去。李奧諾菈帶著毫不掩飾的敵意目送她。

「她像對待孩子一樣對待他，還為了自己方便而把他推來推去，」她咕噥：「總之，這樣的陽光不會永遠持續下去。雷雲正朝這邊飄來。我們去庭院轉一圈吧。」

她沒等候答覆，直接走過門，伸手遮住刺眼的陽光。瑞秋跟著她出去，從手提包裡掏出一副珍珠框與皮革繫帶組成的墨鏡。

「妳不喜歡寇普護理師？」

李奧諾菈悶哼一聲：「她在這裡只待了六個月，我已經覺得漫長得就像一輩子。菲利克斯很寵愛她，她昂首闊步地走來走去，彷彿這個地方是她的。真不懂得禮貌。妳有沒有聽到她對我老公直呼其名？至於她關於護理的想法，都很可笑。」

「是嗎？」

「我丈夫除了失去一條腿之外，還患有多種疾病。癱瘓、心臟虛弱、憂鬱。他的健康狀況不斷惡化，精神也日漸衰弱，但他很固執，不打算乖乖等死。我相信只要得到正確的照顧，他還能再撐一陣子。」

「妳不認為伯妮斯・寇普關心他？」

「喔，她確實關心他，在某種程度上。」她指向左手邊。「這裡，瑞秋，我們走圓形路線。」

「妳懷疑菲利克斯對她有好感？」瑞秋問。

「我丈夫向來眼神飄忽。他寵愛他所有的看護，這個女人也不例外，但他已經很久不是溫文爾雅的紳士了。除了視姦之外，他什麼也做不了。」她的笑容帶著諷刺。

「菲利克斯娶了一個護理師，這已經足夠了，妳不覺得嗎？」

兩人沿著一條小徑行走，這條路通向一個有圍牆的花園。花園的門關著，把手生了鏽。牆壁上長滿青苔，灰泥剝落。

「這對妳來說一定很不容易。」瑞秋說。

「我已經制定了一個權宜之計。如今，我大部分時間都在倫敦度過。當然，這裡這些環境確實很美。每天晚上，我都會在太陽下山前繞著庭院轉一圈，單純地欣賞這個地方的狂野之美。不幸的是，我丈夫愛發牢騷，而且越來越不理智。我也不怪他。那場戰爭撕裂了他，就是字面上的意思。他能撐到現在真是一個奇蹟，但這並不容易。隨著日子一天天過去，他的每個看護都變得沮喪又不耐煩，受夠了菲利克斯，也受夠了莫特曼莊園。」

「伯妮斯・寇普看起來並沒有不耐煩。」

「我猜她很快就會離開。她向其他傭人吹噓她英俊的男友，儘管他們連他的鬼影子都沒見過。」李奧諾菈嘴角下垂。「不幸的是，她對她愛人的神祕感，讓我相信他只是她過熱的想像力的虛構人物。」

在圍牆花園之外，海角的頂端，一棵樹也沒有。土地縮小成一個尖端。她們能聽到大海，聞到鹹水味，看到蔚藍的海水在下方兩側延伸。

「美得令人嘆為觀止。」瑞秋說。

「在天氣好的時候真的很美。」李奧諾菈說：「但霧氣瀰漫，天寒地凍，海風拍打岩石時，莫特曼海角就像北極一樣熱情好客。看到那條痕跡沒有？」

她指向場地的鋸齒狀邊緣。「幾年前，在一場暴風雨中，發生了土石流。四分之一英畝的土地被沖進海裡。我們兩邊的海灣對一日遊的人來說沙質不夠厚，對游泳的人來說水流太危險。我們偶爾會看到徒步旅行者，或賞鳥者，或業餘地質學家。除此之外，我們從不被打擾。湧向斯卡布羅和布里德靈頓的人群對我們敬而遠之。一群海豹以前會上岸生崽，現在就連牠們也拋棄了莫特曼。」

「和平與寧靜。在這亂世之中，這裡宛如仙境。」

「人跡罕至也有缺點。想找到有能力的員工幾乎是不可能的。在他們經歷了東海岸的冬天之後，想留住他們就更難了。有這麼多男人失業，妳可能會以為雇主會掌握大權，但事實並非如此。我只付得起微薄的薪水。優秀的幫傭能在斯卡布羅或惠特比的大宅裡找到更好的工作。優秀的看護也是。」

「寇普護理師呢？」

李奧諾菈吐氣。「本地那位庸醫縱容她，但他是個傻瓜。所以菲利克斯經常服用天知道什麼藥物。鴉片、印度大麻、天仙子。」

瑞秋挑眉。「挺特別的處方。」

「她聲稱它們可以減輕帕金森氏症的症狀。」

「妳不同意？」

「我在被送到莫特曼擔任志願援助支隊之前，在一家藥局工作了幾個月。我可以向妳保證，薩弗納克小姐，我對致命藥物略知一二。」

瑞秋點頭，知道對方還有更多話要說。

李奧諾菈吸口氣。「如果妳問我，我認為她在對他下毒。」

第二十二章

瑞秋和李奧諾菈在一片寂靜中走向莫特曼海角的山頂，只有頭頂上海鷗的尖叫聲和下方海浪的拍打聲打破沉默。高溫酷熱難耐。即使在這個半島最暴露的地方，瑞秋也只感覺到一絲微風。她朝懸崖崎嶇的邊緣望去。這裡離海面的高度落差令人目眩。

她轉向李奧諾菈：「妳懷疑寇普護理師在傷害妳的丈夫？」

李奧諾菈嘆氣。「她那種治療比疾病本身更危險。菲利克斯應該還能再活一、兩年，但那女人很可能會讓他更早死。」

兩人繼續繞著岬角前進，朝莫特曼莊園的方向走下斜坡，迅速穿越茂密的荊棘叢和蕁麻叢。她們經過一條布滿岩石、令人生畏的小徑，接著是一條緊鄰懸崖的危險路線，路線的遠方消失在視線之外。

「這是一片古老的地形。」李奧諾菈說：「本地人說，你可以在古老的砂岩塊上找到恐龍腳印。懸崖上布滿了洞穴，那條小徑會帶你去那裡。但有懼高症就沒辦法了。」

「走私者是不是把違禁品藏在山洞裡？」

「北邊的羅賓漢灣是走私者的天堂。村莊的街道就像一座迷宮，有無數的地方可以躲避稅務人員。聽說莫特曼的洞穴曾有更多浪漫的故事，如果民間故事可信的話。」

「是嗎？」

「直到今天，這些傳統仍然被保留著。我聽到一個惡意的謠言，說寇普護理師隨身帶著一條毯子，這樣她就能和她的年輕男人在靜謐的岩石山洞裡嬉戲。」

「莫特曼確實有很多故事。」瑞秋呢喃。

李奧諾菈點頭。「但真相和虛構要怎樣才能區分？」

隨著地面變寬，主要路線一分為二，一條岔路蜿蜒通向圓廳。李奧諾菈大步走過一座開滿玫瑰的小花園。前方是舊網球場。

「謝天謝地，我不喜歡網球，所以球場再破也沒關係。」李奧諾菈說：「我們的首席園丁已經在這兒工作了五十年，從年輕到老。因為他深愛這個地方，所以願意忍受低劣的工資和村裡那些不太可靠的年輕人。」

一條小徑的分支穿過一片樹林。樹蔭十分宜人，兩人因此在一個小樹樁附近停下來，那是一堆原木和樹根，枯木之間長著蕨類植物。

「我很好奇妳帶了三個傭人一起來。」李奧諾菈說：「令我驚訝的是，他們就是妳所有的員工。請原諒我的直言不諱，但妳不可能也手頭緊吧？畢竟在倫敦要維護一棟大房子——」

「和妳一樣。」瑞秋打岔：「我對不值得信任的傭人會提高警覺。我是和楚門一家一起長大。對我來說，他們就像我的手足。」

「我必須道歉，我無意表現得沒禮貌。」李奧諾菈噘起嘴脣。「或聽來嫉妒。妳可以看得出來，我是多麼不習慣歡迎客人來到莫特曼，多麼容易忘記我是一個幸運的女人。至少我可以不受阻礙地追求自己的興趣。謝謝妳迎合我。」

「我很好奇，妳什麼時候會詳細解釋為何邀請我加入妳，和三個被指控犯下謀殺罪的陌生人的聚會。」

李奧諾菈思索片刻。「我希望妳會期待見到他們。」

「我確實期待。」

「那麼，這就是一個夠好的答案。」李奧諾菈看錶。「時間差不多了。其他客人很快就到。我們進屋吧？」

＊　＊　＊

「亨利・羅蘭。很高興見到妳，薩弗納克小姐。」

羅蘭的握手很輕快，笑容很自然，但眼神很警惕。他就像個試圖評估選民忠誠度的政客。瑞秋覺得，他自從因謀殺情婦而被捕以來，體重顯然增加了。在一張出現在李奧諾菈的書中的照片上（照片拍攝的當時，威勒爾平房之謎成了頭條新聞），羅蘭看上去瘦削而飢餓。但在退休後，他變得圓潤。

儘管他穿著白色鉛筆條紋的黑色薩克森雙排扣西裝、白襯衫和灰色領帶，看起來衣冠楚楚，但即使是薩佛街的高級服飾也無法掩飾他的肥胖，更別提他下巴周圍的肥肉。

「瑞秋的父親是已故的薩弗納克法官。」李奧諾菈在前廳進行介紹。「我先生正在休息，但會和我們共進晚餐。還有兩位客人很快會到，我們的聚會成員就全員到齊了。我和廚師談談的時候，也許你會想在在庭院裡轉一轉？」

「很好的建議。」羅蘭說：「我們必須在這美好的天氣結束前充分利用。開車越過奔寧山脈後，呼吸一口空氣會給我帶來好處。要不要加入我，薩弗納克小姐？好極了！」

她跟著羅蘭走出屋外。他對陽光瞇起眼睛，說道：「這是個——啊，一個驚喜，薩弗納克小姐。多貝爾太太從沒說過她邀請了妳。」

瑞秋指向他們應該走的小徑。「我是最後一刻才被加入嘉賓名單。」

他們默默走到岬角最遠的地方，眺望大海。熱氣比以往任何時候都更加強烈。瑞秋的皮膚在燃燒。

「妳認識李奧諾菈很久了嗎？」羅蘭問。

「這星期的早些時候，我跟她第一次見面。」

「所以她是個犯罪學家，欸？也難怪她躲在筆名後面。這種工作對女人來說很怪。」

「你這麼認為？」

「深究舊罪，這是骯髒的職業。」他思索片刻。「妳不是同一行？」

「我應該永遠不可能出書。」瑞秋說：「就像你說的，這是骯髒的職業。」

他呻吟。「她寫了關於我的事，我猜妳已經知道。」

「是的，關於你不幸捲入的案件。」

他堅定地注視著她時，瑞秋瞥見一絲讓他從貧窮走向富裕的執著毅力。

「讀過了？」他追問。

瑞秋點頭。

「上一秒，我是成功人士，受人尊敬。下一秒，我成了賤民。那間平房裡發生的事情掩蓋了其他一切。我現在的人生好像……原地踏步。看著自己的世界被掀翻成這樣，很不容易。」

「我相信。」她說：「失去一個親人，或有親人被謀殺，就更不容易。」

「不管妳怎麼想，我很在乎那個女孩。」他厲聲道：「我並不是在利用她。相反的……」

他欲言又止，瑞秋幫他說完：「相反的，你太在乎她？」
「是的。」他嘀咕。
他二話沒說，大步朝房子的方向走去。

＊＊＊

在莫特曼莊園外，一男一女從一輛計程車上下來。一名女傭向多貝爾夫婦的年長管家諮詢了他們的行李應該放哪。克萊夫・丹斯金背著牛津包，拎著一頂草帽，金色袖扣在陽光下閃閃發亮。他的舉止很愉快，彷彿把這個週末當作來海邊旅行。希爾維婭・戈里身材引人注目，個子高，金髮，高顴骨，舉止莊嚴。她那飄逸的淡綠色夏裝極其別致。瑞秋在她身上發現了時裝設計師埃爾薩・斯基亞帕雷利的時尚特色。

亨利・羅蘭伸手接近新來者時，李奧諾菈從房子裡出來。瑞秋加入了這群人，女主人介紹了大家彼此認識。

「晚餐六點半開始。」李奧諾菈說：「我知道有點早，但我先生很容易累。他現在在休息，但在我們用餐前會和我們一起喝一杯雪利酒。」

冒汗的羅蘭用手帕擦擦額頭。「這裡還是熱得接近沸點。我想先洗個澡，試著冷靜一下。」

李奧諾菈微笑。「和如此美麗的年輕女子一起散步，也難怪你的體溫升高。」

羅蘭簡短點個頭，表示失陪。李奧諾菈和希爾維婭．戈里跟著他進去，留下克萊夫．丹斯金帶著毫不掩飾的興趣盯著瑞秋。

「什麼風把妳吹來莫特曼莊園，薩弗納克小姐？還是妳允許我大膽得叫妳瑞秋？我們不想拘泥於形式，不是嗎？」

「李奧諾菈把這個小派對描述得太吸引人。」她說：「我不是什麼交際花，但這份嘉賓名單很……罕見。」

「的確。」丹斯金的笑容讓他看起來像個小學生。瑞秋觀察到，他對待女性的技巧是坦誠得令對方消除戒心。「妳知道，羅蘭曾被指控謀殺。至於希爾維婭——戈里太太——和我，曾一起在老貝利街的法庭受審。」

「我不確定這時候的禮儀是什麼。我該對你的無罪釋放表示祝賀，還是對你遭到指控的不公正表示同情？」

「非常好。」丹斯金咯咯笑。「妳有一種帶有諷刺的幽默感，瑞秋。令人欽佩。我確實欣賞有智慧的女士。」

「看來你今天不用工作。」

他摸摸下巴。「其實，我現在是自營業。我的前公司不喜歡我的庭審所帶來的公眾關注。」

「很遺憾得知。」

「別遺憾。這個改變非常適合我。」他滿面笑容。「我也該安頓下來了。我想創立一家屬於自己的公司。」

「真勇敢。」瑞秋說：「我讀過的每份報紙都告訴我，文明世界的企業正在崩潰。美國大亨一個個排隊從摩天大樓的窗戶跳下去。」

丹斯金發笑。「無論經濟蕭條與否，女士們永遠都會喜歡絲襪。這對她們來說是必需品。我的目標是和我的前東家競爭。我覺得我可以教教他們關於銷售技巧的知識，雖然我並不想自吹自擂。」

「我相信。」

背心裙襯托出她苗條的身材，他的目光無法從她身上移開。「我現在住在霧都倫敦，妳也住那，是吧？也許我們改天可以聚聚。我會很樂意請妳吃頓晚餐。我相信我們相處得會像著了火的房子一樣熱烈。」

「我以為你已經受夠火災了——」瑞秋說：「在你的車被燒掉之後。」

丹斯金目瞪口呆地看了她一會兒，然後放聲大笑。「妳這句正中目標，勁道十足！老天，瑞秋，看來我必須密切關注妳。」

「警方有沒有查出在火災中喪生的流浪漢的身分？」

「遺憾的是，他們並不信任我。既然他們不相信我的不在場證明，就不可能查出他是誰。」他瀟灑地揮手。「英國到處都是在鄉村漫無目的地閒逛的失業人。一些可憐的乞丐註定會走向犯罪。我只希望警方當時願意相信我的話，就能避免很多不愉快的事情，也能節省納稅人的錢。讓我向妳保證，親愛的，喜劇裡的『啟斯東警察』比倫敦警察還敏銳。」

「我猜他們的理由是惠特洛少校當時不在國內。」

「我只能說感謝上帝，那傢伙在千鈞一髮之際出現了。」丹斯金故意揉揉脖子。「法官迫不及待地想戴上黑帽，把我送上絞刑架。」

「現在那傢伙出現在約克郡。」瑞秋說：「你有沒有看到新聞？昨晚有個男人死了。距離這裡幾哩的一家私人動物園發生了悲慘事件。他為一支由少校擔任隊長的球隊打板球。」

丹斯金眨眼。「老天，也太巧了吧！」

「是啊……」瑞秋說：「真的很巧。」

＊　＊　＊

「傭人宿舍有什麼消息嗎？」瑪莎來到她房間時，瑞秋問道。

「海蒂和廚師成了朋友，他至少有一百歲了，而且好像失了智。我建議妳到時候多加注意放在妳面前的開胃菜。克里夫嘗試與管家交談，但管家聾得像個柱子。我的運氣比較好，和李奧諾菈的女傭談了很久。葛菈蒂絲來自村莊，從十四歲起就在這裡工作。她衝口問我的臉怎麼會有疤痕，但還是克制住了自己。謝天謝地，她很愛嘮叨，讓我幾乎完全插不上話。」

「完美。」瑞秋站在窗前，凝視著北海。「在這種地方，不是在方圓五哩內出生長大的任何人都會被視為可疑的外國人。」

「就像李奧諾菈・多貝爾。她來自約克郡西區，離這兒其實不遠，但對一輩子都被困在莫特曼的人來說，那裡就跟德國的西伐利亞差不多。」

「他們怎麼說她的？」

瑪莎思索。「葛菈蒂絲對她格外同情，但就連她也認為自己的女主人腦袋有問題。」

「因為她賣掉了她丈夫的畫？還是因為她是犯罪學家？」

「算是兩者都有吧。至少她不是個勢利小人，也沒表現得像莊園女主人。如果真要說的話，她其實往反方向走得太遠了。她很不傳統，不尊重規則，也不尊重習俗。」

「聽了真讓人難受。」

「傭人喜歡知道自己的立場在哪。相較於那些對自己的生活地位不滿意的暴發戶，傭人在和上流人士相處時會更感到自在。」

「我會記住這點。」

瑪莎吐出粉紅色的舌頭。「雖然並沒有哪個上流人士靠近過莫特曼。這個地方向來孤立無援。現在，大家都忘了這裡的存在。村裡的人把這兒稱作『太平間大廳』。」

瑞秋發笑。「真夠絕。」

「如果有幫助的話，我已經依照他們告訴我的內容繪製了莫特曼及其周邊地區的地圖。」瑪莎害羞地遞出一張紙。「英國地形測量局永遠不會給我工作啦，可是妳也知道我喜歡畫畫。這張地圖恐怕不按比例，而且……」

「畫得非常好，還有拜託妳別再道歉了。」瑞秋在瑪莎的臉頰上輕吻一下。「謝謝妳，親愛的。妳遲早會成為藝術家。」

女傭滿臉喜悅。「這是戰後這裡第一次舉行的家庭聚會。菲利克斯向來不想見外面的人。他因為自己只是半個人而沮喪，還用拼圖來消磨時間。」

「多貝爾夫婦的婚姻對雙方來說都不是愛情的結合，這一點就像李奧諾菈臉上有個鼻子一樣明顯。但這其實並不罕見。」

「李奧諾菈還沒有告訴傭人們她客人的事。」

「他們三人差點因謀殺罪而被絞死？」

瑪莎點頭。「儘管如此，葛菈蒂絲還是擔心。她從報紙上認出了丹斯金的照片。她不明白為什麼李奧諾菈突然決定把這些人都請來這裡，包括妳。她說這就像在地獄裡舉辦家庭聚會。」

「這個比喻生動到讓人不舒服。」瑞秋揉揉下巴。「李奧諾菈向我展示多貝爾夫婦的藝術收藏時，我想起一幅我喜歡的畫。」

瑪莎的眉毛挑高到幾乎觸碰天際。「超現實主義那一類？風景畫對我來說美多了。我可能是個庸人，但我比較喜歡我能理解的東西。」

「我說的是一幅美國畫家的作品，叫做《凡事都是虛空》。在畫上，你會看到一個女人在鏡子裡欣賞自己。但從遠處看去，你會發現自己在凝視一個人類的骷髏頭。」

「我早該知道這會吸引妳。」

「妳的口氣像海蒂。」瑞秋的笑意消失。「那幅畫是一種『視錯覺』。聰明的藝術家喜歡這種技巧。你的眼睛被一幅畫所吸引，但第二次觀看時，你會發現自己看到的完全是別的東西。這就是我對莫特曼莊園這次聚會的感受。我們看到一件事，但一些非常不同的事情正在發生，而我們根本沒意識到，儘管就在我們眼前。」

「這對我來說太深奧了啦。」瑪莎說。

瑞秋在四柱床邊坐下。「葛菈蒂絲如何看待李奧諾菈對犯罪學的熱忱？」

「她覺得這是一種愚蠢的嗜好，讓李奧諾菈在受夠菲利克斯的時候有藉口跑去倫敦。哪個明智的女人會對謀殺這種可怕的事情感興趣？更別提寫一本關於這個主題的書。這實在不像是淑女該做的事。」

「這裡有任何人知道李奧諾菈在倫敦做什麼嗎？」

「有閒言閒語說她可能在那裡有一個情人。」

「男的還是女的？」

「當然是男的。」瑪莎微笑。「葛菈蒂絲不可能想像得出來兩個女人之間的戀情。儘管她不高興地抱怨李奧諾菈很喜歡菲利克斯以前的某一位護理師，那引起了很多嫉妒。多貝爾酒館的女孩也吸引了李奧諾菈的目光。有些下等人就是不知道自己的地位。」

「可不是嗎？」瑞秋拍拍女傭的手。

「在人們的眼裡，她還是個護理師，在一個瘸腿士兵還在為他的第一任妻子悼念時嫁給了他。雖然原本那位多貝爾太太並不受歡迎就是了。」

「喔？」

「她聽起來是個討厭鬼，一個勢利小人兼暴君。她的父親是約克郡北區一位偉大又善良的人。她瞧不起傭人，連菲利克斯都在她的掌控之下。至少李奧諾菈還把人當人看。」

「菲利克斯的看護例外？」

「葛菈蒂絲對伯妮斯・寇普深惡痛絕。她愛擺架子，還成天吹噓她的年輕情人。雖然葛菈蒂絲根本不相信那傢伙存在。她認為伯妮斯醜得根本吸引不到男人。」

瑞秋看著瑪莎的疤臉：「情人眼裡出西施。」

「說是這麼說啦。」女傭聳肩。「但有多少人真的這麼信？」

瑞秋想起李奧諾菈對那位看護的評論，說道：「聽說這個家裡有天仙子，還有其他毒藥。」

「這是小心妳的開胃菜的另一個原因。」

瑞秋微笑。「葛菈蒂絲認為伯妮斯是投毒者？」

「剛好相反。她勉強承認寇普護理師很擅長自己的工作。葛菈蒂絲說，菲利克斯的眼睛裡總是閃爍著光芒。他在年輕時非常帥氣。他對伯妮斯一心一意，眼睛裡的光芒再次被發現了。她幫他完成拼圖。所有跡象都表明她是真心喜歡他。」

「但她不喜歡李奧諾菈？」

「她受不了那個女人。而且這種討厭是互相的。據葛菈蒂絲說，李奧諾菈會想抓住機會擺脫她，但伯妮斯太精明，不會給對方藉口。」瑪莎從梳妝檯上拿起一把龜甲髮梳。「來吧，妳需要為晚餐做準備了。」

瑞秋脫下背心裙。底下穿著一件珊瑚色的真絲雙縐睡裙。瑪莎坐在她旁邊的床上，開始梳她的頭髮。

「那兩個男人是什麼樣的人？」

「亨利・羅蘭太習慣有數百名員工任由他指揮的日子。退休不適合他。他懷念處於事物中心的感覺。和所有商人一樣，他善於給人留下他很穩健的印象。我猜他正處於精神崩潰的邊緣。」

「羅蘭的立場與丹斯金和戈里太太不一樣。」瑪莎說：「法庭判定另外兩人無罪，但羅蘭的清白從未被證明。」

「丹斯金在被無罪釋放後非常自以為是。儘管審判時人們都在談論他的財務問題，但他現在似乎並不缺錢。」

「真神奇。」

「毫無疑問，他在來這裡的路上向希爾維婭・戈里施展了自己的魅力，以慶祝自己的好運。他還邀請我在倫敦共進晚餐。」

「就你們兩個？多麼溫馨啊。先是路易斯・摩根斯，現在是丹斯金。妳怎麼這麼幸運？」

「我該讓他知道摩根斯發生了什麼事，這應該會讓他懂得三思而後行。」

瑪莎繼續梳頭。「別這麼肯定。他會覺得妳絲滑的頭髮難以抗拒，更別提妳其他的部位。戈里太太呢？如果她像人們想像的那樣迷人，妳就會面臨競爭。妳跟她談過了嗎？」

「沒，她一有機會就逃回了自己的房間。逃離了丹斯金，也逃離了李奧諾菈和我。」

「妳還是很確定李奧諾菈沒打算謀殺妳？」

「情況已經完全顛倒了。如果我沒弄錯，她似乎相信我謀殺了老法官。」

瑪莎發出誇張的呻吟聲：「妳從不掩飾妳對他的恨意，這就是為什麼。」

「有趣的是，如果我告訴她我殺了他，她連眼皮都不會眨一下。她感興趣的不僅僅是謀殺，而是痴迷於瞭解犯罪者的內心。」

「換言之，跟妳一樣。妳得向我保證妳會提高警覺。」瑪莎放下梳子。「這是一種危險的消遣。」

瑞秋聳聳裸露的肩膀。「跟打完一場板球賽後喝幾杯，然後在到處是飢餓獅子的私人動物園裡閒逛相比，沒有比較危險。」

「維克斯犯的錯，在於不信任妳。」瑪莎說：「至少雅各在害自己陷入困境時，知道該上哪求助。」

「希望他在巧遇惠特洛少校時會比去隱密氏族俱樂部時更加小心。」

「他在面對少校時會保持警惕。但看到一張漂亮的臉蛋，他的大腦就開始混亂。你有沒有注意到，當他談到多貝爾酒館那個女孩時，他變得多麼靦腆？」

「他還自以為很謹慎咧。」瑞秋發笑。「妳喜歡他，是不是？」

「妳也喜歡他啦。」瑪莎說：「別再假裝妳不喜歡他。」

第二十三章

圖書室裡，兩個緊張的年輕女傭送上雪利酒。菲利克斯·多貝爾堅持由伯妮斯·寇普陪同。李奧諾菈的反擊方式，是拒絕為大家介紹護理師的名字。女主人穿著一件海軍藍與紫色薄紗晚禮服，這在戰前可能很流行。

希爾維婭·戈里身穿令人眼花繚亂的白色緞面禮服，一邊肩膀裸露。她的皮膚晒成淡金棕色。亨利·羅蘭攔住她說話，她裝出一副感興趣的樣子聆聽，但三不五時環顧四周，彷彿在尋找庇護所。

丹斯金在瑞秋耳邊低聲說道：「看看羅蘭那個老山羊。他幾乎沒辦法把視線從她身上移開。」

「你能怪他嗎？」她答覆。「戈里太太很美。」

「我同意，她是個漂亮的女人。」他公正地說：「她的身材就像雕像一樣優美，但她比不上你，親愛的。」

瑞秋啜飲一口布里斯托爾奶油雪利酒。「過獎了，丹斯金先生。」

「我說過了，叫我克萊夫。」他拍拍她的手。「順便說一句，妳這身衣服很漂亮，完全襯托出妳的美。」

「謝謝，值得被你這樣稱讚的人是可可．香奈兒。」

他搖頭。「不，是妳讓這身禮服看起來……」

「你的杯子空了，克萊夫，這我們可不能容忍！」李奧諾菈向其中一名女傭點頭，後者在倒雪利酒時灑了一地。女傭清理和道歉時，女主人說：「我相信你已經從最近的磨難中恢復過來了。」

克萊夫．丹斯金盯著女主人一會兒，然後微微一笑。「喔，妳說貝利街？老天，確實很難相信一星期多前我就在被告席上。我已經把它拋在腦後了。我的座右銘是人永遠應該展望未來。慶祝恢復自由的第一星期，還有哪裡好過這可愛的地方？」

「你熟悉約克郡？」李奧諾菈問。

「瞭若指掌。」丹斯金說：「不過，想當然，我不熟悉這一區。在人跡罕至的角落和縫隙裡，沒有多少生意可做。不過，謝菲爾德、羅瑟勒姆、頓卡斯特、哈特斯菲爾德……我都很熟悉。這些年來，我走遍了英格蘭，為了老老實實地賺取每一分錢。」

「令我欽佩的是，你們在比較貧窮的工業區裡找到了這麼多客戶。」瑞秋說：「在經濟困難時期，人們應該只買得起生活必需品吧？」

丹斯金皺眉。「女士都喜歡打扮得漂漂亮亮，我對此只能說謝天謝地。總之，我們實在不該討論工作。我很少有機會參觀這樣一座古老宅邸，更不用說作為座上賓。妳擁有很棒的圖書室，李奧諾菈。」

「你也是愛書人士，克萊夫？」李奧諾菈問。

「我沒辦法說我常讀書，因為平時實在太忙。我偏愛精采的驚悚小說，不會太耗費精神的那種。我以前很喜歡麥金托什・楚布拉德系列，但最近沒看到它們了。」

希爾維婭・戈里走過房間，加入他們，亨利・羅蘭尾隨其後。「你必須謹慎遣詞用字，丹斯金先生。我們這位東道主已經跟我們說了她參加過你的庭審。我懷疑她的下一個項目是把燒車案寫成書。」

她的微笑白牙閃閃發亮，但話語像刀子一樣刺人。丹斯金的臉頰紅得像甜菜根。希爾維婭背對著他和李奧諾菈，把所有注意力集中在瑞秋身上。

「妳的名字非常耳熟。」她的目光冰冷而犀利。「妳也是犯罪學專家？」

瑞秋平淡地說：「我無法想像妳從哪聽到這種說法。」

「應該是透過社會上的閒言碎語吧。」希爾維婭的表情沒有任何波動。「不太記得了。但我確信我聽說過妳與刑事調查有關。妳不是和蘇格蘭警場有關聯？」

「李奧諾菈才是專家，我只是略有涉足。」

「業餘偵探？真令人興奮。」

「我完全算不上專業。妳把我想成一個愛管閒事的有病女人就行了。」

希爾維婭轉向李奧諾菈。「真高興妳也邀請了瑞秋。妳第一次跟我說話時，我還以為我們的聚會規模會更小。」

「這純粹是運氣。」李奧諾菈說：「我在參加克萊夫的庭審時，遇到了一位碰巧認識瑞秋的記者。他好心轉達了我的邀請。」

「還真巧。」希爾維婭說。

「真的是！」丹斯金說。

「可是妳知道……」希爾維婭若有所思地說：「我在這兒覺得我似乎該提高警覺，畢竟我曾經歷那不幸的過去。現在和這個國家頂尖的犯罪學家和著名法官的女兒談話，我覺得我好像又被送上了法庭。」

「妳想太多了。」瑞秋語氣愉快得彷彿只是在討論慈善義賣。「妳不可能被審判兩次，這是法律禁止的。」

希爾維婭喝完了雪利酒。「碰巧的是，我發現輿論法庭比老貝利街更殘酷。法庭裡有裝設屏障，擋住從被告席通往牢房的樓梯，以免被告跳樓自殺。但在外面的世界，可沒有這樣的保護措施。沒有耳罩來掩蓋外界的嘲諷挖苦。沒有面具可以避免人們注意到一個上過法庭的人在拐角處躲閃。」

「妳說中要害了。」亨利・羅蘭嘶啞道：「『無罪』其實沒有辯護的效果。只要曾經面對死刑指控，這個人就會在某些方面永遠被排斥。我在利物浦那個俱樂部的成員們——」

「剖析報紙上的案例只會延長痛苦。」丹斯金說：「李奧諾菈，我就有話直說了。在這個週末，我希望能說服妳相信把我的庭審寫成書不會有任何好處。何必無事生非？那明明只是個意外死亡的案件！根本不是謀殺案。」

寇普護理師推著坐在輪椅上的菲利克斯．多貝爾到來。「妳看吧，李奧諾菈！」他的嗓音沙啞刺耳。「我警告過妳這會發生！」

李奧諾菈臉龐緊繃。「一名男子神祕死亡。我們連他叫啥名字都不知道，更不知道他是怎麼死的。」

「我來告訴你們發生了什麼事！」丹斯金厲聲道：「一個犯罪受害者——也就是在下！——被當成罪犯對待。正義？別讓我笑——」

菲利克斯．多貝爾喝了一大口雪利酒，只換來劇烈咳嗽。看護習慣性地拍拍他的後背，只是加劇了症狀。一開始，菲利克斯似乎窒息了。他開始大聲喘息，但慢慢安靜下來。他垂著頭，看起來枯萎、病懨懨，而且非常蒼老。

「他的狀態不適合用餐。」寇普護理師說話時幾乎難掩憤怒。「這樣亢奮對他來說很糟糕。」

「妳最好扶他上樓。」李奧諾菈回嘴：「讓他舒服一點，然後妳晚上剩下的時間可以休息了。我相信這就是妳想要的。」

看護回瞪一眼。她把毛毯蓋在菲利克斯的腿上，然後轉動輪椅，一言不發。

前廳傳來一陣顫抖的鑼聲，打破了令人不快的寂靜。

「晚餐好了。」李奧諾菈說：「我們進去吧？」

＊　＊　＊

浸在肉汁中的約克郡布丁是在用餐開始時供應的，而不是作為主菜的一部分。李奧諾菈解釋，這樣才符合本地傳統。老廚師不顧炎熱的天氣，做了烤牛肉、烤馬鈴薯、清蒸蔬菜，最後是果醬布丁捲。瑞秋適量地吃了一些，而且只喝了一點點美酒。房間裡很悶，儘管壁爐裡沒生火，而且豎框窗戶也打開著。

由於丈夫不在，李奧諾菈因此坐在首位。瑞秋和亨利．羅蘭坐在丹斯金和希爾維婭．戈里對面。丹斯金的腳趾碰到她的腳趾時，瑞秋把腳移開。吃甜點時，羅蘭把左手放在她的大腿上。他的手指一開始撫摸她，她就把他的手移開，但沒做出其他反應。

談話很生硬，僅限於閒聊。羅蘭描述了他在大布德沃斯村的花園，丹斯金也讚揚了園圃土地的優點。希爾維婭．戈里回憶起她搭乘郵輪橫越地中海的經歷，以及乘坐東方快車旅行的樂趣。瑞秋滿足於偶爾問個問題，並以各種感興趣的模樣聆聽答案。她注意到希爾維婭和自己一樣幾乎不喝酒。有一、兩次，她向希爾維婭詢問了她在庭審後的人生，這些疑問都被對方老練地輕鬆招架。

李奧諾菈和兩個男人確保她們的酒杯經常被重新填滿。瑞秋估算，除了雪利酒之外，他們每個人還灌完了一瓶葡萄酒。在清理盤子和上咖啡的間隙，李奧諾菈靠在椅背上，回憶起在戰爭期間來到莫特曼的經歷。

「圖書室當時是護理站，畫廊是主病房。在前廳，那些起床走動的士兵打牌或聽留聲機。」她搖頭。「撞球室成了手術室。我還記得菲利克斯被擔架抬進來。可憐的奧斯溫向紅十字會提供自己的家時，作夢也沒想到他的小兒子會成為我們救治的傷患之一。」

「戰爭是邪惡的。」希爾維婭．戈里下巴緊繃。「我們需要保持警惕，確保和平不會被那些試圖破壞和平的人侵害。為了子孫後代，我們有責任確保大英帝國保持強大、沒人敢找我們打架。」

「相信我。」丹斯金自信地說：「不會再有戰爭了。我不是那種因為宗教或良心之類的因素而拒絕兵役的人，但簡單的事實是，賭注實在太高。沒有哪個政府會允許自己的人民被炸成碎片。」

「我們都願意這麼想。」羅蘭說：「我在經營生意時，看過不少軍火貿易，知道最新武器能造成什麼樣的破壞。但誰知道未來會發生什麼？我們或許已經遏制了國內的騷亂，但能持續多久呢？記住我的話。作為一個有世界觀的人，我在道德上確信黑暗勢力正在運作。」

「你作為一個有世界觀的人，我相信你一定是對的。」瑞秋嘆氣。「我們不能讓英國受到黑暗勢力的擺布。」

希爾維婭．戈里說：「我聽說妳以前大部分的時間是在一個小島上度過，瑞秋？多麼悲慘啊，這樣與世隔絕。」

「這就是為什麼我很不懂得社交。我所知道的一切都來自書本。」

「我敢打賭妳在島上有很大的圖書室。」丹斯金開始打嗝。

瑞秋裝作沒聽見。「我的女傭和我同年齡，我們一起長大。她以前常常測試我學到的東西。我把她視為朋友和知己，而不是傭人。但這就是麻煩所在，我從沒被教導過如何在文明社會中表現得體。我沒受過社交馬桶訓練。」

羅蘭擠出笑聲：「『沒受過社交馬桶訓練』！高明。」

希爾維婭呢喃：「我不禁好奇，我們彼此之間是不是有著比我們意識到的更多的共同點？」

「我完全相信有。」李奧諾菈說：「事實上，這就是我邀請你們來這裡的原因。」

「在英格蘭全國各地，豪宅的主人都在招待上流社會的成員。但這種人是一個正在消失的物種。」希爾維婭示意用餐同伴。「看看我們五個，我們不一樣。」

「願聞其詳。」羅蘭說。

「我們的血管裡沒有一絲貴族血統，我們也都不是學院類型。妳當過護理師，李奧諾菈。亨利，你自力更生。瑞秋，儘管妳有個富有的父親，妳以前卻過著隱士般的生活。克萊夫，你是一名推銷員。我則是靠打字機謀生。」

「有意思。」羅蘭的發音小心翼翼，生怕口齒不清。

「我們把自己照顧得還不錯。」丹斯金擺弄著領結。「我們是透過人生經歷而獲得智慧。」

李奧諾菈清清喉嚨，舉起酒杯。「無論順境逆境，多貝爾家族向來以保持收藏豐富的酒窖而聞名。這是一九一一年的勃根地，很好的年分，我相信各位都同意。」

「我已經好久沒喝到一九一一年的年分了。」亨利・羅蘭聽起來好像在彌補失去的時間。「非常好的陳年酒。」

「現在，如果各位願意縱容一位古怪的犯罪學家，乾杯。」李奧諾菈吸口氣。「敬犯罪同夥！」

用餐間裡瀰漫一種緊繃感。酒杯舉起，但賓客們的話語則是難以辨認的嘀咕聲。只有瑞秋・薩弗納克的嗓音聽來響亮又清晰。

「敬犯罪同夥！」

＊　＊　＊

這場小小聚會在隔壁房間裡默默散會了。客廳有落地窗，天氣暖和時可以打開。窗戶通向一個鋪砌的小露臺，遠處是蜿蜒於岬角的主要道路。

男人們喝白蘭地、抽雪茄時，希爾維婭・戈里把手放在李奧諾菈的胳臂上。「不知道妳我能不能私聊一下？外面還是很舒服，而且我感覺有點缺氧。我很想去看看這棟宅邸的庭院。也許妳能陪我？」

李奧諾菈對瑞秋投以勝利的眼神。她移動時，腳有點站不穩。「樂意之至。也許等我幾分鐘？我想先說幾句話。」

希爾維婭的表情沒有透露任何情緒。「如妳所願。」

李奧諾菈拍個手，提高嗓門：「我要感謝大家接受我的邀請、來到莫特曼。」

每個人都看著她。瑞秋認為雅各把李奧諾菈比作巫婆是正確的，她看起來好像隨時都會發出惡意的咯咯笑。

「相信大家都想知道，我為什麼邀請你們來這裡。」

「很高興來到這裡，這個國家有趣的一角。」羅蘭說：「我不介意承認，鑑於妳寫過……我被捲入的爛事，我原本不太想來。」

「威勒爾平房謀殺案，沒錯。」李奧諾菈興高采烈。「我希望你同意，我寫的東西是公平的。」

羅蘭撅起肉嘟嘟的嘴唇。「話說得越少，感情就能修補得越快。我同情這邊這位丹斯金。我明白他為什麼不希望妳寫下他的庭審。那真的是很倒楣的司法不公，就因為蘇格蘭警場失職。」

「你們都遭遇過倒楣的事件。」李奧諾菈說：「希爾維婭和克萊夫因謀殺罪而受審，但最終被無罪釋放。要不是某人湊巧自殺並留下證詞，亨利也會遭受同樣的命運。瑞秋，妳的情況有所不同。妳在一個偏遠的小島上長大，只有一個精神錯亂的父親和幾個傭人陪伴。妳剛過二十五歲生日的幾天後，老法官就死了，不是嗎？之後妳繼承了他的財產，並逃到了倫敦。」

「聽著。」羅蘭說：「我的意思是，該死的，妳究竟在暗示什麼？」

「我相信瑞秋可以為自己說話。」希爾維婭．戈里冷冷道。

每個人都看著瑞秋。

「對老法官來說……」她輕聲道：「死亡是仁慈的解脫。」

丹斯金瞪著她。「妳的意思是……？」

羅蘭同時開口：「妳不可能是在承認……？」

希爾維婭．戈里舉起一隻纖細的手，要他們安靜。「兩位，麻煩一下。這令人遺憾。幾分鐘前，瑞秋向我們講述了她不愉快的成長經歷。在我看來，令人欽佩的是，她在有過這樣的經歷後，竟然如此……從容不迫。暗指她犯下一些不當行為，這麼做既不正確也不公平。」

「我拜託你們……」李奧諾菈大聲說。

這是酒精在說話，瑞秋心想。她確信他們的東道主不希望其他人成為關注的焦點。

「請不要以為我們是敵人，這完全不是事實。我希望你們都明白，我是站在你們這邊的。我的好奇心是無限的。我花了很多年研究犯罪心理。在我看來，你們四位都是非凡的男人和女人。」

「我受寵若驚。」羅蘭似乎清醒了一些。「但我們還是別拐彎抹角了。我確信瑞秋和我們其他人一樣無辜。所以，如果妳以為我們可以幫助妳研究犯罪心理學，那妳就大錯特錯。」

「說得好。」希爾維婭輕聲道。

「可是你們真的全都是無辜的嗎？」李奧諾菈問。

「鬧夠了吧！」丹斯金的嗓音充滿憤怒。「要不要我提醒妳陪審團已經裁定我無罪？如果妳敢提出不同的看法，我的律師就會聯絡妳。」

李奧諾菈示意周圍環境。太陽低垂在天空中。「不是我自誇，但我在寫菲比・艾維森和華特・戈里命案時是非常謹慎的。在座的各位都是成年人。這次談話只存在於我們之間。傭人們都在自己的房間裡。沒有人透過鑰匙孔偷聽。」

「妳究竟在說什麼？」羅蘭質問。

「我要說的很簡單。」她的眼睛閃閃發亮。「我想向你們的非凡成就致敬，並分享它們。這就是真相。這就是為什麼我懇求各位來到莫特曼莊園。」

他們看著她時，她再次舉杯。「你們每個人都犯下了完美的謀殺案。」

第二十四章

克萊夫·丹斯金向前邁出一步。有那麼一刻，瑞秋以為他會掐住李奧諾菈·多貝爾的喉嚨，但羅蘭抓住了他的手臂。

「冷靜點，老朋友。我們不想引發任何不愉快。」

「不愉快？」丹斯金氣得滿臉通紅。「你沒聽見她說什麼？」

「我有聽見，而且很刺耳。我們四個人是被騙來這裡。這是一種恥辱，但發脾氣或失去冷靜都是沒意義的。」

「亨利說得對。」希爾維婭加入這兩個男人和李奧諾菈·多貝爾之間的爭執。「現在不是演講或聲明無罪的時候。李奧諾菈，妳和我應該在暮色中散個步。我們有很多話題可以聊。」

「沒問題。」李奧諾菈說：「讓我再說一遍，我無意冒犯任何人。如果我在無意間冒犯了誰，請接受我誠摯的歉意。」

丹斯金嗤之以鼻。羅蘭簡短地點點頭，又點燃一根雪茄。大夥看向瑞秋。她的臉就像一張面具。她絲毫沒動，也沒說一個字。

「來吧。」希爾維婭帶東道主從落地窗出去。在其他人的注視下，兩個女人走進主要道路，繼續前行，直到消失在視線中。

＊　＊　＊

「老天。」羅蘭用絲綢手帕擦擦額頭。「在那場鬧劇結束後，我需要來一杯。妳要不要一起喝？」

他給自己和丹斯金又倒了一杯白蘭地。瑞秋搖頭。空氣瀰漫著二手菸、熱氣和不信任。一刻鐘的時間裡，沒人說話。一晚上的酗酒不可避免地產生了影響，羅蘭先是告退了幾分鐘，然後是丹斯金。

絲襪推銷員回來後打破了沉默：「希爾維婭會讓那老太婆恢復理智。那位女士的脖子上有一顆聰明的腦袋。」

羅蘭鬆開領結，用赤裸裸的好奇眼神看著瑞秋。「妳一直很安靜。妳對這一切愚行有何看法？」

「這真的是愚行嗎？」瑞秋說：「海邊那間平房裡究竟發生了什麼？你的情婦懷了孕，想必有要求你離開你的妻子和孩子，讓她得以扶正。你是不是在情人吵嘴的盛怒下殺死了菲比？然後你驚慌失措，落荒而逃？」

羅蘭握緊拳頭，明顯在面對挑釁時竭力保持冷靜。「那天晚上是一場惡夢。我當時很恐慌，但誰不會呢？沒錯，我是逃跑了，那麼做是很愚蠢，但我當時沒好好思考。我的說詞從沒變過：我發現了菲比的遺體。她的丈夫殺了她。他認罪並自殺，幫劊子手省了力氣。就此結案。」

他用力放下酒杯，以強調這一點。瑞秋轉向丹斯金。

「我幹麼殺掉一個陌生人？」推銷員問：「這種指控極其荒謬，而且相當讓我難以忍受，我是這整個騷亂的受害者。」

「檢方說你想要開始新的人生，逃離過去，逃離……束縛你的其他東西。」

「胡說八道！我的婚姻是一紙空文。這星期，我的律師寫信給了我妻子的律師。離婚訴訟正在進行中。至於法庭上提到的其他女士，她們跟我都只是逢場作戲。在路上的日子是很寂寞的。妳不可能懂。」

「我懂的程度超過你的想像。」瑞秋說：「我的人生並沒有完全免於不幸，而且我有生動的想像力。」

羅蘭恢復冷靜。「既然我們談到妳的過去，那我猜妳會否認謀殺了自己的父親吧？」

「我能發誓。」瑞秋說：「至於老法官，如果恨他是一種犯罪，那他們應該把我關起來、扔掉鑰匙。」

「了不起。」羅蘭看上去似乎想鼓掌。「這麼直截了當的女人很難找到。」

「或許沒被你找到也好。」

丹斯金竊笑時，羅蘭不自在地動了動。「我不喜歡在背後談論我們的東道主，不過……啊，希爾維婭來了。」

他們望向鋪砌的區域。太陽正在下沉。他們看到希爾維婭大步走向莫特曼莊園。她獨自一人，嘴唇緊緊抿成一條線。希爾維婭走進房間時，瑞秋注意到兩個男人交換了一個擔憂的眼神。

「妳一個人？」丹斯金問道，表現出一種缺乏說服力的和藹可親。「妳對莊園夫人做了什麼？」

「她想要時間反思我們的談話。」希爾維婭‧戈里說。

這是某種形式的暗語嗎？瑞秋從男人們的反應中得到這樣的感覺。羅蘭微微點頭表示同意，丹斯金沉思地清清嗓子，都沒說話。

「她真的很無禮。」羅蘭又喝了一杯酒，低聲道：「邀請人們參加家庭聚會，就為了指控他們殺人而逍遙法外。然後還拋下他們。」

「可不是嗎！」丹斯金說：「這種事簡直聞所未聞。我知道李奧諾菈‧多貝爾是個犯罪學家，可是這也太過分了吧！希望妳有好好對她說教一番，希爾維婭，女人對女人的那種。」

「我可以向你保證，我讓她不再有任何懷疑。」希爾維婭說。

「妳究竟說了什麼？」瑞秋問。

「稍等一下。」希爾維婭說：「讓我先給自己倒杯白蘭地。」

「容我代勞。」羅蘭說：「瑞秋，妳要不要也來一杯？」

「不用了，謝謝。」

「別這樣嘛。」丹斯金催促：「喝一小杯不會怎樣的。今晚很有意思，妳該放鬆了。」

「好吧。」

允許羅蘭給自己倒酒時，瑞秋由衷地嘆口氣。希爾維婭在給自己時間編故事，男人們正在幫助她這樣做。

希爾維婭啜飲一口。「啊，這樣好多了。我告訴李奧諾菈，她的行為很卑鄙。告訴客人他們應該被絞死，她這樣不僅僅是不禮貌的行為，也是可以被提告的誹謗。」

「一點也沒錯。」羅蘭咬牙道。

「她寫的關於亨利和我的文章雖然令人難受，但不算誹謗。我倒是期待她做出大方的道歉。」希爾維婭開始切入要說的重點。「要是我早知道她打算指控我謀殺了我的丈夫，那我絕對不會踏進這個被遺棄的老廢墟。」

「阿門。」丹斯金說：「我原本很想收拾行李，搭乘首班火車返回文明世界。」

「我也有同感。」羅蘭說：「我為她丈夫感到難過。那個瘸子的家族世代擁有這個地方，他被迫眼睜睜看著這裡分崩離析，他的妻子卻揮霍著他的財產，還假裝是某種犯罪專家。」

「李奧諾菈說了什麼？」瑞秋問。

「她似乎對我的強烈情緒感到驚訝。」希爾維婭搖搖頭。「她告訴我，她每次回來莫特曼時，都會在晚上出去散步，這能幫她整理思緒。她說她會邊走邊仔細考慮我說的話。」

「我覺得沒什麼好考慮的。」羅蘭說：「我期望得到一個正式的道歉，這是最起碼的。」

「說的好。」丹斯金說。

希爾維婭轉向瑞秋。「我注意到妳喜歡問問題，但什麼也沒回答。妳的東道主懷疑妳殺了妳父親。妳不生氣嗎？還是妳只是很會隱藏情緒？」

瑞秋聳肩，不發一語。希爾維婭又喝了一口白蘭地，朝她走了一步。「我聽說妳來到倫敦之後，自己進行了一、兩次刑事調查。」

「我沒辦法否認。」

亨利・羅蘭正在失去耐心。「妳是個謎。」

「我恐怕……」她說：「沒你們想得那麼複雜。」

「我一點也不相信。」希爾維婭說：「我很想跟妳談談，瑞秋，就我們兩個女人。」

瑞秋朝打開的落地窗的方向點個頭：「妳也是這樣對李奧諾菈說的。」

希爾維婭凝視窗外漸濃的黑暗。「她很快就會回來。」

「原諒我。」瑞秋伸個懶腰，優雅地打個呵欠。「我得上樓歇一會兒。」

「等妳精神煥發的時候，我會在這兒。」希爾維婭說。

「不用刻意等我。」

「喔，我會的。」希爾維婭的語氣冰冷而執著。「我當然會等妳。」

* * *

「希爾維婭・戈里、羅蘭和丹斯金這三人在密切合作。」瑞秋說：「他們裝作彼此是陌生人，但我確信他們是同謀。」

克里夫、海蒂和瑪莎在她的房間裡，無視社會習俗。海蒂問：「妳覺得希爾維婭對李奧諾菈做了什麼？」

「我猜什麼也沒做。希爾維婭・戈里雖然很多毛病，但心思縝密，當然也不愚蠢。」

「但如果李奧諾菈一直沒回來？」

「她會回來的。」瑞秋思索：「除非羅蘭或丹斯金另有打算。」

「莫特曼莊園可沒有野獸。」瑪莎說。

「一個人類意圖謀殺另一個人類，這不就是最野獸的舉動？」海蒂說：「懸崖很危險。讓他們三人單獨待著，方便他們密謀，這明智嗎？」

「沒有其他選擇。」瑞秋皺眉。「那三人已經起了疑心。儘管他們提出了抗議，但他們發現我在這裡的時候並不感到驚訝。據我所知，李奧諾菈並沒有告訴他們她邀請了我。儘管如此，他們早就知道我會出現在莫特曼莊園。」

「他們只可能透過一個方法知道答案。」克里夫・楚門說。

瑞秋點頭。「沒錯。」

海蒂皺眉。「意思是……？」

有人敲門，一種近乎膽怯的輕柔敲擊聲，但持續不斷。瑞秋看著楚門一家，他們三人面面相覷。她起身走向門口。

「誰？」

「夫人，是我，葛菈蒂絲，夫人。」嗓音微弱而顫抖。「多貝爾太太的女傭。」

瑞秋把門打開一吋。「什麼事？」

她看到一個五十多歲的女人，體重超重，臉色蒼白，焦慮得渾身發抖。

「是多貝爾太太，夫人。」

「她怎麼了？」

「外面一片漆黑，這麼晚了連她都不會出去散步。可是我們到處都找不著她。」

＊　＊　＊

「我們最好組織一支搜索隊。」羅蘭說：「莫特曼莊園的燈光可以幫助我們查看附近，但如果我們穿過樹林就不行了。妳有沒有手電筒？」

葛菈蒂絲點頭。她跟著瑞秋和楚門一家來到起居室，在這裡發現希爾維婭和兩個男人正在專心交談，這場談話在外人闖入時戛然而止。瑞秋解釋說，李奧諾菈不在她的房間裡，房子裡的其他地方也沒有她的蹤跡。

「我這就去把它們拿來。」瑪莎說：「克里夫、海蒂，你們也來。我們要不要叫醒其他一些人？」

「別把場面鬧得太大。」羅蘭說：「我相信我們會發現她安然無恙，她會質問我們在大驚小怪些什麼。」

瑪莎開門。「來吧，葛菈蒂絲，告訴我們手電筒放在哪。」

四名傭人離開房間時，丹斯金開口：「那個年輕女人很潑辣，真可惜她有那麼嚴重的疤痕，否則她稱得上是秀色可餐。」

瑞秋瞪了他一眼，但沒說話。

羅蘭說：「天雖然黑了，但外面仍然很溫暖。雖然我們最好盡人事，但我猜這將是白忙一場。李奧諾菈只是比平常散了更久的步而已，很快就會回來。」

「妳一定跟她講了很多讓她思考的東西。」丹斯金對希爾維婭說。

希爾維婭優雅的肩膀做出不屑一顧的舉動。「我們的東道主有很多心事。丈夫患病，大宅搖搖欲墜。」

「妳在暗示什麼？」瑞秋問。

「我們談話時，她顯得心不在焉，儘管她才剛指控我謀殺。當然，她喝了很多酒，但她今晚的行為很怪異。這讓我懷疑她是不是嚴重心神不寧。」

「這確實能解釋很多事情。」羅蘭說。

「妳認為她可能傷害了自己？」丹斯金問。

「我們不能排除任何可能性。」希爾維婭說：「如果運氣好，我的擔心就只是多餘的。啊，傭人們來了。」

手電筒被分發給大家。羅蘭親自指揮行動，將大夥分成三支小隊。海蒂和她丈夫負責檢查莫特曼海角的尖端。丹斯金將帶領瑪莎和葛菈蒂絲沿著海角的南側前進。羅蘭、希爾維婭和瑞秋負責檢查北側。

搜索人員走向外面時，瑞秋在房間裡徘徊。她對瑪莎輕聲道：「他們想盯著我。」

「妳覺得發生了什麼事？」

「看起來不妙。」她哼了幾小節古老的狩獵歌曲。「**從看到獵物到隔天早上殺掉獵物**。我們應該要等到明天才會知道她失蹤了。」

她追上了同僚們，他們默默一起向前走，用手電筒照亮前方，以確保不會被荊棘或石頭絆倒。他們進入主要道路時，希爾維婭說她和李奧諾菈是在這裡分開。
「她往哪個方向走？」羅蘭問。
「好像是那裡。」希爾維婭一反常態地顯得猶豫，指向群樹。「我得承認，我當時沒注意。她暗示我丈夫的死與我有關時，讓我大吃一驚。」
「妳和她出去了一段時間。」瑞秋說：「妳向我們講述了妳們的談話，但內容肯定不只那些吧？」
「我試著跟她講道理。」希爾維婭謹慎選擇用字。「她這是在拿人們的人生玩遊戲。我說她這樣讓我很難受，但我不想挑起爭端。我們繞著房子轉了一圈，但大概也就這樣。」
他們來到樹林。海風把橡樹和榆樹雕刻成不自然的形狀。今晚，微風幾乎完全沒擾亂它們的葉子。樹枝在他們的腳下斷裂。一隻貓頭鷹呼呼叫。他們走近時，一隻狐狸急忙鑽進灌木叢。至於莊園的女主人，依然不見蹤影。
「多貝爾太太！」羅蘭喊：「妳在嗎？李奧諾菈！妳還好嗎？」
毫無回應。
樹林後面矗立著圓廳，暴露於風吹日晒。在白天，從圓廳裡的石椅上可以眺望數哩外的大海。此刻，裡頭空無一人。
瑞秋的燈光照出了長椅上的黑色汙跡。「看看那個。」
「那是什麼？」羅蘭問。

瑞秋彎下腰，觸碰那道痕跡。「還沒完全乾掉。」

「那只是一點點汙漬。」希爾維婭聽起來顯得猶豫，甚至有點緊張。「可能是任何東西。」

瑞秋把手指壓在脣上，而且嗅聞。「應該是血。」

「不可能吧……」羅蘭說：「就像妳說的，希爾維婭，這個汙漬可能什麼也不是。也許李奧諾菈出了點小事故，稍微受了點傷。」

大夥離開涼亭，朝懸崖邊走去。他們的燈光照亮了一條向下的狹窄小徑。瑞秋猜測這條路與她在李奧諾菈陪伴下走過的另一條懸崖小路相連，通往洞穴的那條。

「我們不應該在黑夜中下去。」希爾維婭說：「這樣很不安全。我們必須找人來幫忙。」

瑞秋已經移到小徑的邊緣。她用手電筒照向懸崖下方，說道：「我們不需要走太遠。」

「什麼意思？」亨利・羅蘭追問。

瑞秋沿著小徑走了幾步。「下面有一具人體。」

希爾維婭望向邊緣，倒吸一口冷氣。「我的天啊。李奧諾菈！」

瑞秋慢慢往下走，步步為營。蜷縮成一團的形體躺在一塊突出於海面上方的狹窄岩架上。

「看在上帝的份上，小心點！」羅蘭沒打算跟著她。

「她一定是掉下去了。」希爾維婭語帶好奇。

「她有在動嗎？」羅蘭問：「這道懸崖並沒有很高。即使她摔斷幾根骨頭、失去知覺，也可能還活著。」

瑞秋回頭瞥向他們。她需要確保他們倆都沒跟在她後面。他們只要推一下她的腰，她就會墜崖而死。

她的光芒照在希爾維婭和羅蘭的臉上。他們牢牢地站在懸崖頂上，表情緊張而期待。

瑞秋蹲下，俯身查看人體。「她死了。」

羅蘭咒罵。希爾維婭似乎強忍住一聲驚恐的叫喊。

「可憐的女人。」她說：「妳……妳確定嗎？」

「我檢查了她的脈搏。」瑞秋說：「毫無反應。」

「真悽慘。」希爾維婭說：「我們不久前才講過話。」

「這個人不是李奧諾菈。」瑞秋說。

「什麼？」羅蘭和希爾維婭異口同聲，語調難以置信。

瑞秋抬起頭，看到他們驚訝地往下看。

「這個人是寇普護理師。」

第二十五章

「李奧諾菈在哪？」楚門質問。

三個傭人再次聚在瑞秋的房間裡。時間不再具有意義。莫特曼莊園今晚無人能成眠。警察很快到達現場，他是一位魁梧又倒楣的年輕警官，更熟悉小偷小摸而不是謀殺案。增援警力隨後抵達。一名年長的警官聽取了來賓和工作人員的陳述，來自斯卡布羅的一名調查員則負責檢查並移走屍體。

李奧諾菈．多貝爾消失了。傭人們興奮地猜測，她和伯妮斯．寇普發生爭執，她在盛怒下動了手，把對方推下懸崖，然後逃跑了。警察把菲利克斯．多貝爾從睡夢中叫醒，但聽到護理師去世的消息時，他淚流滿面，語無倫次。葛菈蒂絲正在努力照顧他。他幾乎沒說起他妻子的事。

「希爾維婭否認說過任何可能促使李奧諾菈犯下謀殺的言論。」瑞秋說。

「還真令人驚訝。」

「據希爾維婭說，李奧諾菈一定是巧遇那個女人，並與她吵了架。她殺了她，然後驚慌失措地逃跑了。車輛都沒有被偷，所以她一定是徒步逃走的。」

楚門呻吟：「真瘋狂。」

「如果真是這樣，她肯定走不了多遠。」海蒂說：「徒步能有多快？」

「希爾維婭指出她當時帶著手提包。」瑞秋說：「也許她有錢支付計程車和火車的費用。」

「如果寇普護理師的死是意外？」瑪莎說。

「圓廳的血跡表明並非如此。」

「我們已經聽了戈里夫人的想法。」楚門說：「妳能確定她不是犯人嗎？」

「不能。」瑞秋說：「同一個想法一直在我的腦海裡盤旋。」

「什麼想法？」

「把謀殺想成一門藝術，想像由兩位不同的畫家共同繪製的一幅畫。他們分屬不同流派，筆觸毫無共同之處。兩人都很有才華，但由於工作重疊，所以不可能分清誰做了什麼——」她搖頭。「或是為什麼。」

* * *

早餐供應得很晚而且斷斷續續，因為傭人們都被缺席的女主人的醜聞轉移了心思。菲利克斯・多貝爾臥病在床，警方則四處搜尋，彷彿懷疑李奧諾菈潛伏在莊園的某個地方，在一個尚未被發現的祕密通道或房間裡。

一位對建築歷史瞭解甚少的警官，還問起莫特曼莊園是否有自己的「神父洞」——以前在天主教徒受迫害期間供神父藏身的地方。

警方告訴來賓們，不要離開莫特曼莊園，直至另行通知。沒有人被捕，他們可以自由地在半島上閒逛，但應該隨時準備回答進一步的盤問。

太陽已經開始下沉。潮溼的氣氛讓人難以忍受。打開用餐間的窗戶也沒有什麼區別，因為一絲風也沒有。在如此黏稠而壓抑的天氣下，人們的神經變得脆弱，脾氣也變得暴躁。

克萊夫・丹斯金狼吞虎嚥地吃下幾片培根、兩根豬肉香腸和一堆炒雞蛋。其他人都沒什麼胃口。希爾維婭・戈里摳著一顆柚子時，補充了她的理論。她表示，李奧諾菈精神失常，過量飲酒使她陷入了殺人狂怒的深淵。羅蘭和丹斯金對此同意。這是一件悲慘的事件。他們只希望這女人能盡早被捕。

「妳覺得她為什麼殺了護理師？」瑞秋邊問邊給自己倒了第二杯咖啡。短暫的小睡足以讓她清醒過來，她已經派楚門去多貝爾酒館讓雅各知道護理師的死訊。

「吃醋。」希爾維婭說：「這可憐的女人對菲利克斯一心一意，任何人都看得出來。」

「也許護理師想成為下一任多貝爾夫人。」丹斯金提議。

羅蘭看著瑞秋。「親愛的，妳還不打算亮出底牌嗎？妳應該知道我們都是妳的朋友。我們都在同一艘船上。」

「我們都是凶案嫌犯？」

他的咕噥聲聽來不屑一顧。「這些警察看起來不像是最聰明的人，但應該也看得出真相。我們當中沒人有理由希望那女人受到傷害。」

「李奧諾菈指責我們每個人都犯下了完美的謀殺。」瑞秋說：「這應該構成了充分的動機吧？」

「胡說八道！」羅蘭說：「我們當中有兩個人被無罪釋放。我則是未曾被提起控訴。妳甚至從未被懷疑有犯下任何罪行。」

「也許——」瑞秋說：「這是因為我很聰明，而不是因為我無罪。」

希爾維婭推開餐盤。「這樣吵架對我們來說毫無幫助，我們現在最不該做的就是拌嘴。瑞秋，我們該認真談談了。這段時間以來，我一直覺得妳和我有很多共同點。」

「李奧諾菈也對我這麼說過。」瑞秋停頓。「事實上，也許這就是她的想法。」

「什麼？」

「也許她也想犯下完美的謀殺。犯罪心理讓她著迷。說不定，她想瞭解這種體驗，想知道這是什麼感受。」

「荒謬。」羅蘭把餐刀用力砸在桌上。「首先，我們誰都沒犯下任何罪行，更別提謀殺。總之，我認為李奧諾菈犯下的是最不完美的謀殺案。如果她想把護理師扔下懸崖，那麼確保屍體落入海中應該不會很困難。」

「等一下。」丹斯金說：「瑞秋可能說到了重點。別忘了那女人昨晚喝了多少，她可能只是酒後生事。」

他們聽到試探性的敲門聲，一位他們以前從沒見過的薑黃色頭髮的警察把腦袋探了進來。

「薩弗納克小姐？抱歉打擾，不過塔克探長想見妳。」

＊　＊　＊

塔克探長身材高大，身材瘦削，與作家米恩筆下的屹耳驢有著令人不安的相似之處。一夜未眠後，他顯得憔悴而痛苦。在他所在的鄉村轄區，一起醉酒事件和幾起自行車盜竊案就是所謂的犯罪浪潮。一個辛苦邁向退休生活的人，最不需要的就是被一個大宅裡發生的謀殺案打亂步伐。

他直接切入重點：「我們本地的警力現在壓力很大，小姐。僅僅三十六小時前，本地一家動物園發生了一起死亡事件。妳可能已經在報紙上看到這個案子。這是一起可怕的事故，但還有一些問題要問，有調查需要進行。這是英格蘭一個寧靜的角落。人們奉公守法，我們不習慣看到這種事情發生。」

「我相信。」瑞秋說。

「警察局長已經通知了蘇格蘭警場。他們的代表已經在路上。奧克斯探長。」

「啊。」

「我聽說妳已經認識他了？」

「沒錯。」

「妳也認識局長？」

「我們見過。」

「我讀了妳昨晚寫給警探的陳述。妳還有什麼要補充的嗎？」

瑞秋搖頭。「當然，如果可以的話我會幫忙。」

「請原諒我這麼說，小姐，但這是妳的職責。」他好奇地看了她一眼，瑞秋很想知道蘇格蘭警場如何向他的警察局長描述了她。「針對寇普護理師的死，妳真的沒其他線索可以提供了嗎？」

「這件事令人震驚。我只見過這位女士一面，但她似乎很關心她的病人。」

「對她病人的妻子並不關心？」

「這種反感是相互的。我在聲明中提到，多貝爾太太不贊成寇普護理師的治療方法，以及她使用天仙子和其他毒藥的做法。但她似乎並不懷疑寇普護理師有**刻意**傷害她的病人。」

「的確。」塔克撥弄領帶。「然而，妳的其他來賓表示，幾個小時後，也許是受到酒精的影響，她對寇普護理師的死亡負有責任。」

「乍看之下，他們說得對。」瑞秋說：「問題是『乍看』永遠看不見全貌。」

＊　＊　＊

「有一位紳士要見妳，夫人。」

瑞秋一離開探長，葛菈蒂絲就和她搭話。一夜之間，這個女傭似乎又老了一些，眉頭浮現新的皺紋，膚色白得像粉筆。

「金髮的年輕人？看起來精力充沛而且自我感覺良好？」

「沒錯，夫人。他說他認識妳。聽起來幾乎像約克郡人。名叫弗林特。」

「我們能不能在圖書室談話？」

「可以，其他客人都在起居室。戈里太太說，等妳有空的時候她也想和妳談談。」

「偷偷告訴妳，這是一份我寧願推遲的喜悅。妳能不能幫我打發她？」

葛菈蒂絲不喜歡希爾維婭，曾向瑪莎透露她覺得希爾維婭態度太臭屁。「交給我，夫人。我會帶這位先生直接進入圖書室。」

「謝謝妳。」

「打擾一下，夫人，但妳認為多貝爾太太出了什麼事？我實在想不透。我不禁害怕是不是發生了什麼可怕的事情。我指的不僅僅是那個看護，願上帝安息她的靈魂。」

「我沒辦法給妳多少安慰。」瑞秋溫柔道：「多貝爾先生現在狀況如何？」

「很糟，夫人。醫生應該很快就會來看他一下。」

女傭眼淚瀕臨決堤。瑞秋用手帕輕擦女傭的臉頰，女傭低聲說了句感激的話，匆匆離去。

瑞秋在圖書室坐下來，當葛菈蒂絲帶他進來時，雅各在她旁邊坐下。女傭把門在身後一關上，他就像逃了五十步的士兵那樣興奮地取笑逃了一百步的士兵。

「楚門跟我說妳成了一起謀殺案的嫌疑人。妳太大意啦，瑞秋。我失望極了。妳讓自己陷入這樣的處境，真的明智嗎？」

他的厚顏無恥讓瑞秋大笑。「少自私了。我自己有點樂子應該也不過分吧？」

「快把我當作妳的告解神父，什麼都別漏掉，我洗耳恭聽。」

「說得好像你自己一點嫌疑也沒有。也許你昨晚溜出客棧是為了幹壞事。」

「客棧的前門在十點四十五分就鎖上了，我的小房間的窗戶也卡得緊緊的。昨晚熱得差點害我脫水致死。」

「這聽起來不像是最無懈可擊的不在場證明。」

「警察已經出現在多貝爾酒館。楚門捎來妳的消息時，一名警察正在審問我。」

「你有沒有提到妳見過李奧諾菈？」

雅各咧嘴笑。「我原本有想過說出來。他說我不能離開莫特曼，除非另行通知。

每個人都必須留在原地，直到騎兵以蘇格蘭警場的形式到來。他們的刑警們晚點會更詳細地盤問我們。」

她吐口氣。「警場派來了他們最優秀的人。」

「奧克斯？」他輕輕吹聲口哨。「真好奇為什麼是他？」

「應該是我的錯。局長聽說了我是這裡的客人。他不想冒險，以防我真的開始殺害醫學界的成員。」

他發笑。「讓我們聽聽妳最近在做些什麼。我發誓不會寫下任何東西。我把鉛筆和筆記本留在房間裡了。」

「看來你還是有些長進。」

她以簡單明瞭的方式描述了前一天發生的事件，以發現屍體收尾。「我一定是螺絲鬆了。人總是應該期待意想不到之事發生，但碰巧發現寇普護理師遺體的這件事還是讓我大吃一驚。我還以為被發現的會是李奧諾菈。」

「妳還真大方承認自己螺絲鬆了。」他說：「我原本以為妳總是神機妙算。」

「別忘了，殺人犯都是機會主義者，懂得把握時機。沒人能預見他們邁出的每一步。但是……」

「說下去。」

「莫特曼莊園的幾個人有充分理由謀殺李奧諾菈。伯妮斯·寇普原本是其中一個。考慮到她能取得毒藥，她確實有能力實施犯罪並將死亡偽裝成自然因素。如果她對菲利克斯有什麼企圖，那她也確實有一個令人信服的殺人動機。」

「妳不相信那個看護有祕密情人的這個說法？」

「沒人見過他。」

「就算他確實存在——」雅各說：「如果伯妮斯看到有機會嫁進豪門，就有可能打算拋棄他。又或許，她的說詞只是障眼法。她本來就盯上了菲利克斯，只是假裝已經有對象。」

「當然，如果菲利克斯失去了妻子，就可能會像以前一樣把眼光轉向看護。但不同的是，現在他老了十二歲，而且健康狀況很糟。昔日的情慾火花還沒有熄滅，但正在熄滅，他的生命力也是。如果伯妮斯真的嫁給他，很快就會成為寡婦。她到時候想怎樣都行。莫特曼莊園的女主人。」

「從法律角度來說，你確定嗎？」

「別忘了，我看過多貝爾家族的財產處分契據。新任妻子的處境將與李奧諾菈完全相同。大宅的終身地產保有人。」

「法律術語。」雅各翻白眼。「意思究竟是什麼？」

「繼承人的遺孀並不擁有該遺產，不能按照自己的意願把遺產傳承給誰。但從實務面來說，只要她還活著，就能隨意動用遺產。」

「這確實是強烈的殺人動機。」雅各說：「但死的是寇普護理師。」

「的確，這個走向錯了。」

「李奧諾菈是個怪女人。她殺掉看護是出於盲目的仇恨，還是因為她擔心如果不殺掉伯妮斯，就會被對方處理掉？還是李奧諾菈只是在一場失控的爭吵中把她推下懸崖？」

瑞秋皺眉。「奇怪的是，這起死亡事件與三名涉嫌謀殺的人同時出現。涉嫌謀殺的人還包括我自己。如果這次犯罪是有預謀的……」

「也許她只是想製造混亂。妳自己也說過，沒有人有確鑿的不在場證據。希爾維婭有可能是在外面的時候犯下罪行。她不在的期間，羅蘭和丹斯金都不在房間裡。離開他們之後，在葛菈蒂絲發出警訊之前，妳自己也有行凶的時間。」

瑞秋輕拍他的手。「我以我的名譽擔保，寇普護理師不是我殺的。」

他笑嘻嘻。「我否認謀殺路易斯・摩根斯時，妳有相信我。我很高興回敬妳的善意。作為獎勵，我還會跟妳分享我的推理。」

「這就是為什麼你是我最喜歡的記者。」

「我受寵若驚。」

「別往自己臉上貼金。我只是鄙視弗利特街的其他記者。那麼，告訴我你懷疑什麼。」

雅各向前傾身。「自從她父親受審以來，法律程序就一直困擾著李奧諾菈。她並不害怕冒險，她在隱密氏族俱樂部的行為也證明了這一點。如果她編造了一個計畫，讓她顯得有罪，卻能讓她逃脫懲罰，並宣稱自己是司法不公的受害者？就像希爾維婭．戈里、亨利．羅蘭，還有克萊夫．丹斯金。」

「很高明的理論。」

雅各輕鬆地靠向椅背，笑容滿面。「謝謝妳。」

「告訴我，自從我上次見到你以來，你都在做些什麼。」瑞秋說：「之後，你何不採訪另外三位嘉賓，看看你能否誘騙他們說出自己犯罪的事實？」

「妳喜歡我的推理？」

「愛死了。」她嘆道：「雖然我一點也不相信你的推理就是事實。」

第二十六章

雅各問剩下的嘉賓能否單獨和他們談談，但希爾維婭・戈里堅持他們要麼一起跟他談，要麼別想。

「回答記者的問題，並不等同幫助警方進行調查。你沒有權利走進這棟房子、要求我們任何人發表聲明，我也很驚訝警察竟然允許你進來。房子的主人知道你在這兒嗎？」

「多貝爾先生正在床上休息。」雅各毫不在意。「等新的看護來接替死者的職責。我很想和他談談，看看他能否為這場悲劇提供任何線索，但他的健康狀況當然擺第一位。」

「換言之——」希爾維婭說：「你的答案是『不』。」

「薩弗納克小姐很樂意單獨和我談話。」

「那是她的事。我敢說她對記者的詭計並不熟悉。我甚至不明白你為什麼對這件事這麼感興趣。這個家庭的一個成員，顯然是失足墜崖而死。對全世界來說，這看起來就像一場意外。對於我們來說，我們只是無辜的旁觀者。」

「可是多貝爾太太目前下落不明，不是嗎？而且她和死去的女人之間有著……難以相處的關係。」

「你顯然消息比我們靈通，所以我不明白……」

「我很樂意在室外採訪你們每一位，如果你們在這樣一個陽光明媚的日子比較喜歡這樣。」雅各最大的特點就是堅持不懈。「不然在多貝爾酒館也行。」

希爾維婭瞥向另外兩位嘉賓，說道：「我給你五分鐘。這兩位先生可以按照他們認為合適的方式，對我的說詞進行添加或刪減。這是我們最好的條件，弗林特先生，接受或拉倒。」

雅各接受。她對事件的描述只包含了最少的細節，她也堅持拒絕猜測李奧諾菈．多貝爾現在可能在哪。兩個男人更是盡量少開金口。他沒發現任何明顯的謊言，但這兩人也沒提及李奧諾菈指控他們三人犯下了謀殺。這完全符合他的預測。

他在新聞界工作了夠長的時間，知道什麼時候該放棄試著從石頭裡榨血，所以他漫步在大宅的庭院裡，在警察允許的範圍內盡可能靠近懸崖邊緣。但這裡沒有什麼有趣的東西可看。

瑞秋遵照安排，正在圓廳等候。她沉默不語，陷入沉思，和他一起走向多貝爾酒館時沒說一句話。

瑞秋身體輕盈結實，步伐輕快。在炎熱而沉重的空氣下，雅各使盡全力才能跟上她。她為什麼就不能滿足於悠閒地散步，一起欣賞美景？她似乎總是用一個隱藏的時鐘來測量自己的速度，鞭策自己堅持不懈地前進，就好像她患上了某種絕症，覺得自己已經沒多少時間能實現她所有的目標。

她的墨鏡和帽子成了有效的面具。他完全無法判斷她的心情。滿足於偶爾偷瞄一眼她的身影，他知道最好不要打亂她的思路。背心裙很適合她；款式雖然看來簡單，但他猜一定花了一大筆錢。她肌膚白皙，黑髮光亮，雙腿修長而勻稱。他真的很想牽她的手，只是以一種友善的方式。但他知道他必須克制自己。

她為什麼不同意他對伯妮斯・寇普謀殺案的解讀？他承認，他的推理留下了一些無法獲得解答的問題。但還有其他解釋能更好地解釋這個謎團嗎？李奧諾菈究竟想幹什麼？他的思緒不斷回到隱密氏族俱樂部，那天晚上，他和李奧諾菈的目光相遇了一會兒，然後她逃跑了，把他留給了黛希的溫柔憐憫。

她當時為何逃跑？一定是出於羞愧。她一定以為雅各當時在那裡暗中調查，想寫出一篇能揭發氏族俱樂部和她自身傾向的報導。她雖然是個怪人，但也是菲利克斯・多貝爾的妻子，還是一位受人尊敬的犯罪學家。如果她在倫敦的祕密生活方式變得眾所周知，她的聲譽就會受損。但他不認為這與伯妮斯・寇普的死有關。

「快到了。」他說。拐過小巷的最後一個轉角後，客棧映入眼簾。

「你認為其他記者正在來這裡的路上嗎？」

他擦掉額頭上的汗。「雷吉・維克斯的死仍然是這個地區的大新聞。人們在爭論是否應該允許私人動物園，彷彿發生的事件是動物的錯。至於莫特曼莊園，在一名犯罪專家涉嫌謀殺並逃亡的消息傳出之前，一名看護從懸崖邊緣摔落並折斷脖子的事實不會讓任何人有興趣報導這件事。」

她點頭。「很好，我想聽聽本地人怎麼說。」

＊　＊　＊

多貝爾酒館裡唯一的話題，就是看護的死和李奧諾菈的失蹤。雅各走向吧檯時，瑞秋在角落的壁龕裡找到一張桌子，距離夠近，適合偷聽。

在壁龕的另一張桌子旁，一個男人一邊咬著指甲，一邊在日記上的一幅海雀的素描上補幾筆。他沒碰桌上的火腿沙拉和薑汁啤酒。他腳邊的雙筒望遠鏡和斜靠在牆上的手杖，表明他就是鳥類學家西登斯。她試著與他攀談，但每一次寒暄都被對方令人沮喪的哼聲拒絕。最終，他透過厚眼鏡瞇眼看著她，表情明顯有些惱怒，甚至懶得哼一聲。

瑞秋毫不氣餒，再次嘗試。

「對於觀賞海鳥來說，這裡真是個美妙的地方。」她開心地說：「不只是海雀，還有海鳩……」

「女士！」她這次的打擾氣得他扔下鉛筆。「現在在數十個警察包圍下，如果明天這座半島上還剩一隻鳥，那就是奇蹟了。那麼，失陪了。」

他拿起望遠鏡和手杖，一瘸一拐地走出酒吧，沒回頭看瑞秋。她把注意力轉向酒吧裡的顧客。這家酒吧是竊聽者的天堂，因為所有的人都大聲說話，而且不乏關於莫特曼莊園之謎的猜測。

一些人認為李奧諾菈是精神錯亂的殺人犯，一些人把矛頭指向路過的流浪漢或心懷不滿的前傭人。一名頭髮花白的農場工人明顯懷有陳年怨恨，他堅稱菲利克斯．多貝爾是一個色情狂、其健康狀況不佳是裝出來的，他是在一次瘋狂的殺人慾望中殺死了他的看護。另一個人確信寇普護理師懷了菲利克斯的種，她是出於羞愧而自殺。他認為，菲利克斯在爆炸中失去一條腿而導致陽痿的故事，其實是個巧妙的托詞，目的是為了掩飾他對每一位看護採取邪惡手段的衝動。

「那他實在應該選擇一個長得更好看的女人。」一個臉色紅潤的啤酒客譏諷道。

「那女人確實不是美如油畫。」另一個男人同意。「願上帝安息她的靈魂。」

「她常常推輪椅帶他到懸崖邊。」一位顯得可敬的老傢伙說道：「我以前經常在想，她哪天可能會把他推下懸崖，就為了讓他擺脫痛苦，那可憐的傢伙。」

面色紅潤的男子睿智地點點頭。「誰想得到他會比她活得更久？這發人省思啊，這種事就是這樣，發人省思。」

這群人一致相信看護的死亡並非意外，不僅因為看起來不太可能是意外，也因為如果真的是意外，那就太沒意思了，尤其加上蘇格蘭警場的兩名刑警將於今天下午抵達多貝爾酒館。一名探長和一名警探。他們已經預訂了僅剩的兩個房間。

其他顧客紛紛離去，與村裡其他人分享醜聞的最新進展時，露西為雅各和瑞秋送上麵包和乳酪。他把瑞秋介紹為朋友，但沒透露她的名字。露西既沒掩飾好奇心，也沒掩飾自己豐滿的身材；為了應付炎熱，她在不算傷風敗俗的範圍內盡量解開上衣的扣子。她在餐桌旁徘徊時，瑞秋抓住機會審問她。

雅各靠向椅背，欣賞她為了誘騙出情報而使用的技巧。在晉升到司法部門之前，御用大律師萊諾．薩弗納克曾是英國律師協會最令人敬畏的審問者，而儘管瑞秋鄙視他，她也有類似的本領，不同之處在於她窺探的微妙手法。露西一直滔滔不絕，根本不知道自己被多麼狡猾地榨取情報。

「我沒辦法相信多貝爾太太是刻意逃跑的。」她說：「如果妳問我，我認為她失去了記憶。」

「失憶症？」

「就是這個名詞！而且這種病可能會持續很多年，就像彈震症一樣，可憐的西登斯先生昨天才告訴我。」

「妳不相信多貝爾太太有能力傷害任何人？」瑞秋提議。

露西猶豫了一下，出於誠實的考量而先三思再表示同意。「我想任何人都有能力……呃，做出可怕的事。可是她為什麼會想傷害寇普護理師？如果兩人真的水火不容，她可以提前一星期給她解僱通知。」

「也許她丈夫會禁止她這麼做？」

「多貝爾先生當然會不想失去伯妮斯・寇普。」露西嘆氣。「可是人總得務實點，不是嗎？那可憐人是個瘸子。沒錯，他是家裡的男主人，但除了拼圖之外他還會做什麼？他家裡是他老婆說了算。」

「很強勢？」

「那當然。我媽媽說，從來到這裡的那天起，多貝爾太太就知道自己想要什麼，並確保得到它。」

瑞秋用手帕擦擦嘴，多貝爾酒館並沒有提供餐巾。「如今，她是一位受人尊敬的犯罪學家。」

「她寫過書，不是嗎？」露西搖頭。「我一本也沒讀過。」

「她沒和妳討論過犯罪案件？」

「從來沒有。而且這並不是什麼很美好的話題吧？我猜在倫敦那種地方的人就是做這種事啦。她對此感到羞愧，我並不感到驚訝。也難怪她用筆名。」

「她經常來這兒嗎？」

「偶爾。」露西咬唇。「妳可能知道，她喜歡喝酒。有時候她會有點縱容自己。」

「喝太多？」

「不只是這樣。她的談話非常私人。我的意思是，她總是問起我男朋友的事。」

露西臉紅。「我告訴她我沒有特定的男朋友、我會跟不同男生出去。她一直說他們配不上我，而如果我告訴她我喜歡某人，她就會變得煩躁又生氣。這不是我的錯。」

「當然不是。」瑞秋說：「她有沒有跟妳說過她在倫敦的俱樂部？」

「瑟西俱樂部？」露西點頭。「李奧諾菈說那裡富麗堂皇。我是說多貝爾太太。她要我叫她李奧諾菈，甚至李奧。可是我總覺得這樣不妥，畢竟她是莊園夫人。」

「我聽說瑟西是非常好的俱樂部。」

「妳相信嗎？她甚至曾提議帶我去那裡看看，」她的語氣充滿好奇。「我這輩子從沒去過倫敦。」

「妳當時一定很心動？」

「我說我會考慮、這個週末會給她答覆。但我總覺得沒辦法。我不能拋下我媽或是鮑伯叔叔。」

「妳總有一天會飛離巢穴，」瑞秋苦笑。「我們都是。」

「對妳來說不一樣，小姐。妳是個女士，不是嗎？」

「看情況。」瑞秋說。

露西咯咯笑，轉向雅各。「那麼我有一些非常好的消息。只要警方一批准，西登斯先生就要離開這兒。他的身體狀況不足以攀爬懸崖，而且他對看護和多貝爾太太引發的騷動感到惱火。他說這裡吵鬧得讓他根本沒辦法觀察稀有物種。」

「真自私。」雅各說：「如果他當時有多注意一下，而不是為自己的腳踝感到難過，就可能透過望遠鏡看到有人把看護推下懸崖。可是為什麼他的即將離去是個好消息？」

「因為這表示附樓房間今晚會空出來。」露西咯咯笑，瞥向瑞秋，一臉春色。「如果妳願意的話，可以搬去那裡。妳可以隨意來去，在那裡不會受到打擾。如果妳有伴侶。」

* * *

「有任何頭緒嗎？」

雅各在前往多貝爾酒館的路上一直保持安靜，但他發現在回程中不可能再重複這一壯舉。他們在客棧裡頭的時候，外頭陰雲密布。風勢增強，海浪發出更凶險的聲響。莫特曼莊園出現在他們面前時，他的決心動搖了。

女酒保暗指他可以引誘瑞秋去附樓裡享受一夜的肉體歡愉，他已經從這項提議造成的尷尬中恢復過來。感謝上帝，瑞秋並沒有以嘲笑或厭惡的態度回應露西的提議。事實上，她根本沒有反應。現在，讓他鬆了一口氣的是，瑞秋沒有對他發脾氣。

「我終於明白了這一切。」她興奮得嗓音尖銳。

「說下去。」他說。

「首先，我得找到李奧諾菈。」她指向一條狹窄的泥土路，從小徑通向長滿草的小山丘，再通向懸崖。「讓我們找到她夜間散步時所走的路線。」

她邁開大步時，他感覺到她的緊繃情緒。他的額頭滲出汗水，雨滴開始落下。瑞秋的強健體魄，來自於多年在岡特島的惡劣環境中游泳和攀岩。想跟上她非常不容易。

「我有個想法。」他說。

「恭喜你。」

「寇普護理師吹噓自己有一個仰慕者。假設那其實不是她唬爛？」

「你問我，我問誰？」

「那個人會不會是丹斯金或羅蘭？丹斯金是推銷員。我們都知道他遊歷廣泛，也沒人監視他的行蹤。至於羅蘭，他已經退休了，來去自如。這兩個人都可能在這裡度過一些時光。」

「他們的動機是什麼？」

「他們都有花心的歷史。假設他們其中一個與看護有染。」雅各邊走邊想。「如果她向對方爆料自己懷孕了……」

「留心點。」他們到達小丘頂時，瑞秋說道。一條岩石小路通向懸崖。

「妳覺得我可能不小心發現了什麼？」

「你如果在這裡繼續不小心，就會掉進海裡。」他差點被一塊沾染雨水的石頭絆倒時，她說道：「注意你把腳放在哪裡。」

她走在前面，他氣喘吁吁地跟上，在懸崖邊和她會合。在底下很遠的海面上，一陣風掀起的波浪拍打著小海灣裡的巨石。海鷗哭喊，彷彿在哀悼。這個位置十分裸露，他頓時感覺渾身發冷。

瑞秋掃視海岸線時，他意識到她渾身僵硬。

「怎麼了？」

她指向水邊。「看到了嗎？」

半隱於岩石之中，某個東西在微風中飄動。瞥見海軍藍和紫色，他的心往下沉。

「那該不會是……她的禮服？」

瑞秋點頭。「快回去大宅把警察叫來。他們可以結束對李奧諾菈的搜索了。」

第二十七章

雅各和瑞秋讓警察們在岸上進行嚴峻的工作。李奧諾菈・多貝爾的屍體承受了海浪和岩石的打擊。

兩人冒著雨大步朝莫特曼莊園走去時，瑞秋的眼睛彷彿望向遠方。雅各希望她的思緒沒他自己的那麼混亂。

「那是誰？」他說。門廊外停著一輛光滑閃亮的紅色汽車，是一輛阿爾維斯「銀鷹」跑車。雅各以前沒見過它。塔克探長生鏽的莫里斯停在大宅的盡頭，靠近瑞秋的幻影。

「羅馬人在這裡建立了一座烽火臺，以警告有野蠻人接近。」瑞秋露出一個淒涼的微笑。「如果這裡有一座現代版的烽火臺，可就方便了。」

房子的前門被猛地打開，葛菈蒂絲跌跌撞撞地出來，淚如雨下。

「喔，小姐。」葛菈蒂絲痛苦得幾乎窒息。「這太慘了，先是看護，而現在多貝爾太太……」

雅各用手臂摟住葛菈蒂絲豐滿的肩膀。她的身體因情緒激動而顫抖，還有恐懼，因為現在她的女主人死了，她該怎麼辦？扶葛菈蒂絲進去後，他們發現楚門三人正在和管家說話。海蒂帶心煩意亂的傭人們去食品儲藏室喝杯茶恢復精神，瑞秋和其他人則前往長長的畫廊。

楚門看錶。「探長正在圖書室裡重寫報告，加入李奧諾菈的遺體被發現的消息。奧克斯搭『飛翔的蘇格蘭人』客運列車上來，現在應該到了約克，一輛警車會把他帶來這兒，他應該一個鐘頭內會到。他們是把李奧諾菈的死視為謀殺還是自殺？」

「也有可能是意外。」雅各向來不喜歡長時間被排除在談話之外。

楚門狠狠瞪他一眼。「我猜她和伯妮斯・寇普是從同一塊土地上掉下來？」

瑞秋點頭。「我得知屍體的頭皮上有傷口，但看護的頭也被劃破了。除非病理學家另有說法，否則目前沒有什麼定論。接下來，外面那輛紅色汽車，它是誰的？」

「讓你猜三次。」楚門說。

「惠特洛少校？」

楚門和瑪莎交換眼神。「你腦袋太犀利了。」他說：「遲早有一天會割傷自己。」

「只要少校別用鐵爪割傷我的耳朵。」

「他有問你在哪。」瑪莎說：「我們什麼也沒說。他說他想和你私下談談。」

「我確實想過他是不是想找我。」

「你打算怎麼做？」

「我需要擦乾頭髮，換掉這身衣服，把我的說詞準備好。」瑞秋說：「然後我會跟他談。」

＊　＊　＊

奧克斯探長走進莫特曼莊園時，天上雷聲隆隆。他身邊是一位體格魁梧的警探。在暴風雨中呆上幾秒鐘，就足以讓他們的頭髮和雨衣溼透。

楚門大步走出前廊，在那裡與雅各和瑪莎一起看著警車駛近。他向刑警們簡短地點個頭。

「塔克探長正在客廳裡打電話，和他的警察局長通話。如果你想見薩弗納克小姐，她在起居室，和惠特洛少校談話。」

「惠特洛？丹斯金庭審的證人？」

楚門還沒來得及回答，起居室的門就打開了，瑞秋走了出來。

「探長。」她開口：「這座莊園的主人身體不好，你也知道他的妻子剛剛被發現身亡，所以讓我代為歡迎你來到莫特曼莊園吧。」

奧克斯握著她的手時瞇起眼睛。「妳再次在正確的時間出現在正確的地點，薩弗納克小姐？」

她被逗笑了。「這只是個不起眼的天賦，但我很慶幸。雅各・弗林特也在這兒。」

「我早該知道。」

「沒錯，也許你早該知道。」她指向通往前廊的門。「雅各在裡頭。瑪莎的哥哥一走出房間，我猜雅各就開始和她調情。」

「我現在還不想見他。」奧克斯說：「惠靈警探，你能不能向塔克探長詢問最新狀況？與此同時，也許薩弗納克小姐和我可以談談？」

「我叫人送茶來。」瑞秋說：「你會需要茶水。進圖書室吧，我們有很多事情要討論。」

＊　＊　＊

「妳知道妳也是嫌犯嗎？」奧克斯問。

瑞秋在給司康餅塗奶油時停下來。「當然知道。對我和這裡的其他人來說，謀殺李奧諾菈・多貝爾都是輕而易舉之事。還有寇普護理師，如果她有親眼目睹我犯罪。」

「妳認為這就是她為什麼死了？因為她看到了什麼？」

「不完全是。」瑞秋說。

「意思就是『不是』。」奧克斯咕噥：「我必須問妳是否收到了這張紙條，或類似的東西。」

他揮舞著一小張廉價的無水印信紙，上面寫著幾個形狀笨拙的大寫字母。

十點在圓廳見我

L

瑞秋研究著這張紙條，彷彿它是一份價值極高且稀有的古代符文。「我以前沒見過這東西，但它回答了一、兩個問題。」

「例如？」

「你在哪找到這個字條？」看奧克斯猶豫，她輕快地說：「得了吧，沒必要隱瞞。」

奧克斯嘆氣。「塔克的一名手下在樓上李奧諾菈．多貝爾的更衣室裡發現了它。」

「你的判斷是？」

「看上去像是她用來安排跟某人會面的便條，也許是草稿。」

「跟誰會面？」

「我猜是寇普護理師。」

「我很高興你不是一個賭徒。」瑞秋說：「這張紙條不是李奧諾菈寫的，也不是交給看護。」

＊ ＊ ＊

「想都別想。」惠特洛少校說：「我拒絕接受你的條件。」

他和瑞秋以及奧克斯探長一起來到圖書室。送上的茶和司康餅已經享用完畢，一瓶打開的布里斯托爾奶油雪利酒放在桌子上。他們彷彿像在爭論該邀請誰來當教堂集市的主賓。

「我恐怕必須堅持。」瑞秋愉悅道：「這都要怪我喜歡戲劇性的東西，但雅各・弗林特有資格聽聞這個故事。要不是他，我們就不會知道完整真相。」

「妳究竟知道多少？」少校厲聲道：「我聽過妳那些胡言亂語的臆想和猜測。妳根本沒有證據。」

「的確。」瑞秋說：「你可以把我想像成一個想像力豐富的說書人，而不是檢察官。」

「就我而言——」奧克斯說：「我願意同意薩弗納克小姐的提議，允許弗林特和我們坐在一起。」

「那個人是記者。」少校說：「我一點也不相信他。」

「就像你也不相信雷吉・維克斯？」瑞秋笑意消失。「我會跟雅各・弗林特談，也會為他負責。他如果知道怎麼做對他有好處，就絕對不會把任何一個字刊登出來。」

「我不……」

「如果他讓我失望，你知道該怎麼做。找一頭渴望飽餐一頓的獅子。」

「忍無可忍！」少校用鐵爪指著她。「妳不明白……」

「少對我居高臨下，少校。」她的口吻如刀鋒般犀利。「我已經解釋了我的條件，它們非常合理。」

「薩弗納克小姐！」惠特洛少校用鐵爪敲桌。「這不是遊戲。」

「這確實不是板球。」她說。

「妳這等於堅持讓妳的傭人們也加入我們。」

「我非常想這麼做。」瑞秋輕蔑地看一眼鐵爪在清漆桌面上留下的痕跡。「至少我信賴我的傭人們。」

漫長沉默。

瑞秋轉身背對他，從書架上拿起一本《可敬的謀殺案》。奧克斯向惠特洛說話時，她翻閱頁面。

「少校？」

他的鐵爪夾緊。「好吧，薩弗納克小姐。雖然有違我的理性判斷，但我答應。」

＊　＊　＊

七個人聚在圖書室：奧克斯、惠特洛少校、希爾維婭・戈里、亨利・羅蘭、克萊夫・丹斯金、瑞秋，還有雅各。瑞秋換上了一件橙黃色的錦緞連衣裙。雅各覺得她看起來更像是一場愉快晚宴上的東道主，而不是謀殺案專家。

羅蘭和丹斯金在抽菸。推銷員坐立不安，不停查看懷錶。希爾維婭接受了一支菸。雅各好奇她是不是在安撫自己的神經，但她在表面上仍然保持著平常的自信。

外面，暴風雨肆虐。他們聽到屋頂上一塊石板瓦掉在地上的聲響。奧克斯已經派他的警探前往多貝爾酒館，但在這種天氣下，即使是這麼短的車程也會受到考驗。

「我想說個故事給你們聽。」瑞秋說：「一個道德寓言，如果各位願意。」

希爾維婭看著探長。「這符合規矩嗎？我知道我們在寒冷的北方，任何事情都可能發生，但薩弗納克小姐沒有官方權力。還是我漏掉了什麼？」

奧克斯瞥向惠特洛。「我和少校都同意了聽聽薩弗納克小姐要說什麼。」

惠特洛點頭時，羅蘭平靜地說：「我不反對。這能打發時間，等暴風雨減弱後我們就能回家了。」

丹斯金很煩躁。「那就開始吧。」

「這一切從一個叫做雷吉納德・維克斯的男人開始。」瑞秋說：「前天晚上他被獅子咬死了。維克斯是個蠢蛋，但愚蠢並不是死罪，他不該死。不久前，他聯繫了我。他當時很恐慌，說他走投無路，求助無門，絕對不能向警察求救。他聽說我對犯罪感興趣，而且不管我有什麼缺點，其中並不包括口無遮攔。

「他的狀況如下。他在白廳工作，內政部一個不起眼的分支。我不清楚那裡的指揮鏈，我猜那是官方機密。少校是他的上級之一，而少校自己則是向一位上校報告，我已承諾不會提及他的名字。」

希爾維婭・戈里看了惠特洛一眼，對方輕快地點頭表示確認。

「雷吉可以說是一個有用的蠢蛋。他之所以被僱用，就是因為他愚蠢，而不是有什麼其他優點。一項大膽但也不明智的招募政策。然而，在戰爭結束後，那些負責保衛這個國家的人將一切都置於一個明確的優先事項之上：確保英國不會重蹈俄羅斯的覆轍，社會動盪愈演愈烈，不可避免地引發血腥革命。」

「揭竿起義？」希爾維婭滿臉嘲諷。「這個詞彙是誤用。普通老百姓其實都被煽動者欺騙了，他們的下場總是更糟。看看法國，看看俄羅斯……」

「就別對我們講道了。」瑞秋說：「風險是真實的。戰爭結束後，掀起了罷工浪潮。就連警察也表現出反抗當權派的跡象。民眾很憤怒，四處製造麻煩。他們相信必須採取一些措施來建設一片適合英雄的土地。同樣的，當局也害怕內部的敵人。」

「為了國家利益著想。」希爾維婭說。

丹斯金和羅蘭交換一個眼神，但什麼也沒說。

「內部的敵人。」瑞秋重複。「要如何密切關注內部的敵人，並確保他們無法壯大？答案是，招募普通人來幫忙完成這項任務。雷吉・維克斯，一個本能的忠誠者，只是一個信使。他從沒上過前線。他同意這個『目的』，但後來，他瞭解得越多，就越對『手段』產生疑慮。」

「弱點。」少校說。

「這是人性。」瑞秋說：「但你說得沒錯，雷吉有弱點，一籮筐。這是他得到這份工作的主要原因。至於私生活，他的命運從很早開始就已經被規劃好了。他要娶一位同階級的漂亮小姐，生下可愛的孩子來傳宗接代。問題是，雷吉渴望刺激，渴望一些不一樣的東西。他被介紹到蘇活區一家俱樂部，並成為會員。隱密氏族俱樂部這個名字不言而喻。它迎合了異國情調和禁忌的樂趣，而且壽命非常長。犯罪窩通常只維持幾個月就被關閉，但氏族俱樂部逃離了類似的命運。毫無疑問，這要感謝身居高位的朋友。」

少校搖頭。「想像力過剩。」

奧克斯說：「我跟弗林特先生說過，警場永遠無法獲得干預所需的證據。」

瑞秋聳肩。「沒錯，氏族俱樂部是效率的典範，儘管沒有盈利。其存在的主要目的，是確保某些人如果做出被少校及其同事認為不守規矩的行為，這些人就能輕易被勒索。雖然我並不指望他承認這一點。」

少校閉緊薄脣。

「在隱密氏族俱樂部，雷吉遇到了吉爾伯特・佩恩。佩恩是被招募來參與這項事業的人之一。儘管雷吉意識到佩恩濫交而且不可靠，但還是對他忠誠。你們都知道，他是一位出版商。他旗下的作者包括妳的丈夫，戈里太太，還有一位因與列寧主義者關係密切而聞名的詩人。」

「煽動者。」羅蘭說。

「佩恩的工作是擔任間諜。也可以說是告密者。傳遞任何可能有助於擊敗內部敵人的情報。但他的行為變得不穩定。他太大嘴巴，尤其當他喝醉並和一個年輕男人在一起的時候。這損害了他的用處。他的主子們擔心他可能會毀掉他們想做的一切。」

「這也確實能理解。」希爾維婭・戈里說：「如果妳說的是真的。」

「四年前，就在這個國家在一次大罷工中瀕臨崩潰之際，事情來到緊要關頭。佩恩成了鬆動的大砲。儘管他的上級們很無情，但如果可能的話，他們還是寧願避免殺害自己的雇工。但他們擔心，他會在英國瀕臨崩潰之際背叛自己和線人網。他們有必要消除威脅，同時殺雞儆猴，**殺一儆百**。」

空中電光閃過。雅各數到五，然後聽到隆隆雷聲。

「佩恩收到了最後通牒：離開英國，否則後果自負。他非常瞭解他的主子們，知道反抗無異於自殺。他同意前往丹吉爾，並得到了足夠的錢讓他在那裡閉上嘴巴。他在泰晤士河溺水身亡是偽造的。我猜，他們挖出的屍體屬於某個不幸的人，那人得罪了……我們稱之為易容者隊吧。這是他們成立的板球隊的名字，這支隊伍是為了給他們藉口，在必須進行不能委外的髒活兒的時候，能走遍全國各地而不引起懷疑。」

雅各口乾舌燥。他幾乎慶幸自己發過誓：永遠不會把自己在這四堵牆內聽見的任何事情透露出去。如果他原本在做筆記，一定會出現寫字痙攣症。

「因為和佩恩之間的關聯，雷吉沒被告知這個祕密。他是很久以後才被告知，為了讓他明白『絕對低調』的重要性。任何不遵守規則的人，都會面臨可怕的後果。但不幸的是，佩恩的母親過世了。他切斷了與她的所有聯繫，而信以為真的喪子之痛讓她每況愈下。在痛苦中，他發誓無論發生什麼，都會在她的葬禮上表達最後的敬意。他厭倦了丹吉爾，我猜他渴望回到英國、以假身分開始新生活。

「易容者隊警告他，他如果食言就會付出代價，但他違抗了他們。他們必須採取行動。沒人知道他回到英國後會說什麼或做什麼。

「更糟的是，李奧諾菈．多貝爾開始製造麻煩。她不僅加入了隱密氏族俱樂部，她的研究還讓她偶然發現了易容者隊的祕密。或者該說，涉及你們三位的祕密。」

瑞秋示意希爾維婭、羅蘭和丹斯金。他們一動不動，只是聆聽，觀看，等待。

「李奧諾菈寫過關於佩恩死亡之謎的文章，以及希爾維婭．戈里和亨利．羅蘭的案件。後來，出乎意料地，她邀請希爾維婭和亨利來到莫特曼莊園。她還旁聽了克萊夫．丹斯金的庭審。易容者隊不知道她在玩什麼把戲，但她讓他們感到緊張。吉爾伯特・佩恩返回英國，是赤裸裸的挑釁行為，不能被放任。

「雷吉這時已經知道了不少內情，知道佩恩會被謀殺。他不敢去找蘇格蘭警場。易容者隊是在檯面下活動，他們沒有官方身分，甚至沒幾個高級官員知道他們的存在。」

瑞秋瞥向一臉嚴肅的奧克斯。「易容者隊本身就是律法。他們代表了一小群頑固愛國者的創業精神。『政府保護人民免遭內敵危害』的這項責任，已落入一小群人手中。」

雅各看著少校。他神情冷漠。其他三位嘉賓沒透露任何情緒。羅蘭吐出煙圈。

「他是走投無路才向我求助。雷吉向我傾訴了他的祕密，但很快又改變了想法。不幸的是，他在莫特曼莊園舉辦的家庭聚會上所說的關於佩恩和客人的言論，激起了我的好奇心。我和佩恩一起上了送葬列車，但他拒絕承認自己的真實身分，也拒絕採取行動將自己從厄運中拯救出來。結果他掉在鐵軌上，被滑鐵盧特快車輾成碎片。

「雷吉・維克斯感到震驚又恐懼。他太多次說溜嘴，因此不再值得信賴。他的一位熟人、一位名叫路易斯・摩根斯的律師也是如此。他是隱密氏族俱樂部的另一個常客，性趣方面男女皆宜。他在那裡的暱稱是路路。我猜他偶爾為易容者隊提供服務，但他們很快就失去了對他的信賴。他們密切監視雷吉，發現他和我說過話。得知摩根斯邀請我共進晚餐，這足以讓他們相信我是一個威脅，而摩根斯是一個累贅。」

「妳的鬼話連篇，究竟想表達什麼？」希爾維婭質問。

「就把這當作一個道德故事。」瑞秋說：「或者該說一個不道德的故事。雷吉・維克斯在私人動物園裡遭遇了可怕的結局，易容者隊也收拾了摩根斯。他們知道我和雅各・弗林特的友誼，也知道他正在窺探他們的祕密。有個記者可能知道他們在做些什麼，這讓他們感到震驚。所以他們決定一石二鳥。謀殺摩根斯，栽贓給雅各。」

奧克斯盯著雅各；她以前沒提過這件事。雅各露出羞澀的笑容。

「雅各足智多謀，靠自己從跌進的洞裡爬了出來，但收到了野蠻的警告。」瑞秋嚴厲地看了雅各一眼。「而且他會聽從警告。」

其他人都轉頭看他。雅各考慮虛張聲勢，但改變了主意，只是勉強點頭表示同意。每個人回頭看著瑞秋。

又一道閃電，又一聲轟鳴從天而降。

「我想我明白，為什麼李奧諾菈邀請希爾維婭、亨利和克萊夫來到莫特曼莊園。但令我困惑的，是他們為什麼同意前來。」

亨利・羅蘭在菸灰缸裡掐滅了香菸。「她寫過關於我的文章。我很好奇。那看起來——」

瑞秋舉起一隻手阻止他。「抱歉，但這個理由根本不夠充分。一定還有更令人信服的解釋。」

「例如？」丹斯金質問。

「我相信你們是奉命來到莫特曼莊園。」

「胡說八道。我不聽任何人指揮。」

瑞秋吐口氣。「李奧諾菈是個心事重重的女人，但她瞭解殺人犯的心思。她看到了菲比．艾維森命案和燒車案之間的相似之處。」

「荒謬。」羅蘭大笑，在圖書室的寂靜中發出一陣聽來奇怪又做作的聲音。「一個年輕女人被勒死，一名行竊流浪漢意外身亡？這兩個案子之間的差異就像粉筆和乳酪。」

「我不同意。」瑞秋說：「暫時忘掉菲比的丈夫吧，忘掉少校方便地提供的不在場證明吧。這樣剩下什麼？兩個走投無路的人，被逼到了極限。亨利和克萊夫。」

「走投無路？」羅蘭輕蔑地問道。

「請暫時容忍我的假設。你的情人懷了孕，而且愛爭論。在戀情剛綻放之初，你承諾會跟她結婚。但後來，你不確定她是否值得。你來到平房，和菲比發生爭論。你工作壓力大，家庭生活支離破碎。這一切都變得難以承受。正如雅各可能會形容的那樣，你萌生殺意，眼睛充血，勒死了她。你的情婦死了。受人尊敬的商人變成了殺手。驚慌之餘，你決定逃亡。你逃去倫敦，尋找一個能把你從自己造成的混亂中解救出來的人。」

「仙姑還是仙父？」羅蘭嗤之以鼻。

瑞秋微笑。「我相信少校有被叫過比這更難聽的名字。」

「少校？」羅蘭臉色蒼白。「妳……妳是幻想家，薩弗納克小姐。」

「我是寓言家。」她吸口氣。「大戰結束以來，你就一直為易容者隊工作。你是利物浦的一名商人，那裡是動盪的溫床。你厭惡工會，並竭盡全力鎮壓它們。這讓你在少校眼裡成了無價之寶。艾維森是個喜歡煽動不和的麻煩製造者。他太太向你的公司應徵工作時，你覺得在艾維森家裡製造騷動的機會實在是不容錯過。唉，可憐的菲比。你開始試著利用她，也成功了。當她變得令人討厭時，你殺了她。

「我的猜測是，你已經得到承諾，如果你為易容者隊所做的工作給你帶來麻煩，他們會幫你擺脫困境。你逃去倫敦，少校看到摧毀艾維森並將你綁在他身邊的機會，也把握了這個機會。艾維森被殺，死因看起來像是自殺。遺書是偽造的。你沒事了，連起訴都沒有。一個完美的結果，除了李奧諾菈・多貝爾聞到老鼠的味道。但我們的誹謗法堵住了她的嘴。她幾乎連暗示老鼠存在都不行。」

羅蘭鼓起臉頰。有那麼一刻，雅各以為他會大發雷霆。

但什麼也沒發生。瑞秋轉向丹斯金。

「你對易容者隊同樣有用，從一個城鎮搬到另一個城鎮，以貪圖低俗生活的好色絲襪推銷員的身分監視著貧困地區的麻煩製造者。這麼做很有效，因為你只是在扮演自己。但你很容易感到無聊，也厭倦了遊戲。因為你對他們實在有用，所以你擔心易容者隊不會允許你辭職並過上正常的生活。你當然不想像佩恩那樣被流放。更糟的是，你欠下一屁股債，而你的情婦變得暴躁又花錢。你渴望逃離現在的人生，一個想法突然出現在你的腦海中：何不裝死，從頭來過？」

「妳忘了這個案子曾由法庭審理。我接受了審判，並被宣告無罪。」丹斯金厲聲道。

「『無罪』，而不是『無辜』。但你說得沒錯，這只是一個寓言，在這個寓言中，你在路上撿到一個流浪漢，殺死了這可憐的傢伙，放火燒車連同他的屍體。然後你喬裝打扮，搭火車去倫敦。但你的計畫很快就破滅了。你犯了太多錯誤，警方追查到你的蹤跡。和亨利一樣，你向易容者隊求助。他們折磨了你一番，給你一個教訓。你被迫接受由易容者隊的寵物律師——而不是刑事辯護專家——擔任代表的庭審考驗。但他們決心要救你，因為他們擔心你如果被判死刑，就可能因為豁了出去而說出什麼。於是，少校在最後一刻介入。你的不在場證明成了鐵證，營救任務完成。

「這一切都好得令人難以置信，李奧諾菈的直覺這樣告訴她。既然你知道救贖就在眼前，也難怪你在被告席上那麼自滿。老鼠的氣味再一次臭氣沖天。與此同時，你欠了易容者隊很大的恩情。他們還清了你的債務，並期待你在最終被放牧之前提供多年的忠實服務。

「這下就要說到妳了，希爾維婭。」她轉向另一個女人。「我不認為克萊夫有任何形式的信念。亨利則是一個老式的資本家，不多也不少。至於妳，妳給我的印象是個狂熱分子。妳父親因勞資糾紛而破產，妳永遠不會原諒那些有著扭曲理念的煽動者。」

「妳似乎忘了——」希爾維婭說：「我嫁給了一位傑出的左派人士。」

「我沒忘。」瑞秋說：「這象徵著妳的專心致志。」

希爾維婭．戈里誇張地鞠個躬，笑容嚴肅。他們能聽到雨點敲打房子的聲響，就像在打拳擊沙包。

「搬到倫敦後，妳在政府辦公室工作，我猜妳在那兒引起了少校的注意。他招募了妳，並為妳找到一份工作，讓妳接觸到他那個時代最有影響力的政治思想家之一。戈里的個性很貧血，但他的理想充滿熱血。他脾氣暴躁，容易激動，也絕對不是男人中的男人。然而，擁有一個年輕漂亮的妻子也符合他的目的。」

「就算只是為瞭解除他的學生和他迷戀的年輕男人的心防。」希爾維婭說。

「的確，妳丈夫在大罷工的幕後發揮了至關重要的作用。他沒參加遊行，也沒站在抗議隊裡，但他的大腦指導著領導者們的策略。易容者隊認為他是英國最危險的人之一。他也絕對不是最聰明的。他信賴佩恩，也信賴妳。多虧了妳的幫助，易容者隊不再依賴佩恩。妳從戈里身上蒐集到的情報幫助當局鎮壓了罷工。」

「我沒扮演過任何正式角色，這我能向妳保證。」

「這就是你們這種服務的缺點。」瑞秋說：「你們被剝奪了公眾的認可。戈里仍然是該機構的眼中釘。和艾維森一樣，他代表著『內部的敵人』。所以易容者隊做出決定：必須處理他。」

「我唯一觀察到的是——」希爾維婭說：「我看得出把癌細胞從其正在破壞的體內切除的智慧。」

「妳找了一個情人，英俊到足以給妳一些愉悅，也愚蠢到足以聽從妳的吩咐。你慫恿他，希望他會刺激戈里對他做出輕率行為，無論是不是性行為。如此一來，戈里會被毀掉，如果運氣好的話，他會自殺而不是面對公眾的羞辱。即使他沒這麼做，妳也會在一片指責聲中與他離婚。他的名譽還是會被摧毀。該計畫的缺陷在於，易容者隊總是有個缺點：傾向於制訂太過詳盡的計畫，但計畫總是跟不上變化。妳的情人對妳很著迷，為妳瘋狂。戈里掉進湖裡的那一刻，妳就看到一個能讓社會永遠擺脫他的狗屁理想主義的方法。在那瞬間，妳下定了決心。妳的丈夫死了，妳和妳的情人因謀殺他而受審。」

「那場庭審是一場鬧劇。」希爾維婭說：「我本來就不該被起訴。」

「這原本不在妳的劇本中。」瑞秋同意。「妳實在不該寫那些情書給妳的情人。要是他有按照妳的請求燒掉它們，那就沒事了，但他違背了諾言。但結局皆大歡喜。易容者隊確保妳得到緩刑，妳的忠誠也得到適當的回報。妳現在是個富有的女人。但油膏裡的唯一一隻蒼蠅，是李奧諾菈．多貝爾。她相信庭審過程遭到操弄以確保妳無罪釋放，她是對的。這個案子被交給了一位失智法官。如果最壞的情況發生了，妳被定罪，原本的判決在上訴時必然會被推翻。結果事實證明，陪審團推翻了法官的胡言亂語，妳被釋放了。」

「本來就該這樣。整個審判過程就是一場鬧劇，對英國司法的侮辱。」

「李奧諾菈有她自己的理由質疑司法在我們這個世界如何運作。」

「我被無罪釋放。無需多言。」

「我說過——」瑞秋呢喃：「這是個寓言，一個想像力的練習。易容者隊不僅富有創造力，也富有進取心。他們努力將挫折轉化為新的機遇。但李奧諾菈·多貝爾讓他們感到困惑。他們不知道該如何看待她，也不知道該如何看待這場相當獨特的家庭聚會。我的存在成了另一個令他們擔憂的原因。但他們想出了一個大膽的解決方案。」

她看著希爾維婭、羅蘭和丹斯金。「妳被告知接受她的邀請，並試著招募李奧諾菈加入易容者隊。」

雅各再也按捺不住。「妳是認真的嗎？」

「安靜。」她厲聲道：「這個想法很高明。李奧諾菈是一匹黑馬，一個古怪、無法預測的特立獨行者，但這讓她適合從事不尋常的祕密活動。作為莫特曼莊園的女主人，她在社會上占有一席之地，她對犯罪案的興趣也給了她寶貴的人脈關係。」

「異想天開。」羅蘭悶哼一聲。

「妳的職責並沒有就此結束。妳也被告知，試探我是否願意加入。這就是為什麼希爾維婭想私下和我談，就像她昨晚和李奧諾菈那樣。」

羅蘭吐口氣。「非常精采的胡言亂語，薩弗納克小姐。沒一個字是真的，但我要說一件事：如果這個祕密組織確實存在，我看得出妳有資格贏得他們的欽佩。」

「這句話讓我受寵若驚。」瑞秋說：「一點點而已。然而，這個問題並沒有出現，因為我只是趁著大雨傾盆而下之際，用一個故事來迷惑各位。」

希爾維婭・戈里再也無法忍耐。「而且說真的，妳和我們其他人都是凶案嫌犯，哪有什麼可信度。」

「我沒辦法否認。」

電閃雷鳴，這一次幾乎沒有任何時間差。希爾維婭說：「這裡死了兩個女人，看護和多貝爾太太。妳是沉迷於幻想？還是想轉移我們對妳犯下的罪行的注意力？」

「問得好。」瑞秋瞥向被雨水沾溼的窗戶。「我好像聽到外面有輛車停下來？」

「期待誰出現？」丹斯金語帶諷刺。「這場聚會肯定已經結束了吧？」

「惠靈警探一直很忙。」瑞秋說：「他從村裡帶來一些證人。」

「證人？」羅蘭怒目相視。「為什麼事作證？」

「耐心點。」瑞秋說：「一切都將揭曉。」

第二十八章

新來者們的溼外套都被女傭拿走後，惠靈警探就帶他們進入圖書室。他帶來了露西．赫普頓、她的母親、老鮑伯．赫普頓，還有鳥類學家西登斯。經過暴風雨的衝擊，四人的臉色都變得蒼白。兩個男人咕噥抱怨，赫普頓太太則被周圍環境嚇壞了。相較之下，露西顯得如魚得水。她穿著她最好的夏季連衣裙，一看到雅各，她就開心地對他拋個媚眼，把椅子移到他旁邊。

亨利．羅蘭找到了威士忌醒酒器，他和丹斯金已經重新裝滿了各自的酒杯。西登斯不高興地撫摸一下山羊鬍，拒絕喝酒，雅各因此也很不甘願地同樣拒絕。奧克斯探長透過一扇窄窗凝視外面的雨。希爾維婭．戈里在少校耳邊低聲說些什麼。

「歡迎來到約克郡，警探！」雅各說：「外頭很糟吧？」

警察酸溜溜地看他一眼。「我在老家從沒見過這麼糟的天氣。」他說：「簡直就像世界末日。漆黑的天空，洪水淹沒小巷。暴風雨震耳欲聾。」

瑞秋闔起書，敲敲桌子以引起注意。「謝謝你們來。」她對新來者們說：「我很感激你們的協助。」

「協助什麼？」赫普頓太太問：「我沒做錯事。」

「妳當然沒做錯事。」瑞秋說：「露西，我有個問題。」

露西驚訝地環顧周圍。「要問我？」

瑞秋拿起摺疊放在桌上的一張紙。這是在李奧諾菈房間裡發現的字條。她大聲朗讀。

「這是一條來自名字以『L』開頭的人的訊息。妳有送出這張字條嗎？」

露西面紅耳赤。「我從沒做過這種事！」

赫普頓太太怒火中燒。「露西是個好女孩。」

「我不懷疑。」瑞秋說：「我也從不認為是妳送出這張字條，但我必須問。」

丹斯金說：「『L』一定就是指李奧諾菈吧？一定是她寫的。」

「沒錯，這是顯而易見的結論。」瑞秋說：「而就和許多顯而易見的結論一樣，這是錯的。」

「我不明白。」羅蘭說：「一張小紙條有什麼好大驚小怪？」

「這是犯罪案的關鍵。」瑞秋說：「李奧諾菈．多貝爾的謀殺案，其屍體不久前被發現。」

希爾維婭．戈里說：「妳是說她的死不是意外？」

「想當然耳。」丹斯金說：「她殺了看護，然後在逃跑時掉進水裡？」

瑞秋搖頭。「這是凶手希望我們這麼想。」

「妳究竟在說什麼？」羅蘭質問。

「凶手知道李奧諾菈喜歡和女人作伴，她很喜歡這裡這位露西。」年輕女子強忍一聲不悅的驚呼。「這張字條的目的是引誘李奧諾菈離開家，從而殺死她。凶手打了她的頭部：圓廳裡有血跡。然後她從懸崖邊被扔進海裡。」

丹斯金咒罵。「妳是說看護殺了她，而不是反過來？」

「不，伯妮斯・寇普是無辜的。至少她沒犯下謀殺。」

「那麼看護是怎麼被殺的？這肯定不是意外、純屬巧合？」

「完全不是。她是凶手計畫中不可或缺的一部分。」

「什麼？」羅蘭的眼珠子差點從腦袋裡掉出來。

「凶手要她把字條交給李奧諾菈。字條想必是裝在一個信封裡，而且我確信被問到其內容、為什麼需要悄悄交在李奧諾菈手上，凶手一定準備了一些精心設計的謊言。」

「跟露西無關！」赫普頓太太一臉震驚。「我女兒跟這事兒完全沒關係！」

「沒錯。」瑞秋說：「當然與她無關。寇普護理師有個愛慕者，她也對他一心一意、使命必達，包括不透露他的身分。」

雅各瞥向羅蘭和丹斯金。那兩人都瞪著瑞秋。

「李奧諾菈死後，看護就沒用了。更重要的是，她成了一個威脅，一個可能背叛他的人。這不是他敢冒的風險。因此，他安排在懸崖邊與她見面，然後也殺了她。兩名女子死亡：一個疑似是凶手，另一個是她的受害者。」

希爾維婭．戈里說：「究竟為什麼有人這樣大費周章？」

「我也很疑惑。在我看來，有兩顆不同的腦袋在運作，兩個獨立的犯罪藝術家。為什麼有人想在大宅裡有幾位客人的時候殺人？曾經捲入謀殺案的人？」

羅蘭挪動身子，掃一眼新來者們，粗聲粗氣地說：「妳應該不打算把妳那離奇的……寓言再說一次吧，薩弗納克小姐？」

「沒錯。」她答覆。「這個難題的答案乃是不言而喻。這場家庭聚會為凶手提供了掩護，一個混淆視聽的機會，掩蓋一起原本會太過明顯的犯罪行為。」

「對我來說太深奧了。」丹斯金咕噥。

「凶手從雷吉．維克斯那裡得知即將舉行的家庭聚會。可憐的雷吉要為很多事情要負責，包括我為什麼會在這兒。路易斯．摩根斯也同樣輕率，而且他提供的情報更為重要。這並不是說那位凶手也殺害了雷吉或摩根斯。這兩人的死算是額外的好處，雖然我猜他們本來就不讓凶手擔心。他們是道道地地的倫敦人，他對他們感到厭倦，正如他對倫敦也感到厭倦。他想回家來。」

「家？」赫普頓太太問。

「是的。」瑞秋說：「回來莫特曼莊園。」

她正要再說什麼，這時大夥聽見一聲可怕的撞擊聲，響亮得讓雷鳴聽起來就像清喉嚨聲那樣微弱。丹斯金嚇得咒罵，老鮑伯・赫普頓也是。赫普頓太太尖叫，露西用雙臂摟住她。西登斯咬著指甲。所有人都轉向窗外。

雅各從椅子上跳下來，向外查看。儘管在傾盆大雨中很難看清楚，但眼前的景象還是讓他屏住了呼吸。

瑞秋來到他身旁。「雅各，怎麼了？」

「天氣變得更糟了。」他說：「風暴把馬廄的屋頂掀掉了。」

＊　＊　＊

露西的母親嗚咽時，西登斯閉上眼睛。羅蘭一口氣喝完了剩下的威士忌。奧克斯對他們發號施令，要他們保持冷靜。最靠近門的惠靈警探站起來。門被推開，葛菈蒂絲踉蹌地走進來。她的臉色蒼白如鬼，聲音沙啞而充滿恐懼。「抱歉闖入，小姐，無意無禮，但懸崖正在崩塌！圍牆花園的盡頭正在滑入大海。」

赫普頓太太再次尖叫時，奧克斯接管局面。「惠靈！去看看外面。別走太遠。看看發生了什麼，然後回來報告。」

警探飛奔而出時，奧克斯轉向其他人。「其他人，留在原地。我不希望任何人亂跑而遭遇危險。我們必須團結起來，確保每個人安全。」

「我們必須離開這裡！」丹斯金嘶吼：「這座建築很靠近正在崩塌的懸崖頂。你們都聽到了那聲巨響。如果馬廄也毀了，那麼接下來就輪到這裡。現在屋頂隨時可能落在我們的脖子上。再不趕緊離開，我們就可能被活埋。」

赫普頓太太大聲哭泣，把頭埋在女兒懷裡。少校起身，不高興地看著丹斯金。

「探長說的才是對的。」他咆哮：「如果跑去外面，掉落的屋頂瓦片可能會砸死人。自律點。誰跑出去，都可能是直奔死亡。」

「我同意。」瑞秋平靜地說：「惠靈警探很快就會回來。與此同時，讓我繼續講述被大自然粗暴打斷的故事。」

雅各口乾舌燥地看著她。

這女人究竟經歷過什麼，讓她的神經如此堅韌，即使面臨土石流的致命危險卻依然不動如山？

奧克斯點頭。「好吧，但時間緊迫。」

瑞秋微笑。「容忍我一下。我喜歡營造緊張氣氛。」

「看在上帝的份上，有屁就快放！」丹斯金喊道。

「妳說凶手要回家是什麼意思？」希爾維婭質問。

「他是莫特曼的繼承人。」瑞秋說：「菲利克斯・多貝爾的私生子。」

*　*　*

有一段時間，沒人說話。大夥忘了搖搖欲墜的懸崖。房間裡每個人都瞪著瑞秋，只有一人例外。

「妳錯了。」羅蘭說：「私生子不能繼承財產，只有合法繼承人可以。」

「這是常見的誤解。」瑞秋說：「在少數情況下，如果遺囑或和解的措辭允許，私生子可以繼承財產。關於這一點有『判例法』。而且奧斯溫．多貝爾指示他的律師，用寬容而慷慨的詞彙起草了多貝爾家族的財產處分契據。他最終繼承莫特曼時，確保將來繼承人的遺孀在丈夫去世後不會被趕出家門。她會成為終身地產保有人。同樣的，非婚生子女也可以繼承財產，只要他們在訂立契據時還活著。雖然奧斯溫並不期望菲利克斯繼承莫特曼莊園，更別說他的兒子。但菲利克斯的哥哥從未結婚，也沒有後代。後來他在戰爭中陣亡，就在菲利克斯受傷的不久前。」

「菲利克斯的兒子死了。」雅各說：「《名人錄》裡是這麼說的。」

「不，你忘了桂瑟妲對你說過什麼。十七歲時，他遭受了彈震症，失去了記憶。他嚇得要死，於是逃離了戰場。他冒了因怯戰而被槍斃的風險，但他是幸運者之一。考慮到他的年齡和健康狀況，他被『不名譽退伍』。這讓菲利克斯蒙羞。他在那之前有給那孩子零用錢，但從此與之決裂。在他心裡，他的兒子已經死了。他就是這樣讓大家相信。《名人錄》也是。但財產處分契據占了上風。

「那孩子患了病，而且極度貧困。但時間可以治愈一些事情，他成功賺到一點錢，這要歸功於他非凡的才能。」

「才能？」羅蘭質問。

「他繼承了多貝爾家族對藝術的熱愛，擅長繪畫。雖然花了好幾年的時間，但他開始為自己的人生取得了一些成果。」

瑞秋離開窗戶，走到西登斯身邊。她二話不說，摘下他的眼鏡。

「認得他嗎，雅各？」

雅各呻吟。當然！他居然現在才意識到？他怎麼會被對方的眼鏡和山羊鬍誤導？他凝視的這雙眼睛，屬於那個在老貝利街的法庭裡讓他第一次注意到李奧諾菈的那個男人。法庭繪師。

賞鳥者西登斯就是菲利克斯．多貝爾的兒子。

第二十九章

「胡說八道。」西登斯的蘇格蘭口音消失了。他聽起來很害怕。「可恥的謊言。」

「我對你有一些同情。」瑞秋說：「你當時很年輕，被戰火嚇得魂飛魄散，你父親卻背棄了你。更讓你痛苦的是，你意識到你……和大多數的男人不一樣。你被同性吸引。而因為你很英俊，所以儘管你在莫特曼這兒竭盡全力掩飾事實，但你還是吸引到幾個仰慕者。後來，你被介紹去了隱密氏族俱樂部，在那裡認識了路易斯・摩根斯。他在那裡的暱稱是路路。你也認識了雷吉・維克斯，他因為你熱愛素描而給你起了杜德——『塗鴉』——的綽號。」

西登斯默默瞪著她，彷彿被瑞秋催眠。

「你用新的名字開創了新的人生。你用悲劇人物的名字給自己取名為『西登斯』，是為了紀念你的演員母親。瓦倫丁・多貝爾成了瓦倫丁・西登斯。你知道摩根斯的事務所服務多貝爾家族，所以你培養了跟他的友誼。他的父親代表菲利克斯向你支付零用錢，直到你被斷絕往來。你是不是自稱在戰爭期間與瓦倫丁・多貝爾一起服役？也許你聲稱你跟他因為洗禮名一樣而感到好笑。無論真相如何，你透過摩根斯發現你有權繼承莫特曼莊園。

「這真是晴天霹靂的消息。法律對待私生子很嚴厲。你原本以為你什麼也得不到，也許你原本甚至不確定摩根斯是否正確理解了法律。這不重要。從道德上來說，在菲利克斯死後，你有權獲得遺產。這是他欠你的。他也欠你的母親，她在他拋棄你們後自殺了。」

西登斯發出低沉而尖銳的聲音，頭埋在雙手裡。

「但你依然面對巨大障礙。你父親還活著，但隨時可能會死。相較之下，李奧諾菈才四十出頭，身體健康。她可能會活到八、九十歲。在菲利克斯死後，她將成為終身地產保有人。但她已經開始變賣多貝爾家族的財寶了。除了失去家庭收藏品的悲傷之外，這也激怒了身為藝術家的你。即使你活得夠久，能領取遺產，到時候也不會剩多少錢。

「你為了維克斯而拋棄摩根斯。一旦他向你透露易容者隊的相關情報以及這次家庭聚會的計畫，你就不再需要他了。你唯一的目標是莫特曼莊園。繼承了令堂的表演天賦，你在參觀莫特曼莊園時採用了假身分，這就解釋你的染色頭髮、厚眼鏡和鬍鬚的扮相，更不用說你的蘇格蘭腔。這至關重要，因為有一天你會以莊園主人的身分凱旋歸來。你假裝是賞鳥人士，隨心所欲地四處走動。偶爾畫隻海雀，更是給謊言增添了一絲真實感。

「你和寂寞缺愛的寇普護理師成了朋友，並給她編了一些藉口，說服她不要透露任何關於你的消息。她提到李奧諾菈在日落前散步的習慣，所以你制訂了計畫。李奧諾菈舉辦家庭聚會的原因並不重要，總之這些安排給你帶來了方便。你住的是多貝爾酒館的附樓房間，如此一來，即使客棧本身上了鎖，你還是能悄悄溜出去。所謂的腳踝扭傷給了你不在場證明。你其實根本沒有任何傷病。」

「你這個騙子！」露西朝西登斯咆哮：「你騙我說你扭傷腳踝。你告訴我你遭受彈震症和失憶症的時候，我以為你信任我，就像我信任你。可是你騙了我，也騙了那個可憐的女人！」

她衝向西登斯，用指甲抓向他的臉。他甚至沒有行象徵性的反抗。奧克斯上前介入。

「瓦倫丁・多貝爾，我現在要逮捕你……」

惠靈衝進房間。他制服溼透，氣喘吁吁。

「我們得出去！」他喊：「這整棟房子都有危險！」

* * *

「跟我來！」奧克斯下令。

風暴的怒吼比以往任何時候都更為響亮。每個人都衝進了前廳。楚門一家和多貝爾家族的傭人都在那裡，穿著麥金托什雨衣，周圍放滿了行李箱。

「拿起你們的東西，趕緊逃！」楚門一把打開大門。迎接他們的是一陣暴雨和落下的石板。聲響震耳欲聾。「小心頭，留意屋頂！」

他們全都跑進傾盆大雨之中。雅各太陽穴劇痛。大雨幾乎將他致盲。一塊石板落在地上，化為碎片。如果再近五碼，他的腦袋就會被砸成肉泥。

「我的父親！」瓦倫丁．多貝爾尖叫。他在門廊外停了下來。「他在哪？」

惠特洛少校猛地把頭轉向莫特曼莊園。

「樓上！」他咆哮：「你必須丟下他！」

瓦倫丁．多貝爾轉身返回屋裡。

「別進去！」奧克斯喊道。

他和惠靈正要追趕多貝爾時，大宅後面傳來了威脅性的隆隆聲。地面上一道猙獰的裂縫從大宅一側向他們蔓延而來。這片土地就在他們眼前分裂開來。

「快塌了！」奧克斯喊：「大家快沿車道逃命！」

雅各衝下車道時，看到瑞秋的幻影轎車停在草地上。車在露天位置，離群樹夠遠，即使樹倒下來也不會遭殃。和瑞秋一樣，楚門早已考慮到所有可能性。

「奧克斯！」少校呼喊：「動作快，老兄！這裡不安全！」

楚門扯開嗓門喊：「菲利克斯．多貝爾去了醫院。他病了，一名傭人開車送他就醫。」

奧克斯跑向少校。「你為什麼說謊？」他咆哮。

惠特洛少校聳肩。雅各堅強聽見他冷酷的回答。

「我剛剛一定是太驚慌了。」

又一聲巨響，所有人都抬頭查看。房子的前牆出現一條裂縫，就在山牆下面，一大塊石頭掉到地上。

少校微笑。雅各知道他在想什麼。

如果運氣好，這整個地方都會解體，連同屋內的瓦倫丁．多貝爾，這樣我們就能避免庭審造成的麻煩和尷尬。

又一聲撞擊聲，這次更震耳。

雅各被這恐怖場面驚呆了，看著少校的願望成真。

莫特曼莊園分崩離析。

第三十章

「我們運氣很好，活了下來。」雅各說。

「在這個人生——」瑞秋說：「我們是靠自己開創運氣。」

他們走在聚集於車道、前往莫特曼莊園的觀光人群當中。這是一個陽光明媚、風高氣爽的早晨。雷雨的猛烈已成回憶。在雅各的注視下，一些人拿著筆記本和鉛筆走近人們，詢問對發生之事的評論。一句話反覆出現在各大報的頭條上。**莫特曼悲劇**。

「你甚至得到了你的獨家新聞。」她說。

「對自然災害的第一手描述。」他苦笑。「這種新聞對犯罪記者來說不尋常，但有總比沒有好……如果我必須對其他一切保持沉默。」

「是的，你必須。」

「《證人報》的法庭繪師犯下雙重謀殺。」他沉思道：「我願意獻出我的右臂來看到這個故事上報。妳不知道妳要求我做出了多大的犧牲。」

「圖尼克利夫有些動物……」瑞秋說：「能奪走不只你的右臂。就把這歸結為經驗吧。」

莫特曼莊園的前牆在懸崖邊緣形成了一個奇異又破碎的結構。莫特曼海角已經崩塌入海。車道盡頭只有一小片土地露出來。這片地形中的傷口顯得殘酷又深刻。

看到這一幕，人們震驚無語。但小販們遲早會出現，向喜歡欣賞災難的遊客出售蛋捲冰淇淋和紀念品。就目前而言，人們還沒完全忘了一名男子在山體滑坡中喪生。

雅各在人群中看到赫普頓一家。奧克斯已命令他們在接受媒體詢問時保持沉默。少校也和他們私下說了一、兩句，用鐵爪強調了一、兩個重點。

他希望露西和她母親會保持沉默，雖然這麼做是徒勞的，但她們也永遠不會承認她們曾藏匿一名殺人犯，為他策劃謀殺兩名女子時提供了安全庇護所。如果承認，就會面對極大的恥辱。傳播一個幻想、一個比真相更美好的故事，要容易得多。

莫特曼這裡的人們普遍認為，李奧諾菈因嫉妒而瘋狂殺死了看護，然後自殺。一些喜歡唱反調的人認為事實恰恰相反。大家一致認為，確切的真相永遠不會為人所知。這樣也好。「不確定性」為臆測和八卦提供了肥沃的土壤。

雅各在人群中推擠，慢慢走向赫普頓一家。露西正在接受《證人報》的一名特約記者採訪。她說，在山體滑坡中喪生的男子是一場悲劇的受害者。他是一位充滿熱忱的觀鳥者，渴望親近大自然。發生的事情雖然可怕，但對浪漫派來說還是有帶來一些安慰。西登斯深愛莫特曼，這裡就是世上他最想待的地方。記者詢問她叔叔是否同意，而且他的答覆會被刊登在報紙上。

「也許。」老人說。

大宅的傭人和客人都被安置在多貝爾酒館和村民的家裡過夜。楚門一家正在客棧裡，準備開車回家。惠特洛少校、希爾維婭、羅蘭和丹斯金已經離開了。奧克斯、惠靈警探、塔克探長及其同事，現在在當地警察總部祕密商量事情。他們有很多工作要做。在三項命案調查得出預定的結論之前，有些未解決的問題需要解決，有些文書工作必須整理好，每個人也都得繼續過自己的生活。

雅各來到瑞秋身邊。圓廳在這場災難中倖存了下來。他們能透過樹林看到它，它成了紀念莫特曼莊園女主人的紀念碑，她被誘騙去那裡遇害。

「這樣是錯的。」他說：「不公不義。」

「人生本來就是一連串的不公不義。」

「少校……易容者隊……我的意思是，他們不能被允許這樣。」

「被允許哪樣？」她打呵欠。「我只是跟大家說了一個故事。我沒在搞法律案件。那只是一個道德寓言，僅此而已。」

「這整件事毫無道德可言。」

「你再思考一次。」她說：「喔，不，你還是別思考比較好，否則只會讓你自己不高興。你該叫自己開心點，因為有些人正在暗中服務我們，致力於保證我們的安全和福祉。」

「這是一種恥辱。」

「你曾與死亡擦肩而過，雅各。這應該夠讓你有動力活下去了，你不覺得？」

「但這不是對的。」

「對與錯？」她聳肩。「現在是危險的時代，雅各，別忘了。」

他踢了一塊小石子來發洩不滿。「我甚至不確定李奧諾菈為什麼要妳來這裡。」

「她幻想自己是個偵探，擅長探索犯罪心理的陰暗面。瞭解了我的一些歷史後，她推斷出我犯下了完美的罪行。」

他瞪著她。

「她確信我謀殺了自己的父親。」

他沙啞地說：「妳有嗎？」

她瞪他一眼。「不，我沒謀殺自己的父親。」

「可是莫特曼莊園的四位客人，都是她認為犯了謀殺罪的人？」

她拍了拍手。

「她為什麼要把你們聚在一起？」

「我的推測是，她想找個可以傾訴的對象。」

「什麼意思？」

「她試著尋找愛情，但未曾尋獲。你在隱密氏族俱樂部一定有從她的眼神中看到這一點。也許她不是很理智。但話說回來，有誰完全理智？」

他抱起雙臂。「我很理智。」

「看看你的理智給你什麼下場。」瑞秋說：「和一具裸屍同床共寢。」

他板起臉，但什麼也沒說。

「李奧諾菈發現了希爾維婭和我、羅蘭和丹斯金之間的關聯。不僅如此，她還把自己視為我們當中的一員，某種專屬樂隊的一部分，有能力實施完美犯罪的男人和女人。」

「這不合理。」

瑞秋露西。「親愛的雅各，人生在你眼裡非黑即白，但事實是，人生是一團亂，雜亂無章的諸多色彩，就像畫家掉了調色盤，顏料濺得到處都是。」

雅各低聲咕噥，凝視莫特曼莊園，天空映襯著它破敗的外牆。

「你不相信我，但你應該相信。十二年過去了，我們還在為一場造成數百萬人死亡的戰爭而流血。像菲利克斯．多貝爾這樣的人的人生被永遠毀了。而且是什麼引發了戰爭？運送部隊的鐵路時刻表。」

「荒謬。」

「人生本身也很荒謬。你知不知道我為什麼喜歡那些瘋狂的超現實主義藝術？因為瘋狂中有真理，雅各。記住這句話。」

他悶悶不樂地說：「妳是在告訴我，妳像李奧諾菈一樣瘋狂？」

「她認為我們兩個就像同一個豆莢裡的豌豆一樣有默契。至於她的完美犯罪，讓我們聽聽知情者的講述吧。」

他目瞪口呆。「妳是指誰？」

「菲利克斯・多貝爾。」

尾聲（續）

菲利克斯．多貝爾試著從病床上坐起來，但力不從心。

「艾絲佩是個糟糕的女人。」他呢喃。「我當初真不該娶她。」

瑞秋對雅各點個頭。他們在一個牆壁粉刷成白色的小房間裡，護理師讓病患跟他的訪客獨處。空氣中瀰漫著刺鼻的消毒水味。

「對你來說太受人尊敬？」

他微弱地點個頭。「她看上的是我哥，但他太精明了，不會愛上她。我是那個愚蠢的人，太衝動。我當然後悔。戰爭來臨時，我很慶幸能逃離那段關係。我病假回來的時候認識了李奧。我喜歡她。她的眼裡……閃爍著光芒。」

他靠在枕頭上，閉上眼睛。說這麼多話讓他筋疲力盡。雅各警告地看了瑞秋一眼，但她沒理睬。

「所以李奧那時才知道艾絲佩是警察局長的女兒？」

菲利克斯搖頭。

「她指責艾絲佩的父親迫害她的父親，」瑞秋說：「他以薄弱的證據要求逮捕基伊。李奧諾菈未曾原諒他，是不是？」

「沒錯。」菲利克斯咕噥。

「你回到西部前線時，收到了你哥哥去世的消息。我猜艾絲佩贏了。這個勢利小人的丈夫將繼承莫特曼莊園。」

菲利克斯睜開眼睛。「是的。」他輕聲道。

「李奧諾菈毒殺了艾絲佩，是不是？我猜她用的是砒霜，並說服老醫生相信死因是胃炎。這麼做有風險，但沒人懷疑。當時在打仗，天天都在死人。她是在得知你受了重傷、要返回莫特曼的時候下了手，我這樣猜測正確嗎？」

菲利克斯抬起頭，點點頭。

「她一直缺錢。殺死艾絲佩是一種報復行為，這也給了她渴望的安全感。你們的婚姻不可能有肉體關係的這一事實，也沒有困擾她。她可以隨心所欲；這是一場雙方都方便的婚姻。你慶幸能擺脫艾絲佩，而且只要有人陪伴你就很滿足，尤其當一個年輕護理師對你示好。」

「我以為伯妮斯……」

「沒錯。」瑞秋說：「她不是什麼美女，跟追求者私奔的可能性更小。但即便如此，她還是找到了愛人……」

「所有美好的事物……」菲利克斯微弱道。

「都會結束。」瑞秋點頭。

「我有過一個兒子。」菲利克斯的語氣充滿懷念。「但他死了。」

他倒回枕頭上，發出一種怪異的喉音。他的眼睛閉上了。瑞秋抬起他瘦弱的雙臂，把它們交叉在他胸前。

「是的。」她說：「他死了。」

線索提示

從一九二〇年代末開始，「線索提示」就出現在英國和美國作家J・J・康寧頓、福里曼・威利斯・克勞夫茲、艾絲珮絲・赫胥黎、魯伯特・佩尼、約翰・狄克森・卡爾、C・戴利・金和埃德蒙・克里斯平的偵探小說中。在這部向凶案小說的黃金時代致敬的著作中，我想復興這一傳統。以下是故事主線的三十四條線索。

多貝爾家族成員的相似之處

第029頁：一位臉色蒼白的英俊小夥子，有著稻草色的頭髮和鷹勾鼻

第029頁：咬指甲

第296頁：畫上是一個穿著長袍、高個子、鷹勾鼻的男人

第296頁：一個中年男人靠在椅子上，有著金色頭髮和家族的眼睛和鼻子

第298頁：指甲被咬得只剩一小片
第299頁：他擤了擤鷹勾鼻

凶手對李奧諾菈的興趣

第029頁：他的目光從米妮·布朗身上移開，落在旁聽席前排的一位女士身上。

凶手的名字

第060頁：這是事實。我們第一次見面時，你說我永遠會是你的情人……（註1）
第201頁：菲利克斯說他會支付瓦倫丁的撫養費

凶手過去與路易斯·摩根斯的關聯

第061頁：我們回不去了。我不會回你身邊，或你那個時髦朋友路路。

註1 這裡的「情人」和「瓦倫丁」是同一個字。

凶手是如何從雷吉・維克斯身上得到情報

第113頁：他真後悔把事情說了出去……他告訴杜德，是為了給對方留下深刻的印象，但這麼做失敗了。

《名人錄》中提及凶手父親的死亡的相關資料可能不可靠

第203頁：那孩子還不如死在前線。
第151頁：《名人錄》是仰賴偉人和善人的善意，因此獲得的每一筆資料似乎並沒有被仔細檢查。

凶手精神不穩定的病歷

第203頁：菲利克斯的可憐私生子就遭受了彈震症和失憶症。
第362頁：「失憶症？」……「這種病可能會持續很多年，就像彈震症一樣，可憐的西登斯先生昨天才告訴我。」

奧斯溫的自由主義態度

第255頁：奧斯溫寫的遺囑比大多數立遺囑人要隨意得多。
第296頁：以維多利亞時代的人來說，他的心胸非常寬廣。

凶手的心理構成

第296頁：這個家族有精神不穩定的歷史。

凶手的動機

第212頁：這筆家族財產讓繼承人的遺孀享有終身的所有權……甕裡的錢足以讓她安享天年。她可能還能再活三、四十年。
第255頁：房產歸奧斯溫·多貝爾的兒子或孫子所有，無論有沒有血緣關係。

凶手為何需要採取行動

第255頁：現任繼承人的倖存遺孀有權享有終身權益，因此下一代只能慢慢等。
第255頁：繼承人的遺孀並不擁有該遺產。她不能按照自己的意願把遺產傳承給誰。但從實務面來說，只要她還活著，就能隨意動用遺產。

把謀殺時間安排在家庭聚會的同時

第355頁：這起死亡事件與三名涉嫌謀殺的人同時出現。涉嫌謀殺的人還包括我自己。如果這次犯罪是有預謀的……想製造混亂。

製造行凶的機會而不被發現

第365頁：附樓房間今晚會空出來……妳可以隨意來去，在那裡不會受到打擾。

李奧諾菈的雙重動機

第203頁：唯一的區別是，菲利克斯娶了一位警察局長的女兒

第316頁：她的父親是約克郡北區一位偉大又善良的人。

第255頁：即使菲利克斯．多貝爾在與李奧諾菈結婚後的第二天就死了，她也能一直擔任莫特曼莊園的終身地產保有人，直到死亡？

李奧諾菈對毒藥的瞭解

第303頁：在被送到莫特曼擔任志願援助支隊之前，我在一家藥局工作了幾個月。我對致命藥物略知一二。

第353頁：考慮到她能取得毒藥，她確實有能力實施犯罪並將死亡偽裝成自然因素。

李奧諾菈如何避人耳目

第297頁：狀況一片混亂。除了一位快失智的老醫生之外，莫特曼沒有人是醫學專家

易容者隊及其同夥的動機

第070頁：稱英國為「英雄之地」可能有些言過其實，但至少他們還是成功地將布爾什維克拒之門外。

第076頁：「這攸關人們的生命安全。必須非常小心。提防內部的敵人。」

第089頁：希爾維婭・哈德曼的父親是諾福克一名建築商，被建築工人罷工破壞了生意而破產。

第147頁：此後，艾維森一直在換工作，他的酒友都是政治煽動者，他也成天主張雇主應該給出更高的工資和更好的工作條件。

作者鳴謝

在寫這本小說的過程中，我得到了很多人的幫助，我想特別提一下其中幾個人。《布魯克伍德墓地鐵路》一書的作者約翰·邁克爾·克拉克向我提供了大量有關鐵路的資料。蒂姆·本森是我以前的同學，現在是皇家藝術學院的志工導遊，他和他的同事們為我編寫那部分的章節提供了寶貴的幫助。「海格特文學科學研究所」（HLSI）的圖書管理員瑪格麗特·麥凱向我提供了有關一九三〇年代HLSI的資料甚至照片，《名人錄》和國家鐵路博物館的工作人員也對我的詢問做出了有幫助的答覆。

喬納森·愛德華茲在本作背景時代針對非婚生子女繼承的法律方面給了我寶貴的建議，也幫助我描述了老貝利街的庭審。海倫娜和凱瑟琳·愛德華茲、詹姆斯·威爾斯、約翰·邁克爾·克拉克、肖恩·賴利·西蒙斯，以及凱特·戈茲馬克針對初稿提出了非常有幫助的意見。故事中虛構的刑事案件的敘述在一定程度上源於現實生活中的先例，但我的虛構版本並不是為了「解釋」激發其靈感的實際案件，書中的人物和事件都出自我的想像。李奧諾菈・多貝爾對「可敬」和謀殺的思考，是致敬喬治・歐威爾在《英國謀殺作品的衰落》中所表達的思想。一如既往，我感謝我的經紀人詹姆斯・威爾斯和「宙斯之首」團隊對這本書的信心。

逆思流

莫特曼莊園

（原名：Mortmain Hall）

著　　者／馬丁・愛德華茲（Martin Edwards）
執 行 長／陳君平　譯　　者／甘鎮隴　國際版權／黃令歡、高子甯、賴瑜妗
榮譽發行人／黃鎮隆　美術總監／沙雲佩　內文排版／謝青秀
協　　理／洪琇菁　美術編輯／李政儀
執行編輯／陳昭燕　協力編輯／劉銘廷

出　　版／城邦文化事業股份有限公司 尖端出版
臺北市南港區昆陽街十六號八樓
電話：（〇二）二五〇〇―七六〇〇
傳真：（〇二）二五〇〇―二六八三
E-mail：7novels@mail2.spp.com.tw
發　　行／英屬蓋曼群島商家庭傳媒股份有限公司城邦分公司 尖端出版
臺北市南港區昆陽街十六號八樓
電話：（〇二）二五〇〇―七六〇〇（代表號）
傳真：（〇二）二五〇〇―一九七九
中彰投以北經銷／楨彥有限公司（含宜花東）
電話：（〇二）八九一九―三三六九
傳真：（〇二）八九一四―五五二四
雲嘉以南／智豐圖書有限公司
（嘉義公司）電話：（〇五）二三三―三八五二
傳真：（〇五）二三三―三八六三
（高雄公司）電話：（〇七）三七三―〇〇七九
傳真：（〇七）三七三―〇〇八七
香港經銷／城邦（香港）出版集團有限公司
香港灣仔駱克道一九三號東超商業中心一樓
電話：（八五二）二五〇八―六二三一
傳真：（八五二）二五七八―九三三七
E-mail：hkcite@biznetvigator.com
新馬經銷／城邦（馬新）出版集團 Cite（M）Sdn. Bhd.
E-mail：cite@cite.com.my
法律顧問／王子文律師　元禾法律事務所
臺北市羅斯福路三段三十七號十五樓
二〇二四年三月一版一刷

郵購注意事項：
1.填妥劃撥單資料：帳號：50003021戶名：英屬蓋曼群島商家庭傳媒(股)公司城邦分公司。2.通信欄內註明訂購書名與冊數。3.劃撥金額低於500元，請加附掛號郵資50元。如劃撥日起 10～14日，仍未收到書時，請洽劃撥組。劃撥專線TEL：(03)312-4212 ・ FAX：(03)322-4621。E-mail：marketing@spp.com.tw

國家圖書館出版品預行編目資料

莫特曼莊園 / 馬丁 · 愛德華茲（Martin Edwards）作；
甘鎮隴譯 . -- 初版 . -- 臺北市：城邦文化事業股份有限公司尖端出版：英屬蓋曼群島商家庭傳媒股份有限公司城邦分公司尖端出版發行 , 2024.03
面；　公分
譯自：**Mortmain Hall**
ISBN 978-626-377-511-4（平裝）

873.57　　112019500